Another《アナザー》 2001（下）

綾辻行人

角川文庫
23689

目次

下

上

Interlude Ⅲ

三年三組の例のあれ、洒落《しゃれ》にならないよなあ。

生物部の部長が死んだんだろ。おまえ、生物部だったよな。

うん。部長の幸田《こうだ》さん……月曜の朝、部室で血まみれで倒れてたって。幸田さん自身は一組なんだけど、双子の兄弟が三組にいて。

そのせいで？

クラスが違っても生徒じゃなくても、近しい人間は巻き込まれる、って噂。

ヤバすぎるよな、それ。

双子の兄弟のほうも、幸田さんのお葬式のあとに車の事故で……って。一緒に乗ってた両親も、だってさ。

一家全滅と？　ひえぇ。

そんな、呪いみたいなもの、あるわけないって思ってたけど……五月にもほら、三組の生徒が一人、死んでるし。

ああ、うん。

本当にあるのかなあ、呪い。

そもそもはどんな呪いなんだ？

よく知らない。あまり詳しいことを知ったら、それだけでも危ないっていうし。

うう、凶悪。

生物部はもう、やめたほうがいいかなあ。先輩に三組の人、二人いて。一人はほとんど来ないんだけど、もう一人は幸田さんとも仲が良くて、幸田さんが倒れたときも、たまたまその先輩が……。

うーん。なるべく近寄らないほうがいい、かもな。

やっぱ、そうかなあ。

＊

……残念なことに、これまでいろいろと試みてきた〈対策〉はどれも、失敗に終わってしまいました。非常に残念なことですが……〈災厄〉が始まって、亡くなった継永《つぐなが》さん、幸田くんとそのご家族、それに小鳥遊《たかなし》さんのお母さまも、ただただご冥福《めいふく》をお祈りするよりほかありません。

ここにいるみなさんは四月の初めからずっと〈対策〉に協力してくれて……特に対策係の人たち、それから率先して〈いないもの〉を引き受けてくれた比良塚想《ひらつかそう》くん、本当にご苦労さまでした。今後は比良塚くんも、普通に学校生活を……。

…………

…………

……先生？

何ですか。

これってもう、ほんとにもう、どうしようもないんですか。

どうしようもない、とは？

もっと何か、ほかの〈対策〉は……。

……ないのです。少なくとも私の知る限りでは。

…………

…………

…………

〈災厄〉はすでに、本格的に始まってしまいました。〈いないもの〉による〈対策〉が手詰まりとなった以上、私たちにできることはもう、何も……。

……そんな。

そんなぁ……。

…………

…………

……ごめんなさいね。

ごめんなさいね、みなさん。分からないのです、私にも。

このようにして〈災厄〉が始まってしまったあとであっても、途中で止まった例はあるのです。三年前がそうだったように。

ですが、なぜ止まったのか？ については、はっきりしていなくて。よく分からない、分かっていないというのです。ですから……。

…………

……ですが。

ですが、みなさん。

あきらめずに……みなさん、ここであきらめたり投げやりになったりしてしまわず、よろしいですか、とにかくまず、くれぐれも身辺に気をつけて。学校の行き帰りや外出時など、不慮の事故に遭わないようにできるだけの注意を。健康管理もその一環です。常日ごろから気をつけて、なるべく〈災厄〉につけこまれそうなリスクをなくすように心がけて……。

……私も。

担任である私も、充分に気をつけなければなりません。どんなに注意してもしすぎということはない。そんな心構えをしっかり持って、どうかみなさん……。

……気をつけて。

Chapter 10

June Ⅲ

1

「——はい？」

久しぶりに聞く彼女の声、だった。

「あ、ええと……お久しぶり」

内心の気まずさに耐えつつ、ぼくは携帯電話を持ち直す。相手は少し間《ま》をおいてから、

「想くん」

ぽつりと応《こた》えた。

「何度か電話したんだけど。やっと出てくれたね」

「あ……んと、わたし……」

また少し間をおいてから、

「ごめんね」

と、彼女――葉住結香《はずみゆいか》は云った。

「いや。あんなことがあったんだし、仕方ないよ。学校に出てきたくない気持ちも、当然だと思うし」

「ん……あ、でもね、大丈夫だからわたし。元気だから」

葉住は意外にさばさばした口ぶりで、

「ケータイの着信には気づいてたけど。あのときはもう、クラスの誰とも話したくなくて。想くんとも。でもね、もう大丈夫だし」

「そうなの?」

「学校はまだ、行くのいやだけど。でも、神林《かんばやし》先生とは一度、会って話したし。無理しないように、って云ってくれたし」

「そうか。だったら……」

彼女の出席日数や卒業や進学などについては、べつにここでぼくが心配することでもない。それよりも問題は……。

「先月の継永さんの件や小鳥遊さんのお母さんの件は、知ってる?」

知らないはずはないだろうと思いつつ、ぼくは訊《き》いた。

「今週の初めには俊介《しゅんすけ》……三組の幸田敬介《けいすけ》の双子の兄弟が死んで、そのあと敬介自身と二人のご両親まで……」

先月の二件については知っている。俊介や敬介の件はまだ知らなかった。——という答えが返ってきた。けれど、このときの彼女の答え方はどこかしら、それらをまったくの他人事《ひとごと》として受け流すような調子で。

「だからね」

相手の反応に若干の違和感を覚えながら、ぼくはやや声を強くした。

「だからつまり、とうとう〈災厄〉が始まってしまったんだよ。四月からの〈対策〉は結局、うまくいかなくて」

「わたしのせいで、って？」

葉住が云った。ぼくと同じように、それまでよりもやや強い声で。

「わたしがちゃんと〈いないもの〉を続けられなかったから、そのせいで？　全部わたしが悪い、って？」

「あ、いや。今はそんなことを云いたいんじゃなくて」

ぼくは言葉に詰まった。今さら彼女の行動を責めたりなじったりするつもりで電話をしたわけでは、決してないのだ。

「あの日はわたし、もう我慢できなくなって教室から逃げ出しちゃったけど……でもわたし、あのあとぜんぜん学校、行ってないから。それでもう、完全に〈いないもの〉になったでしょ？　想くんはあのあとも〈いないもの〉を続けたんでしょ？　なのに……」

悔しげに苦しげに、けれども何だか突き放したような感じで語る葉住。ここであれこれとその後の事情を説明してみてもきっと、聞く耳を持ってはくれないだろう。

「ええとあの……そういう問題じゃなくて」

ひと呼吸おいて、ぼくは云った。

「気をつけて――って、葉住さんに云いたかったんだよ。それだけ」

「………」

「いくら学校に来ていなくても、きみは三年三組の一員だから。始まってしまった〈災厄〉はね、〝関係者〟の誰にでも降りかかる可能性がある。だから」

ひと言そう注意を促しておきたい、促しておかねば――と思っていたのだ。彼女が〈いないもの〉を放棄して逃げ出してしまった経緯についてぼく自身、多少なりとも自責の念を拭えずにいるのも確かだし。――ところが。

「『気をつけて』って云われてもねぇ。うーん」

彼女の反応は、ぼくの想定を裏切るものだった。

「わたしね、あんまり信じてないから」

「えっ。何を……」

「そういうふうな、ほら、呪いとか祟《たた》りみたいな、非科学的なこと」

「って？　でも、実際に人が死んで……」

「ぜんぶ偶然、なの」

やけにきっぱりと、彼女はそう云いきったのだ。そして語った。

「人は必ず何かで死ぬものでしょ。いろんなリスクとなりあわせでね、みんな生きてるの。だからね、たまたま不運な偶然が重なって、いろんな人が死んじゃうこともある。そもそも世の中はそんな偶然で成り立っているもので、それは決して呪いとか祟りのせいじゃないんだって。仲川《なかがわ》さん——仲川のおにいちゃんが、そう……」

仲川？

四月の末にバイク事故で死んだ夜見《よみ》一《いち》の高校生、仲川貴之《たかゆき》。そのお兄さん、か。彼は葉住の兄の友人でもあって、という。

「ああ……親しくしてるんだってね。ええとその、仲川さんのお兄さんと」

いつだったか又聞きした誰かの目撃談を思い出して、ぼくは云った。すると葉住は照れるふうもなく、むしろちょっと自慢げに、

「うん、そうなの」

と応じた。

「仲川さんってね、すっごい、頭いい人なんだから。大学では物理学が専門なんだって。お兄ちゃんもね、『あいつは本当にできるやつだし、いいやつだ』って」

その科学者肌の秀才が、夜見北《よみきた》の〈現象〉や〈災厄〉を「非科学的」であると全否定している。葉住は彼の薫陶《くんとう》を受けて……と、そういうわけか。

……何も知らないくせに。

会ったこともない仲川・兄。心中に浮かんだそのシルエットに向かってつい、ぼくは毒づきたくなった。

知らないくせに。今、ここにある〝現実〟を。

「あのね、葉住さん」

気持ちが軋《きし》むのを抑えて、ぼくは云った。

「その、仲川さんが云うことはとてもまっとうな、というか、常識的な意見だろうとは思うけど。だけど、いい？　夜見北の三年三組の〈現象〉や〈災厄〉はね、違うんだよ。科学や常識で語ってもまるで意味がない、その……」

「仲川さんが云うことは正しいの」

と、葉住はさらに声を強くした。

「よく考えてみたら、おかしすぎる、異常すぎるもの。〈死者〉がクラスにまぎれこんだり、そのせいで人が死んだり、なんて」

「だから、それは」

「〈いないもの〉の〈対策〉にしてもね、仲川さんは、それっていじめじゃないかって、すごく怒ってくれたんだから。本当にそんな呪いがあるのなら、学校や教育委員会が放っておくはずもない、って」

「そ……」

言葉がもう、出なかった。

いくら云っても無駄？——そんな気もしてきて、ぼくは携帯からいったん耳を離す。相手には聞こえないよう、低く溜息《ためいき》をついた。

教室から逃げ出して、仲川・兄のもとへ逃げ込んで……そうして彼女は今、すっかり彼の引力圏内にいる、という話なんだろう。恋愛的な感情の高まりが、どの程度そこにあるのか。どの程度それが、彼女の判断に影響を及ぼしているのか。——そのあたりの実情は、ぼくにはよく分からないけれど。

「とにかく……でも、気をつけて」

最後にぼくはそう云った。

「もしも可能なら、いっそ夜見山《よみやま》の外へ出ていったほうが……」

ひと言の応えもなく、こちらが切る前に電話は切られた。——これが六月二十八日、木曜日の夜の出来事だった。

2

この日の教室の空気は、思い出すだに重く沈みきっていた。

前日の自動車事故で死んだ幸田敬介の席には、白い百合《ゆり》の花束が置かれていた。先に死んだ継永の席には、もう花はない。空いた席は、この二つを含めて全部で四つ。あとの二つは、欠席が続く葉住と入院中の牧瀬《まきせ》の――。

〈いないもの〉の〈対策〉が終わったことで、0号館の旧教室から運んできてあった古い机と椅子は不要になった。ぼくが四月からずっと使っていた机と椅子も、この日の朝にはもうかたづけられ、新しいものに取り替えられていた。

〈対策〉の終了は、授業を受け持つ各教科の先生たちにも伝えられていて、この日の国語の授業中、ぼくは三年生になって初めて、指名されてテキストを読むという行為を経験した。「起立」「礼」「着席」もあったし、出欠確認の点呼も行なわれた。――二年生までと同じ、〈いないもの〉が設定されていない普通の授業風景。

だが、それが普通であればあるほどに、教室の空気はいっそう重く沈み込む。――そう感じられた。

〈災厄〉が、始まった。

神林丈吉《じょうきち》氏の病死を含めるとすれば、五月と六月で合計七人の〝関係者〟が命を落とした。なのに、もはや打つ手がなくて、自分たちは何もしていない。何もできない。——挫折感と無力感。不安と焦り。そして、どうにも消し去りようのない怯《おび》え、恐れ。

授業の合間の休み時間には、四月から一度も喋《しゃべ》ったことのないクラスメイトたち（多治見《たじみ》の幼なじみだという青沼《あおぬま》とか、サッカー部の中邑《なかむら》とか、女子だと継永の親友だったという福知《ふくち》とか……）が、取って付けたような感じで声をかけてきたりもした。当たりさわりのない言葉ばかりだったが、いちいちそれに応えるのがぼくは何だか憂鬱《ゆううつ》で……〈いないもの〉でいたときのほうがむしろ気楽だったかも、とさえ思えた。

ホームルームのときに神林先生が、幸田家の葬儀は明日《みょうにち》に執り行なわれる予定だが、親族だけの密葬になるそうなので——と告げた。

「ですからみなさん、幸田くんとのお別れはみなさんそれぞれの心の中で……」

云いながら先生は少し涙ぐみ、云いおえると教卓に寄りかかって、ひとしきり声をもらして泣いていた。最後列のぼくの席からでも、そんな彼女の肩や膝《ひざ》がひどく震えているのが見て取れた。

3

「コーヒー、飲みにこない？」

という電話が泉美《いずみ》からかかってきたのは、葉住との電話が切れてしばらくして、というタイミングだった。いきなりの誘いにぼくが返事をためらっていると、

「ママがアップルパイを焼いてくれるから、想くんも一緒にどうかなって。じゃあ、十五分ほどしたらね。来てね」

さくさくと話が進められて、けっきょく十五分後には、ぼくは泉美の私室である〈E-1〉を訪れていた。

「幸田くんが死んじゃってから想くん、近寄りがたいくらい元気ないし。一年のときから生物部で仲良しだったんだから無理もないと思って、そっとしておかなきゃと思って……なのに、幸田くんのお葬式の日にあんな事故、でしょ」

前にもごちそうになったイノヤ・ブレンドの香りが、部屋には漂っていた。サーバーからカップにコーヒーを注ぎながら、

「何だかもう、ひどすぎるよね。家族全員が、なんて」

泉美は悲しげに、そして少し憤《いきどお》ろしげに言葉を連ねた。

「いくら〈災厄〉は『超自然的な自然現象』であって、そこには何者の悪意も存在しないんだって云われても、そうは思えなくなっちゃう」

「何かの悪意を感じる？」

「何の、なのかは分からないけど。想くんは？」

訊かれて、ぼくは無言で首を横に振った。感じるか感じないかではなくて、「何かの悪意」を認めたくない、否定したい――という気持ちで示した反応だった。

コーヒーがリビングのテーブルに運ばれてきてまもなく、チャイムが鳴った。泉美が「はーい」と応じて玄関へ向かう。やってきたのは泉美のお母さん＝繭子《まゆこ》さん。焼き上がったアップルパイを届けにきてくれたのだ。

「……何だかエレヴェーターの調子が悪いみたい」

玄関での母娘《おやこ》の会話が、リビングまで聞こえてきた。

「いま上階《うえ》で呼び出しても上がってこなくって。それで階段で降りてきたんだけど、パイのトレイに気を取られて、足を踏み外しそうになって……ひやっとしたわぁ」

「もう！　気をつけてね、ママ」

泉美が云った。緊張と警戒でぴりっ、と震えたような声だった。

「階段は絶対に慌てないで。エレヴェーターの不調も、早く業者に連絡して」

「はいはい」

応えてから繭子さんは、リビングで立ち上がっていたぼくに向かって、

「いらっしゃい、想くん」

「お邪魔してます。ええとあの、アップルパイ、いただきます」

「われながら上手に焼けたから。たくさん召し上がれ」

「ありがとうございます」

「学校でいろいろ大変なことがあったみたいだけど、落ち込みすぎないようにね」

「あ……はい」

「じゃあね」

と、繭子さんは泉美に向き直って、

「もう一人お友だち、来るのよね。あまり遅くまでお引き止めしちゃだめよ」

「分かってます。——ありがとうね、ママ」

「おやすみなさい」

そうして繭子さんが部屋を去ったあと——。

「もう一人、誰か？」

ぼくはすかさず泉美に訊いた。

「あれ？ 云わなかったっけ」

「聞いてないけど……矢木沢《やぎさわ》？」

「正解」

あっさりそう答えて、泉美はからりと笑った。

「きょうも想くん一日中、思いつめたような怖い顔だったし。心配なのよ、矢木沢くんも。

ちょっと話をしにいきたいって連絡があって、それでね」

「だったら、ぼくに直で連絡してくればいいのに」

「だからぁ」

と、泉美は軽くぼくをねめつける。

「とてもそんな感じじゃなかったの、きのうもきょうも、想くん。何だかね、〈いないもの〉をしていたときよりも〈いないもの〉っぽいっていうか。話してても、『ほんとは話したくない』『ほっといてくれ』みたいな、マイナスのオーラが全身から出てるっていうか」

「………」

「気持ちはよく分かる。あたしだって、結果からして完全に対策係失格だし……だけどほら、落ち込んでばかりいてもきっと、何もいいことないから。――コーヒーどうぞ。パイは矢木沢くんが来てからにしましょ」

泉美がいれてくれたコーヒーを、カップを包み込むように両手で持ってひとくち飲んだ。美味《おい》しかったけれども、舌を通りすぎる仄《ほの》かな苦みがこのときは、心の内側にまで染み入ってきそうに感じられて――。

「あの……さっきの、伯母《おば》さんの話」

泉美の表情を窺《うかが》いながら、ぼくは云った。

「階段で足を踏み外しそうになったっていう……ああいうのが、〈災厄〉につけこまれるリスクなんだよね」

だから泉美はさっき、繭子さんに対してあんなふうに厳しく注意したのだ。

「エレヴェーターの落下事故っていうのも昔、あったそうだから」

神妙な顔で頷《うなず》き、泉美は応えた。

「それこそ三年前、想くんの知り合いのあの人——見崎《みさき》さんが三年三組だった年に」

一九九八年度にそんな事故があって〝関係者〟が死んだことは、ぼくも千曳《ちびき》さんから聞いて知っていた。確かそう、それは夕見《ゆうみ》ヶ丘《がおか》の市立病院での事故で……。

「だから、気をつけないと。〈災厄〉はあたしたち三組の生徒だけじゃなくて、あたしたちの家族にも降りかかるものなんだし」

泉美は嚙《か》みしめるような口調で、今さらながらの確認をする。ぼくは彼女の顔を見すえたまま、無言で頷いた。

四月からの〈対策〉がことごとく失敗に終わってしまった今、ぼくたちはどこまでも無力なのだ。いつ誰が見舞われるか予測のつかない〈災厄〉を、ひたすら警戒し、ひたすら怯えながら日々を過ごすしか、もう……。

「ちょっとあっちの部屋、行こっか」

コーヒーのカップを置いて、急に泉美が云いだした。「あっちの部屋」とは、防音仕様になっている例のピアノ室だろう。ぼくはまだ一度も入ったことがない。

「どうぞ」

テーブルから離れてその部屋のドアを開けて、泉美はぼくを招いた。

「何となくピアノ、弾きたいなあって。つきあってくれる?」

4

十畳くらいの洋間の中央に、立派なグランドピアノがあった。ただしピアノの屋根は閉まっていて、その上にいろいろなもの——雑誌やノート、メモパッドやペンケースなど——が無造作に置かれている。普段はあまり弾くことがないのだろう。

「久しぶりだから、下手かも」

と前置きしてピアノ椅子に坐《すわ》ると、泉美はおもむろに鍵盤蓋《けんばんぶた》を開けた。静かに両手の指を広げ、鍵盤に落とす。そうして流れはじめた仄暗く美しい旋律——。

「知ってる? この曲」

弾きながら、泉美がぼくに訊いた。

「聴いた憶《おぼ》えはあるけど。ええと……」

「超有名曲ね。ベートーヴェンのピアノソナタ『月光』、第一楽章」

「『月光』……」

「ここでショパンの『葬送行進曲』もないでしょう」

死んでしまったみんなを悼《いた》んで、というつもりなのか。

「中二のとき読んだ小説に、この曲を弾いて死者を送るシーンがあったの。それがとても印象に残っていて、だから……」

演奏は進む。

半分は泉美の姿を見ながら、半分は緩く目を閉じながらピアノの調べを聴くうち、ぼくは知らず、窓のカーテンに背を寄せていた。するとそこで、ふいにちょっとした異臭を感じて、鼻がむずむずして……。

埃《ほこり》っぽい？　そのにおい？

何やらまるで、長らく人が住んでいない建物に足を踏み入れてしまったような心地が、一瞬した。思いきり強く目を閉じたら、荒れ果てた廃屋の光景が瞼《まぶた》の裏に浮かんできそうな……。

……どくん

と、低い響きが。どこか、聴覚の守備領域の外で。これは――。

これは何？　という疑問はしかし、一瞬後にはすっかり消え失《う》せてしまって……ピアノの鍵盤蓋を閉める音が、間近で聞こえた。演奏を途中でやめた泉美の、何だか少し憂鬱そうな表情の横顔が見えた。

「どうしたの」

と、ぼくは訊いた。

「何でやめちゃったの」

「気づいてなかったの?」

と、泉美が訊き返した。

「ちゃんと鳴っていない鍵盤が一つ、あったでしょう」

「そうだっけ」

「調律もずいぶん狂ってるし。このピアノ、もうめったに弾かないから……って、でもこれじゃあやっぱり、だめね。ピアノが可哀想。ママにお願いしておかなきゃ」

泉美は大きく息をついて立ち上がり、リビングのほうへ戻る。それを追おうとしたところでふと、ピアノの上に置かれていたものの一つが目にとまった。

「ねえ、ちょっと」

ぼくは泉美を呼び止め、

「これは――」

と、それを取り上げて示した。

「いつの写真?」

振り返って、ぼくが示したその写真をちらっと見るなり、泉美は何でもないふうに「ああ」と呟《つぶや》き、答えた。

「入学式の日に撮ったの。教室で」

入学式——といえば、四月十日だったか。始業式の翌日で、そのときにはもう〈対策〉が始まっていて、〈いないもの〉を引き受けたぼくと葉住は学校へは行かなくて……。

「クラスの記念写真を撮りましょうって、あの日のホームルームのとき、神林先生が云いだして。神林先生はね、自分が担任するクラスでは学年の初めにこういう集合写真、撮るって決めてるらしいの」

説明しながら泉美は、しかつめらしく腕組みをした。

「いつもは始業式の日に撮るらしいんだけど、今年は〈ある年〉だと分かったから、〈いないもの〉の想くんたちも一緒に撮るわけにはいかなくて。次の日——入学式の日には想くんも葉住さんも来てなかったから、そのときに」

教室で撮影した三年三組の集合写真。——確かにこれはそうだった。この日、学校に行かなかったぼくと葉住は写っていない。このときすでに入院中だった牧瀬も当然、写っていないはず。神林先生の姿がないのは、撮影者が先生自身だったからだろう。

「卒業アルバムの制作もあるはずだから、いずれまたみんなで写真、撮らなくちゃいけないわけよね。そのときは想くんも、みんなと一緒に」

そこまで云って泉美は、ふいと表情を硬くして口をつぐんだ。長い溜息とともに視線を足もとに下げ、唇を噛む。両手で前髪を掻《か》き上げ、額に片方の掌を押しつける。

ぼくは彼女の、彼女自身にもきちんと把握しきれていないに違いない胸中の複雑さを、痛いほどに感じ取った。自分を取り巻く現在のこの状況に打ちひしがれ、途方に暮れているのは、そう、もちろんぼくだけではないのだ。

5

ピアノ室からリビングに戻ったところで、ちょうど矢木沢が到着した。

夕方から降りつづいている小糠雨《こぬかあめ》の中を、きょうは自転車で来たらしい。派手なオレンジ色の雨合羽《あまがっぱ》を玄関前で脱ぎ、泉美が渡したタオルで濡《ぬ》れたあちこちを拭きながらリビングに入ってきた矢木沢は、ぼくの姿を見ると「おう」と片手を挙げて、

「少しはましな顔、してるな」

そう云って、みずからは思いきり顔をしかめてみせた。

「俊介んちの件はそりゃあ、おれだって大ショックさ。あの兄弟とはおれ、小学校も同じだったし。落ち込む想の気持ちはよーく分かるが、ここでずっとふさぎこんでても、何もいいことないしなあ。な？」

「ああ……まあ、うん」

この状況にあっても矢木沢は、以前と変わらない態度や口ぶりを保とうとする。さすがに「楽観主義者」を気取ってもいられない心境ではあるはずだが。

「しかし、こういう中途半端な雨降りはいやだな。いっそ土砂降りならあきらめもつくのに」

「どんなあきらめ？」

「コーヒーとアップルパイのお誘いを、泣く泣くあきらめる」

矢木沢はおどけるように肩をすくめて、

「もうこの時間だろ。自転車で来ないと、帰りのバスがなあ」

「帰り、気をつけて。事故とか、その……」

思わずぼくが釘《くぎ》を刺すと、矢木沢はふっと笑みを消して「分かってるさ」と応えた。

「だから、なるべく派手な色の合羽を着てきたし、自転車にはライトを一個、余分に付けてあるし……」

泉美が矢木沢のぶんのコーヒーを用意し、三人で繭子さんお手製のアップルパイを食べた。その間に矢木沢が、ピアノ室から持ち出してきてテーブルの隅に置いてあったクラスの集合写真に目をとめて、

「ああ、その写真」

と呟いた。

「四月に撮った、あれか」

「コーヒーのお代わりはいかが」

「お、いただきます」

「想くんは？」

「じゃあ、ぼくも」

「想も写真、撮ろうよな」

急に改まった声でそう云われて、ぼくは「え？」と矢木沢の顔を見直した。

「だから、記念写真。な？　おまえ、カメラ得意だろう」

「——うん、まあ」

フィルム代や現像代でどうしてもお金がかかるから、実際にカメラで写真を撮る機会はあまりない。普段はもっぱら、指で仮想のファインダーを作って「パシッ」……なのだけれど。

「それじゃあそのうち、な」

「こういう集合写真を、ぼくが撮るの？」

「ん……ああいや、そうじゃなくて」

自分で云いだしておきながら、矢木沢はちょっと混乱したような表情で。左右に軽く首を振り、そのあと独り頷いて、

「クラス全員じゃなくていいから、たとえばおれと想と赤沢《あかざわ》と、三人で撮ろう。〈災厄〉の年の思い出に、さ」

そこまで云って、表情をあっけらかんとした笑顔に変え、

「もちろんちゃんと生き残って、あとで見てしみじみと語り合うための……な」

「あくまでも楽観的に構えるんだね」

「でないと、やってられない状況だろ」

「まあ……」

「ねえねえ、これ」

と、そのとき泉美がキッチンから戻ってきて、ぼくたちに差し出したものがあった。

「なに？」と小首を傾げて矢木沢がまずそれを受け取り、「おお」と声をもらした。続いてぼくも同じものを受け取り、「あっ」と声をもらす。

「あたしのおごり、ね」

と云って泉美は、華やかな笑みを広げた。

「夏休みにみんなで観にいこうよ。ね」

八月初めに封切りの、『ジュラシック・パークⅢ』の前売り券。——そういえば、前に三人がこの部屋に集まったとき、そんな話が出たっけ。

ジャージのポケットに入れてあった携帯電話が、このとき振動しはじめた。取り出して

ディスプレイを見てみて、ぼくは二人に気取られないよう、かすかな息をついた。応答には出ないまま、黙って携帯をポケットに戻す。

「いいのか、出なくて」

と、矢木沢に訊かれた。

「あ、うん」

「ひょっとして彼女――見崎さんから？」

と、これは泉美に訊かれて、ぼくは「違うよ」とかぶりを振る。

着信は月穂《つきほ》からの、だった。出なくても用件は分かっていた。日曜日に美礼《みれい》を連れてこちらへ来るという、その話だろう。

今ここでこの電話に出たとして、自分はどう応じたらいいのか、どう応じたいのか。ぼくにはよく分からなかったから……だから、出なかった。出られなかった。――逃げたのだ。

「ねえ、想くん」

泉美が云った。さっきの笑みはもうない。真顔でぼくを見つめて、

「あのね、きょう学校で神林先生が云ってたこと……〈災厄〉は始まったけれども途中で止まった年がある、っていう話」

「――うん」

「三年前がそうだったのよね」

「うん。三年前も、そうだったらしいね」

「止まったのは事実だけれども、なぜ止まったのかは分からない。あたし、江藤《えとう》さんにも訊いて確かめてみたの。三年前に三年三組だったっていう彼女のいとこも、『なぜ』については知らない、分からないんだって。――でも」

泉美はぼくを見つめたまま、

「もしかして、見崎さんなら何か知ってるんじゃないかしら」

そう云って、切れ長の目をすうっと細めた。

「三年前の三組にいただけなら江藤さんのいとこと同じだけど、でもね、あの人なら何か、ほかの人たちが知らないような……」

「見崎――って、想が知り合いだっていう夜見北の卒業生？　いつだったか、ちらっとその人のこと、話してくれたよな」

「うん、そう」

矢木沢に対しては頷いてみせ、泉美に対しては「ぼくもそう思うんだけど」と答えた。

「何かありそうなのは確かで……だからね、その件について訊いてみたことも何度かあって。だけど見崎さん、いつも何だか曖昧《あいまい》な反応で。答えにくそうっていうか、積極的には答えたくない、っていうふうにも見えて」

「そうなの？」

と、首を傾げる泉美。ぼくは鳴《めい》の顔を思い浮かべながら、

「何かきっと、複雑な事情があるんだと思う。ひと言では答えられないような、何か……」

「だったら、その複雑な事情も含めて、話を聞かせてもらうことね」

声を鋭くして、泉美は云った。

「ほんの少しでもいいから、何か手がかりがあれば……ね。このまま何もできずに、ただ〈災厄〉に怯えているよりも」

泉美に云われなくても、分かっている。ぼくも同じことを考えてはいたのだ。

ただ、月曜日に俊介のあの姿を目の当たりにして以来、何と云うんだろうか、すっかり心が縮み上がって、前を向く力を失ってしまっていて……だからいまだ、鳴には連絡を取れずにいたのだった。

俊介の葬儀の日、鳴がくれた電話を思い出す。応答には出られなかったが、留守録にメッセージが残っていた。そのメッセージの最後で確か、彼女はこんなふうに。

——〈対策〉が失敗しても、まだ……。

まだ……まだ別の手立てがあるかもしれない。——と、もしかしたらそう云いたかったんじゃないか、彼女は。

「——分かったよ」

泉美の真剣なまなざしを受けながら、ぼくは応えた。

「あしたにでも見崎さんに電話してみる」

6

「学校でまた不幸があったそうですね」

夕見ヶ丘の市立病院・別館にある「クリニック」の診察室にて——。

「三年生の生徒さんが今週、二人も亡くなったとか」

碓氷《うすい》先生の問いにぼくは小さく頷き、死んだ生徒の一人は自分と同じ生物部の部長で、もう一人はクラスメイトだったのだと話した。

「今回は、想くんも親しくしていた友だちだったのですね」

「——はい」

ぼくは迷った末、生物部の部長＝俊介が命を落とした惨事の現場には自分が最初に駆けつけたのだ、ということも打ち明けた。そのときの恐怖も混乱も悲しみも、包み隠さず。

「ははあ」

そこまでの話は予想していなかったのだろう、碓氷先生は驚いたように目を丸くした。

のだが、それでもいつもと変わらない、丁寧で穏やかな口調で、

「大変でしたね、そんな……今の言葉ではとても云い尽くせていないでしょうね。そのときのショックで、三年前の件が強く思い出されたりはしましたか」

「あ、はい。あのときは、どうしても、その……」

ショックのあまり急激な眩暈《めまい》に襲われ、その場で気を失ってしまったことも打ち明けた。

「うんうん。無理もないでしょう」

と、先生はあくまでもいつもの調子を崩さずに頷いてみせ、

「気を失ったのはその一度きり？」

「はい」

「以来、夜はちゃんと眠れますか」

「――いえ。あんまり」

「起きているとき、生々しいフラッシュバックがあったりは？」

「…………」

何とも答えられずにいると、先生はカルテにさらさらと何か書き込んで、

「とにかく入眠剤は出しておきましょう。それでも不眠が続いたり、悪夢を頻繁に見たり……そしてそう、普段の生活でひどい不安にさいなまれたりするようなら、迷わずまた来るようにしてください。予約していなくても大丈夫ですから。こちらの診療科に直接、電

話してくれれば対応します」

「はい。ありがとうございます」

カルテを閉じると碓氷先生は、口のまわりの髭《ひげ》を撫《な》でまわしながら「ううむ」と唸《うな》った。

そのあといくぶん声のトーンを落として、

「それにしても物騒な、いや、悲しい出来事が続きますね。不慮の事故というのはどこででも起こりうるものですが、それにしても……」

鋭く眉根《まゆね》を寄せ、「はて、さて」と呟く。

「例の伝説、ですか」

先まわりをして、ぼくは訊いてみた。

「先生はどんな話をお聞きなんですか。〝死〟にまつわる奇怪な伝説、というふうに云っておられましたけど」

「いやまあ、ちらほらと無責任な噂が聞こえてくるだけですから。呪われてるんじゃないか、というような、非科学的な」

非科学的、か。

おとといの葉住との電話を苦々しい気分で思い出しつつ、ぼくは目を伏せる。

「ああ、いや」

と、碓氷先生はさらに声のトーンを落として、

「実はちょっとその、娘が気にしていましてねえ」

「娘さん……」

四月のカウンセリングのあと、ここで遭遇したあの女の子。確かそう、希羽《きは》という名前の。

「希羽ちゃん？」

「おや。紹介したことがありましたか」

「あ、いえ。前に一度、ここ――診察室の外で出会って。『こんにちは』って、希羽ちゃんのほうから挨拶《あいさつ》してくれて」

「そうでしたか。意外に人見知りしない子でしてね」

にっこりと笑って独り頷き、碓氷先生は髭を撫でる手を止めた。

「どこでどんなふうに聞いてきたのか、よく分からないのですが。あるとき急に、あの中学ではもっと人が死ぬ――と、そんなことを云いだしたり」

「まだ小学校の低学年、ですよね」

「いま二年生なのですが」

碓氷先生は口もとを引きしめ、小さな目をしばたたく。そうして何かしら物思わしげな口ぶりで、「あの子は」と続けるのだった。

「昔から少し、変わったところがありましてね。あの子は……ああいや、こんな話はどうでもいい。よけいなことを云ってしまいました」

ゆるりと一度かぶりを振ってから、先生はぼくの顔を見直した。

「とにかくまあ、呪いだの何だの、その手の都市伝説的な情報は、いくら耳に入ってきても気にしないように。想くんはまず、なるべく気持ちをフラットにして、身近で起こってしまった〝死〟と自分との距離を保つように……」

六月三十日、土曜日の昼前。――このときもやはり、碓氷先生に夜見北の三年三組を取り巻く〝現実〟を訴えることは、ぼくにはできなかった。

7

そしてこの日もぼくは、病院で霧果《きりか》さんらしき女性を見かけたのだ。

カウンセリングが終わると、今回もぼくは渡り廊下を通って別館から本館に移動し、会計窓口のある診療棟一階のロビーへ向かった。その途中で――。

向こうはぼくに気づかなかったようなので挨拶はしそびれたのだが、あれは確かに霧果さんだったと思う。最後に彼女と会って話をしたとき（二月の初めに〈夜見のたそがれの……。〉で、だったか）と比べて、何だかずいぶんやつれて見えた。やっぱりどこか身体の調子が悪くて、病院にかかっているんだろうか。

気になりながらも、そのあとはいつもどおり会計を済ませて、薬局で薬を受け取って玄関へ向かった。すると、そのとき。

「想くん？」

思いがけない声が背後から飛んできて、ぼくは驚いた。鳴の声、だったのだ。振り向くとそこに、夜見一の制服を着た彼女が立っていて——。

「あ、あ……あの……」

完全にふいをつかれて、しどろもどろもいいところのぼくだった。

どうして鳴が今、ここに？

霧果さんの付き添いで、とか？　あるいはもしかして、彼女自身に何か不調があって、その診察のために？

「ええと、あの、あの……」

頭が空まわりするばかりで、ちゃんと言葉が出てこないぼくを、鳴は心なしか物憂げな気色で見すえた。

「夕方に想くんが、ギャラリーに来るっていう約束だったけれど——」

昔とは違って眼帯をしていない見崎鳴。〈人形の目〉じゃない義眼が入った左の目を少しすがめながら、すすっ、とぼくとのあいだの距離を詰めて、

「いま会っちゃったね。どうしよっか」

と云った。心なしかやはり、物憂げな気色を残したまま。

「ここで話、する？」

「あの……ええと……」

なおもうまく言葉が出ないぼくの、ズボンのポケットに入れてあった携帯電話が、このとき無粋な振動を始めて——。

「あ、ちょっと……電話が」

無視できなくて、ぼくは携帯を取り出した。ディスプレイには予想どおり、月穂の名前が電話番号とともに表示されていた。

思わず溜息が出てしまった。この数日で何度めになるだろうか。鳴が不審そうに首を傾げるのを視野の端に捉《とら》えつつ、しばしの逡巡《しゅんじゅん》——。

結局、応答には出なかった。留守録の有無をその場で確かめることもせず、ぼくは携帯をポケットに戻す。

「いいの？」

と、鳴が訊いた。誰からの電話なのか見抜いているような口ぶり、だった。

「大丈夫、です」

心が軋むのをどうにか抑え込みながら、ぼくは深呼吸を一つ。そして云った。

「見崎さんは今から、いいんですか」

「って？」

「だからその、病院の用事はもう……」

さっき霧果さんを見かけたことは、何となく云いづらい気がして云わなかった。鳴自身の身体のぐあいが悪いのか、とも訊けずにいるうち、

「じゃあ、行こっか」

と、鳴が云った。

「え……はい？」

「ここは人が多いし、騒がしいし。誰もいない場所じゃないと、話しにくいでしょう。病棟の屋上なら、きっと……」

8

おとといの夜、泉美と矢木沢の前で明言したとおり、昨夜ぼくは腹を決めて鳴に電話してみたのだった。

俊介たちが死んで〈災厄〉は続いていることが確定的となり、〈いないもの〉の〈対策〉も打ち切りになった状況をきちんと伝えた。そのうえで、三年前に〈災厄〉が途中で止まった件について改めて訊いてみたのだが、それでもやはり鳴は曖昧な反応で。

「三年前──一九九八年度の〈災厄〉は、どうして途中で止まったのか」

ぼくの質問を、噛みしめるように繰り返してから、

「それはね……」

云いかけて、鳴は言葉に詰まった。ぼくは黙って続きを待った。何秒、いや、何十秒もの沈黙があって、やっと声が聞こえてきた。

「電話よりも、会って話したほうがいいと思う」

と、そのとき彼女のほうが提案したのだ。

「あしたの夕方、そうね、四時ごろにでも来てくれる？　ギャラリーの地下で、待ってる。そこで、今わたしに話せることは話すから。どこまでちゃんと伝えられるか、心もとないんだけれど……」

だからきょうは、そのつもりで家を出てきたのだ。病院へ行ったあと、〈夜明けの森〉の図書館で夕方までの時間を過ごしてから御先町《みさきちょう》のギャラリーへ向かおう、と考えていた。ところが、その前に期せずしてここで遭遇してしまって……。

鳴のほうもたぶん、この偶然には多少なりとも驚いたに違いない。

ぼくたちがエレヴェーターで入院病棟の屋上に着いたとき、今朝方からずっと降りつづいていた雨は上がっていた。空はしかし、分厚い灰色の雲に覆われていて、重く低い。このまま永遠に梅雨が続くんじゃないか、と思わせるような暗い曇天《どんてん》だった。

風が強く吹いていた。湿気を多く含んだひどく生ぬるい風で、いくら吹かれても肌に滲《にじ》んだ汗がひくことはない。

エレヴェーターホールがある塔屋の外壁に沿って鳴は歩を進め、ぼくはそのあとを追った。

風で乱れるショートボブの髪。その乱れが、あるところでふいと止まる。そこで鳴も歩みを止めてこちらを振り返り、壁に少し身を寄せる。塔屋がちょうど風よけになってくれるスポット、だった。

「ここ、初めて？」

と、鳴が訊いた。ぼくは答えた。

「病棟のほうには来ませんから。入院したことはぼく、ないし」

「榊原《さかきばら》くんは三年前、二度もここに入院したのよね」

いきなり「榊原くん」と名前が出てきたものだから、このときのぼくは、ちょっとした緊張を覚えつつ身構えた。――ように思う。

「榊原さんは、確かあの、肺がパンク……自然気胸っていう病気で？」

「そう。二度めのときお見舞いにきて、一緒にこの屋上へ来たことがあった。晴れていたら、夜見山の街が隅々まで見渡せるの」

「そう……ですか」

榊原恒一《こういち》とは、ぼくがこの街にやってきてから彼と鳴が夜見北を卒業するまでの数ヵ月のあいだ、幾度も会っていろいろな話をした仲だった。会うときはたいてい鳴も一緒だったが、二人だけで話したこともある。

ぼくの身の上や家庭の特殊事情を、恒一はあらかじめ鳴から聞いてよく理解していて、だからいつも、ぼくには優しい気づかいを示してくれた。変に同情するような感じでは決してなくて、ごく自然に。——あのころの、実際のところ相当に深く心が傷ついて弱っていたぼくにとって、そんな彼の存在は鳴と並んで大きな救いだったと思う。今でも、とても感謝している。

恒一は夜見北を卒業すると、本来の住まいがある東京へ戻って、向こうの高校に入学した。同じ時期にぼくは中学生になり、当初はときどき電話で近況を伝えたりもしていたのだが、そのうちだんだんと疎遠になっていって……。

鳴のほうはしかし、卒業後に距離が開いてしまってからも、変わらず恒一との親交が続いているのだろう。たまに彼の話題が出るたび、ぼくはそう了解して、みずからを納得させていたのだ。鳴にとって恒一は、同じ〈災厄〉の年を一緒に切り抜けた特別な〝仲間〟なんだから、と。なのに——。

ときとしてぼくは、鳴の口から恒一の名前を聞くと、うまく形の摑《つか》みきれない胸の疼《うず》きを感じてしまう。なぜだろう。なぜなんだろうか。——ああ、いけない。これはあまり深く考えちゃいけない。

「どうして三年前、〈災厄〉は途中で止まったのか」

灰色の壁を背にしながら、鳴がゆっくりと自問した。びゅうう……と、風の唸る音が屋上に鳴り渡った。

「夏休みを境にして、だったんですよね」

すでに持っている情報を、ぼくは言葉にして確認した。

「八月にクラス合宿があって、そこでも〈災厄〉の犠牲者がたくさん出て……でも、九月以降はぴたりと止まったっていう。ひょっとしてその合宿で、何か特別な出来事が？」

「ああ、それはね……」

云いかけて、鳴は言葉に詰まる。昨夜の電話と同じ、だった。

「……〈災厄〉が止まったのは、事実」

いくばくかの間をおいてから、鳴はとつとつと語った。

「三年前とは別に、もっと前——一九八三年度にも一度、途中で止まったケースがあった。その年の夏休みにも、同じ場所で合宿が行なわれていて」

「じゃあやっぱり、合宿で何かが？」

「何かが……うん、そう。何かがあのとき、あったの。何かが……」

語るうち、鳴の声から徐々に力がなくなっていく。額に右手を当てて口をつぐみ、悩ましげにゆるゆると首を振る。

「何があったのか、教えてください」

ぼくは一歩、鳴に近づいて訊いた。

「何があったのか。どうして〈災厄〉は止まったのか。ねえ見崎さん、知っているのなら教えて……」

「知っていいた、の」

額から手を離し、鳴がそう答えた。

「知っていいたはず、なの」

「――はず？」

意味を捉えかねて、ぼくは鳴の、昼の光の下にあってもどこかしら夜に佇《たたず》む人形めいた白い顔を見つめた。

「それって、どういう……」

びゅううう、とまた風が唸った。

風向きが変わったのか、身を寄せている壁がこのときは風よけの用をなさず、向かい合って立つぼくたちに真横から強風が吹きつけた。ぼくの声は完全に掻き消されてしまい、鳴の髪や服が激しく乱れる。

そんなタイミングを見計らいでもしたかのように、そのとき――。

ズボンのポケットの中で、携帯電話の振動が。

きっとそう、また月穂からだ。——思考が分断される。感情が引き裂かれる。

きょうは六月三十日。月穂が美礼を連れて会いにくると云っていた七月一日が、もうあすに迫っているから。何時に来るのか、どこで会うのか、食事は何を、というような話をしたいのだ、彼女は。——それは分かっている。分かっているけれど、ぼくは……。

「電話」

と、鳴の声が聞こえた。

あんなに強く吹いていた風が、急にやんでいた。これも、何だかこのタイミングを見計らいでもしたかのように。——そのせいで今、振動を続ける携帯の音が、彼女の耳まで届いてしまったのだ。

「電話、お母さんからなんでしょう」

と云って、鳴はうっすらと笑んだ。こちらを見る彼女の、義眼じゃないほうの右の目には、けれども少し悲しげな色があって……。

「出なくていいの？」

さらに鳴は云った。

「出なきゃだめなんじゃないの？」

ああ——と、ぼくは思う。

鳴はいつも、正しい。

この電話に今、ぼくは出なければならない。——そうだ。逃げてはいけない。これ以上、逃げるわけにはいかないから。

携帯を取り出してディスプレイの表示を確かめ、ぼくは応答ボタンを押した。

「はい。——想です」

9

「ああ、想ちゃん？　想ちゃんね？　電話してもなかなか出てくれないから、わたし、心配して……」

だいたい予想していたとおりの、月穂のせりふ。だいたい予想していたとおりの声音で、口調で。——しきりに自分の想いをアピールしようとするのに、とても遠い。ぼくにはそう聞こえてしまう。

「……大丈夫？　想ちゃん。どこか身体のぐあいが悪かったりするの？」

「大丈夫」

まずは極力、感情を抑えて答えた。

「元気だよ、ぼくは」

「ああ、良かった」

いかにもほっとしたように「良かった」と繰り返してから、月穂は本題に入った。

「約束どおり、あした美礼も連れてそっちへ行くからね。お昼ごはん、どこか外で一緒に食べましょうね。ね？　想ちゃん、何か食べたいものとかは……」

あした、月穂が、来る。美礼も、連れて、この街に。——夜見山に。

「……それでね、さゆりさんたちにご挨拶もしなきゃいけないから」

そこまで聞いたところで、ぼくは踏んぎりをつけて口を開いたのだ。深く息を吸って少しずつ吐き出しながら、はっきりとこう云った。

「来ないで」

云った瞬間、きつく目を閉じていた。「えっ」という月穂の、驚きの声が聞こえた。

「どうしたの、想ちゃん。何を」

「夜見山には来ないで」

「え？　え？　どうして？」

激しい狼狽《ろうばい》が、息づかいからも感じ取れた。

「どうして、そんな……」

「来てほしくない、から」

携帯を握りしめて、ぼくはやや声を強くした。——視野の隅に、黙ってこちらを見守っている鳴の顔があった。そのまなざしは静かで、そしてやはり少し悲しげで。

「会いたくないんだ」

ぼくはさらに声を強くした。

「お母さんにも美礼にも、ぼくは会いたくないんだ。だから来ないで」

「どうしたの、想ちゃん」

うろたえるばかりの月穂。

「どうしたっていうの。何で急に、そんな」

「急にじゃないよ」

と、ぼくは月穂の言葉をさえぎる。声をいっそう強くして、このあたりからは一気に自分の感情を解放し、相手にぶつけるようにして。

「会いたいなんて……夜見山に来てほしいなんて、これまでに一度だってぼく、云ったことがある？　こっちに来てから今まで、ぼくがどんな気持ちでいたのか、いるのか、ちゃんと想像してみたことはある？」

「そ、そんな」

月穂の反応は弱々しかった。思ってもみなかったぼくの〝拒絶〟に驚き、うろたえ、そうしてきっと大きなショックを受けてもいるだろう。三年前のあの夏以来、ぼくがこんな言葉を彼女に投げつけるのは、たぶん初めてだったから。

「そんなふうに云わないで……ね、想ちゃん、わたし……わたしはね、ほんとはね、ずっと想ちゃんを……できればいつか、昔のように、また」

「もういいから。とにかく来ないで！」

このときはほとんど叫ぶような声を、ぼくは発していた。月穂の、母親としての本当の気持ちだとか、彼女の中にも実はずっと存在してきたのかもしれない葛藤だとか、そういったあれこれは、まったく気にならないと云えば嘘になるが、今のこの状況下では二の次、三の次の問題なのだ。ぼくは——。

ぼくはもう、自分の心の中から答えを絞り出していたから。だから……。

「絶対に来ないで！」

ふたたびきつく目を閉じ、ぼくは叫んだ。

「あしただけじゃなくて、ずっと」

「想ちゃん……」

「ぼくはね、ぼくはもう、お母さんの顔なんて見たくないんだ。会いたいなんて思わないし、声を聞きたいとも思わない」

「想ちゃん……そんな、嘘」

「大嫌いなんだよ！」

「想……」

「三年前の事件は忘れたの？　ぼくは憶えてる。忘れるはずがないでしょ。晃也《てるや》さんがあんなことになったのに、お母さんたちはあんな、ひどい……」

「………」

「ぼくが邪魔になって、さっさと家から追い出したよね。自分の子供よりも、比良塚さんとあの家が大事なんだよね。比良塚さんとのあいだにできた美礼が大事なんだよね。ねえ。そんな目に遭ってきて、ぼくが今もお母さんを好きだなんて思ってるの？　嫌いになってないと思ってるの？」

月穂は絶句していた。

突然ここまで云われて、平静でいられたはずがない――と思う。返答の代わりに、啜《すす》り泣くような声が小さく聞こえてきた。

それでもぼくは、たたみかけるようにこう訴えたのだ。

「だからね、来ないで。今後もう、いっさい近寄らないで。絶対にここには――夜見山には」

絶句。――啜り泣くような声が続く。合間に「ごめんね」という言葉が、途切れ途切れに二度。

「じゃあ、切るよ」

ふいにまた強風が吹きつけてきた。逆立つように乱れる髪を乱れるに任せながら、ぼくは感情を抑えた低い声に戻って云った。

「もう電話も、かけてこないで」

10

通話を切ると、ぼくは携帯を右手に握りしめたまま暗い空を仰いだ。——目にたまっていた涙が溢《あふ》れて落ちてこないように。そのせいで気持ちが緩んで、ここで泣きだしたりしてしまわないように。

「お母さん——月穂さんが、会いにくる予定だったのね。あしたの約束だったの？」

鳴がこちらへ一歩、近づいてきて云った。

「しばらく会ってないの？　月穂さんとは」

問われて、ぼくは視線を下ろした。

「会えば二年ぶり、くらい」

「そっか。——うん」

頷いて、鳴はぼくを見すえた。涙に気づかれるのがいやで、ぼくは顔をそむける。びゅううう、と風が唸った。さっきまでよりもだいぶ遠いところで。

月穂に対しては今、云うべきことをちゃんと云った。けれども依然、ぼくの心は軋みつづけていて……。

「……好き、なのね。想くんはやっぱり、月穂さんのこと」

やがて鳴が云った。

「なのに、『大嫌いなんだよ』なんて、あんなにむきになって」

ああ、やはりそう、鳴はぼくの心中なんてすっかりお見通しなのだ。

ぼくは……たぶんそう、月穂のことをさっき云ったようには嫌っていない。

いろいろなわだかまりが、ぼくの心のうちにあるのは事実で……三年前のあの件もその後の自分への仕打ちも、ひどい話だと思っている。悲しかったり苦しかったりする気持ちも、消えてはいない。憤りもある。けれど、だからといって彼女を心底「大嫌い」になったり憎んだりする気にもなれないまま、ぼくはきょうまでの時間を過ごしてきたのだ。

「好きなのかどうかは、よく分かりません」

と、ぼくは云った。昂《たかぶ》った感情が徐々に鎮まってきていた。

「だけど、今この時期にあの人が、美礼まで連れて夜見山に来るのは良くないって、そう思って。だからあの、『来てほしくない』と云ったのは本音で」

「〈災厄〉が始まってしまったから、ね」

鳴が云い、ぼくは深く頷いた。

「そう、です」

「月穂さんも美礼ちゃんも、想くんと二親等以内の〝関係者〟だから」

「――はい」

「月穂さんは〈災厄〉のことを知らないの？」

「――たぶん」

かつては知っていたのかもしれない。十四年前、晃也さんと一緒に家族全員が夜見山を離れたとき、少なくともある程度の事情は聞かされたはずだから。しかしたぶん、その後の年月の中で月穂は、当時の記憶を無意識のうちに消し去っていったんじゃないか。――ぼくにはそう思えるのだった。

「優しいね、想くんは」

と云って鳴は、さらに一歩、ぼくに近づいた。

「緋波町《ひなみちょう》にいる限りは〝圏外〟だけど、夜見山に来てしまうと、二人の身にも〈災厄〉が降りかかるかもしれないから……」

鳴のまなざしから逃げるようにして、ぼくは顔を伏せる。とうとう涙が目から溢れてしまって、頬《ほお》を伝った。思わず声がもれそうになったのを、懸命にこらえた。

鳴は黙ってぼくのそばから離れ、塔屋の壁に背を寄せて曇天を見上げる。風がまたやんでいた。訪れた不思議なほどの静寂の中、はあぁ……という彼女の吐息が聞こえた。

11

「順番に話すね」

と、鳴が云いだしたのは、それから何分か経ったころで――。

「さっきの話の続き、ね」

「あ、はい」

頭の切り換えをしなければならない。当面、月穂たちが夜見山に来る心配はないから。だから今は、鳴の話をしっかり聞かなければ。

「夏休みの合宿で、何かがあったはず。それを、わたしは知っていたはず。――というところまでだっけ、さっき話したの」

「――はい」

「『はず』っていうのはね、自信が持てないっていう意味」

「自信が？」

「そう。自分の記憶に。つまり――」

物悩ましげな面持ちでわずかに首を傾げながら、鳴は云った。

「はっきり思い出せないの。あれから三年近くが経つけれど、その部分の記憶が、今はとても曖昧で」

「それって——」

ぼくは思いつくままに訊いた。

「〈現象〉のせいで、ですか」

「そう」

頷いたものの、鳴の表情はいつになく心もとなげだった。

「〈現象〉に付随して発生する〝記憶の問題〟の一つ、ね。中でもこれは特殊ケースなんだと思うけど」

「特殊ケース？」

「クラスに〈もう一人〉＝〈死者〉がまぎれこんだとき、合わないはずの辻褄《つじつま》が合うように記憶や記録の改変・改竄《かいざん》が起こる。〈現象〉が終わって〈死者〉が消えたとき、記憶や記録は全部もとに戻る。そのあとは、その年の〈死者〉が誰だったのかっていう記憶もだんだん薄らいでいって、個人差はありつつも遅かれ早かれ、みんなそれを忘れてしまう。——これが基本的な形なんだけれど、そこから外れるものとして、千曳さんの例のファイルがあるのね」

「ああ、はい」

「あのファイルには、〈現象〉が起こった年の〈死者〉の名前がメモしてあって、それは消えずに残っているから。だからあのファイルを見れば、過去にどんな人が〈死者〉としてクラスにまぎれこんだのか、わたしたちにも確かめられるわけ。——想くんも見せてもらったこと、あるでしょう」

「はい」

第二図書室に置かれた「千曳ファイル」の特異性については、ぼくも了解している。〈ある年〉に現われた〈死者〉に関するさまざまな記憶や記録が、〈現象〉の終了後は総じて〝希薄化〟や〝曖昧化〟〝消滅〟へと向かう中で、あのファイルのメモだけはなぜか見逃されているようだ——と、そんな話を聞いたこともあった。

「ところがね、千曳さんのあのファイルにさえ記録されていないことが、あったの。それがつまり、〈災厄〉が途中で止まった年の、〈死者〉の名前」

そこで鳴は言葉を切った。額に手を当てて、しばし考え込む。それから——。

「順番に話すね」

ふたたび、自身を促すようにそう云った。

「三年前の夏休み、だった。休みに入ったばかりのころ、ひょんな流れである人の話が伝わってきたの。松永《まつなが》さん、だったかな、その人の名前。八三年度の夜見北の卒業生で、三年生のときは三組だったっていう男の人」

「八三年……〈災厄〉が止まった年、ですね」

「そう」とゆっくり頷いて、鳴は語りはじめたのだった。いつもの静かな声で。けれども、ひと言ひと言をみずから注意深く検討しつつ、というような話しぶりで。

「三年前のわたしたちも、始まってしまった〈災厄〉を止める方法はないかと思って、今の想くんと同じように、何か手がかりを探そうとしていたの。そこで引き当てたのが、松永さんのその話だった……」

三年前——一九九八年の時点で卒業後十四年が経っていた夜見北のOB、松永某。彼があるとき、泥酔して正体をなくした状態で、「八三年度の三年三組でみんなを助けたのはおれなんだ」と云いだした。ところが、酔いから覚めて正気に戻ると、自分が何を云ったのかまるで憶えていない。基本的には、彼は中学時代のその経験をすっかり忘れてしまっていたわけなのだが——。

泥酔時の松永の訴えによれば、彼はどうやら〈災厄〉にまつわる重要な情報を後輩たちに伝えるため、むかし教室のどこかに何かを残してきたのだという。藁《わら》にもすがる思いでその「何か」を探し、見つけ出した生徒たちがいて……。

「見つかったのはね、松永さんが自分の声を録音したカセットテープだったの」

ぼくとのあいだにある空間の、宙の一点に視線を固定しながら、鳴は語りつづけた。

「テープには、彼がどうやって〈災厄〉を止めたのかが……わたしも聴いたの、そのテープ。夏休みの、あの合宿のときに」

「それで、見崎さんも？」

ぼくは興奮して、思わず質問を挟んだ。

「知ったんですね、〈災厄〉を止める方法を」

「そのはず、なんだけど」

と、ここで鳴はまた心もとなげに首を傾げる。ぼくはしかし、なかなか興奮を抑えきれず、

「でも、それが合宿のときに実践されて、だから三年前の〈災厄〉は止まったんですよね」

「そうだった、と思う。そうだったはず、なのに……」

「はっきり思い出せない？　憶えていないんですか」

「…………」

「なぜ〈災厄〉は止まったのか。誰がどうやって止めたのか。少しでも何か……」

「十五年前の松永さんたちの年にも、三年前と同じ場所で夏休みにクラス合宿があった。それは確かなんだけれど」

「合宿そのものに何か、特別な意味が？」

「夜見山神社へみんなでお参りにいこうって、そういう目的の合宿だった」

「神社で厄祓《やくばら》いを、みたいな？」

「だけど、三年前は結局、お参りはしなくて……」

「松永さんたちは行ったんですね、神社のお参りに」

「そうね。でもやっぱり、そんなお参りには何の効果もなくて……」

「…………」

「『将来このクラスで理不尽な災いに苦しめられるであろう後輩たちに……』」

「それは？」

「テープに添えてあったっていう、松永さんのメッセージ。彼はたぶん、いずれは自分もこのことを忘れてしまう可能性が高いと考えて、あんなテープを残したのね。だからきっと、それは何らかの形でその年の〈死者〉と関係のある問題だったはずで……短期間でこんなにも、わたしの記憶が曖昧になってしまったのがその証拠、と云えるのかもしれない」

鳴は口をつぐみ、ふたたび考え込んだ。額にまた手を当てて、ゆるゆると首を振り動かしながら、やがて——。

「何て云うか、ぼんやりした輪郭は見える気がするの。その中にあるもののイメージも、何となく……ああ、でもやっぱり、はっきりしない。すんなり意味を取り出せない、みたいな感じで。断片的な言葉や絵が浮かんでくることもあるの。だけど、どこまでそれを信用していいのかもわたし、自信が持てなくて」

「あ、見崎さん……ええとあの、ずっとそんな状態が続いていたんですか。思い出そうとしても、うまく思い出せないっていう」

鳴は無言で頷いたあと、「だから——」と続けた。

「だから、この件について想くんから質問されても、言葉を濁すしかなくて。曖昧なイメージだけを頼りに想像して、うかつな話をするわけにもいかないし」

「ああ……そうだったんですか」

と応えたところで、ぼくはふと思いついて、

「その、松永さんの話が録音されたカセットテープは？　どこかに残っていないんですか」

「残ってない——みたい」

鳴は緩くかぶりを振った。

「三年前の合宿では大きな火災が起こって、建物がほぼ全焼して。そのとき、あのテープも燃えてしまったのかも」

「見崎さん以外にも、テープを聴いた人たちがいたんですよね。その人たちは？」

「連絡を取ってみた。でも、誰もテープの内容は憶えていなかった」

そう答えてから、鳴は「ちなみに」と付け加えた。

「あのころはわたし、ときどき日記みたいなものをつけていたの。あの合宿での出来事も、だから日記に書いたはず、だったんだけれどね。調べてみたら、書いたはずの文章が消えていたり、汚れて読めなくなっていたりして……」

聞いて、ぼくは軽い眩暈を覚えた。

記録の改竄……いや、この場合は消去？　削除？

夜見北・三年三組の〈現象〉が関係していると、そこまでの異常事が起こるものなのか、起こってしまうものなのか。まるでそう、やはり何かの悪意が働いているとしか思えないような……。

「じゃあ」と云ってから、ぼくは長い溜息をついた。

「どうしようもない、っていう話なんでしょうか。ぼくたちはもう、どうしたって……」

ぼくはがっくり肩を落とす。こちらを見る鳴のまなざしは、それでもやはり静かで、少し悲しげな色があって。

「——あのとき」

おもむろに鳴が口を開いた。遠くで風が唸った。その音にまじって、どこかで幾羽かのカラスたちが騒ぐ声も。

「あのとき、核心にいたのは榊原くんだったの」

思わず「ええっ」と声を上げて、ぼくは鳴の顔を見直した。

「どういう意味ですか、それ」

「どうしても曖昧な云い方になってしまうんだけど」

そう断わったうえで、鳴は語った。

「三年前のあの合宿で、〈災厄〉を止めるために何かが行なわれたのは事実。それがどんな行動だったのかは、今のわたしには確かなことが云えない、はっきり思い出せないんだけど……でもあのとき、そこには榊原くんがいて。彼がその何かの中心――核心に……って、そんな記憶が、あるの」

榊原恒一。

かれこれ二年以上も会っていない彼の、二年以上も前の顔が脳裡《のうり》に浮かんだ。数ヵ月のつきあいの中で彼と交わした言葉の数々が、次々に思い出されてその顔に重なった。

「だからね」

鳴は続けた。

「もしかしたら彼なら――榊原くんなら、まだ忘れていないかもしれない。そんな気がする。行動の核心にいたということはそのぶん、わたしよりも記憶の強度が高いはずだし。それに榊原くん、卒業後は夜見山から出ていって、ずっと東京のほうにいるから」

「夜見山の外――〝圏外〟なら、記憶への影響も弱いと？」

「かもしれないでしょ。だから……」

だから鳴は、この問題について話を聞くため、恒一に連絡を取ろうとしてきたんだという。特に先月、継永があういう死に方をして〈災厄〉の始まりが決定的になって以降は、何度も。――ところが。

「まだ一度も、連絡がつかないの」

物憂げに眉根を寄せる鳴に、

「どうしてですか」

と、ぼくは訊いた。

「東京にいるんじゃないんですか、榊原さん」

「そう思っていたんだけど、どうやら彼、この春から日本にいないらしくて」

「海外に？　今もまだ？　旅行にしては長いですね」

「短期の旅行じゃないみたい。榊原くん、お父さんが研究者で、フィールドワークであちこち外国を飛びまわっているでしょう。それに同行してるって」

「あちこち……ですか」

「携帯はいくらかけても通じないから、家の電話にかけてみたら、留守番の人が出て教えてくれたの。日本に帰ってくるのは秋になるって」

鳴はさらに眉根を寄せながら、疲れたような息を落とす。

「メールは？　出してみたんですか」

「出したけど、それもだめで。ＰＣの環境に問題があるのかも」

「うーん」

「いろいろ可能性は考えられる。でも、とにかく一刻も早く話を聞きたい、聞かなきゃいけないから……留守番の人にも強くお願いして。榊原くんでも榊原くんのお父さんでも、もしも連絡がついたらとにかくすぐ、わたしに電話してほしいって……」

……サカキバラ・コウイチ。

その名前を心中で呟きながら、ぼくは頭上を振り仰ぐ。ここに昇ってきたときとまったく変わりのない曇り空が、低く暗く広がっている。

早く彼と、恒一と連絡が取れることを。そして彼が、三年前の自分の行動をちゃんと憶えていてくれることを。——今はただ祈るしか、ぼくにはできない。それがとても歯がゆくて、とても悔しかった。

Chapter 11

July I

1

「じゃあ、撮るね」

カメラを構えた泉美が云った。

「んん……想くん、『気をつけ』じゃなくてほら、もうちょっとリラックス。うんうん、そんな感じ。はい、チーズ」

並んで立った矢木沢が、定番のかけ声を受けて素直に「チーズ」と応《こた》える。右手を前に上げてサムズアップのポーズも。——ぼくもおのずと口もとが緩んだ。

「はーい。それじゃあ、もう一枚。いい？」

二度めのシャッター音が鳴って、ぼくは軽く息をつく。カメラは好きだが、自分が被写体になるのは実を云うと苦手なのだ。

ぼくたちは学校の、B号館とC号館のあいだにある中庭にいた。水面を覆った葉にまぎれてときどき、血まみれの人間の手首が突き出ていることがある——と、そんな「七不思議」の一つが噂されるハス池（正しくはハスじゃなくてスイレンの池なのだが）の前で。

七月に入って四日め。水曜日の放課後のことだ。

カメラは小学生のころ、晃也さんがくれたコンパクトカメラ。コンパクトとはいっても、使いこなせばかなり高度な撮影も可能な優れものだった。

「んじゃ次、想と赤沢がここ、並んで。おれが撮るから」

泉美から矢木沢の手にカメラが渡り、撮影者の交代。タイマーを使って三人で撮るつもりもあったのだけれど、カメラをセットする適当な場所が見当たらない。——労を惜しまずに三脚を持ってくるべきだったか。

三人で「記念写真」を——と先日、云いだしたのは矢木沢だった。その矢木沢からゆうべ電話があって、あすはわりと天気も良さそうだから……とリクエストされて。場所をこのハス池の前に決めたのも矢木沢だったのだが、理由は「まあ、何となく」だという。

「しかし現像したら、池に手首が写ってたりしてな」

そんな軽口を叩く円眼鏡に長髪のクラス委員長を、

「やめてよ、そういう冗談」

と、ぼくはねめつけた。苦笑まじりに、ではあったが、正直云って笑える気分にはとてもなれず――。

晴天だった。空の青さも陽射しの勢いも、すっかり夏。けれども梅雨明けはまだ少し先で、予報によれば、今夜あたりからまた前線の動きが活発化するらしい。

「よし。撮るぞぉ」

矢木沢がカメラを構えた。

「もっと二人、近づいて。想はやっぱり表情が硬いな。赤沢はいい感じ……はいはい、チーズ」

今度はぼくも「チーズ」と口を動かしながら――。

ふと脳裡《のうり》に浮かび上がってきては消える、いくつかの場面。この数日間の出来事が、フラッシュバックのように……。

2

……〈フロイデン飛井《とびい》〉のペントハウスに招かれて、お邪魔した。鬮子さんが「想くんも一緒に、お茶でもいかが」と声をかけてくれて。

赤沢・兄の書棚から借りていた本のうちの一冊を、このとき返した。『悪童日記』のほう。気をまぎらわせるのに読みはじめたらするすると読めてしまって、なおかつ予想を遥《はる》かに超えておもしろかったのだ。続編の二冊が同じ書棚に並んでいたので、泉美の了解を得て二冊とも貸してもらって。そのあとリビングで、紅茶とケーキをごちそうになった。

「きょう月穂さんがこっちに来る、っていう話があったんでしょう」

と、そこで繭子さんに云われた。ぼくはさして動ずることもなく、

「急に都合が悪くなったらしくて」

と応じた。事情を知らない泉美は、「そうだったの」と云って、気づかわしげな目でぼくの表情を窺《うかが》っていたが、それ以上は何もコメントしなかった。

「月穂さんもやっぱり心配なんでしょうね」

繭子さんが云い、

「どうして、ですか」

と、ぼくが訊《き》いた。

「だってほら、クラスの子が事故で亡くなったり……五月からいろいろ、良くないことが続いてるでしょ。だから」

「あの人はたぶん、知らないと思います」

「そうなの？　話してないの、想くん」

ぼくが何とも答えずにいると、事情を察してくれたのか、繭子さんは優しげに目を細めながら頷《うなず》いて、

「それにしても、亡くなった人たちは可哀想、っていうか、不運すぎるわよね。生物部の子は想くん、仲良しだったんでしょう」

「ええ、まあ」

三年三組の特殊事情について、繭子さんは依然、何も聞かされていないようだった。ぼくにしても、さゆり伯母《おば》さんたちには何も話していない。その辺は律儀に〈決めごと〉を守って。——ところが。

「夏休みの合宿って、今年はあるのかしら」

ふいに繭子さんが、そう云いだしたのだ。泉美が「えっ」と声をもらして、

「何でママ、そんなことを」

〈災厄〉が途中で止まった一九九八年度と一九八三年度は、どちらも夏休みに特例的なクラス合宿が行なわれて、そこで何かがあったらしくて——という情報は、泉美に伝えてあった。しかしなぜ、繭子さんがここで、それを？

「だって」

繭子さんはちょっと驚いた顔で、

「三年生の夏休みっていえば、ええと、その……」

そこまでで言葉が途切れてしまい、自分でも何だかよく分からない、というような胡乱《うろん》な表情になる。——何だろう、と思ったのも束の間。

どくん

と、どこかで低い響きが。ほんの一瞬の、唐突な暗転が。

「……お兄ちゃんが中学のときは、そんな合宿なんてなかったわよねえ。ごめんなさい。何か勘違いしてたみたい」

何でもないふうに微笑んで、繭子さんは「紅茶のお代わりはいかが」と云った。

これが三日前——七月一日、日曜日の夜のひとこま。

3

……T棟の理科室で、生物部の会合が持たれた。

0号館の部室は先週のあの事故以来、基本的には閉鎖されたままだった。残っていた飼育動物たちは、解放して問題のないものは解放してしまい、そうじゃないものについては部員が手分けして持ち帰り、飼育を続けている。

参加者は顧問の倉持《くらもち》先生と、部員のほぼ全員。三組のクラスメイトである森下《もりした》も来ていた。ぼくがもう〈いないもの〉ではなくなったから、彼のほうも気を遣う必要がないわけで。

三人いた新入生は二人に減っていた。小鳥遊純《じゅん》の弟が、五月に母親を亡くしたあと退部の届けを出したのだという。二年生にも一人、やめると云いだした者がいるらしい。——さもありなん、か。

「幸田くんの件は本当に……本当に不幸な事故だった」

倉持先生は沈痛な面持ちだった。

「みんな知ってのとおり、生物部にとっても彼は、なくてはならない存在だったと思う。彼がいなくなって、さて今後、生物部をどうしていくのか。ちゃんと方針を考えなければならないのだが……」

「どうしていくのか」という問題には、具体的にまず、「存続か廃部か」という大きな選択肢がある。——と、倉持先生は続けた。

0号館の部室のかたづけも、まだほとんど済んでいない。あんな事故があった部屋を、今後も使っていくのか、使っていけるのか、というみんなの気持ちの問題もあるだろう。

「どう思う」

先生はぼくたちに訊いた。

「みんなはどうしたい？　ここで忌憚《きたん》のない意見を聞きたいんだが」

そうして先生はしばらくぼくたちの反応を待ったが、答える者はいない。みんな、おずおずと互いの表情を窺い合っている感じで——。

「ううむ」

先生が腕組みをして、何か言葉を続けようとしたとき。

「存続を」

黙っていられなくなってぼくが、思いきって口を開いた。

「ここでやめてしまったら、俊介——幸田くんが悲しむと思うんです。これまでと形は変わるかもしれませんけど、やはり生物部は存続を」

なり手がいないのなら、ぼくが部長を引き受けてもいいから。——このときは、云いだした勢いでそう考えてもいた。

「存続に一票、だね」

倉持先生はにこりともしなかったが、どこか嬉《うれ》しそうな声だった。

「ほかのみんなは？　どうかな」

その場にいた連中が実際のところ、どう思っていたのかは分からない。ただ、そこで反対の声が上がりもしなかった。

「今月はもうすぐ期末試験もあるし、だからまあ、そのあと改めて話し合いだな。——うむ。やる気のある人間が一定数いるようならば、夏休みには本格的に体制を立て直そう」

この先生の提案に対しても、誰の口からも異論は出なくて……。

——これでいいかい、俊介。

ぼくは心中で、亡き友に問いかけていた。

——いいよね、俊介。

これが二日前——七月二日、月曜日の放課後のひとこま。

4

……赤沢本家で夕食を済ませたころ、繭子さんと泉美が家にやってきた。春から始まったリフォームが、ようやく完成に近づいている。その様子を見にきたのだという。

当初の予定よりもだいぶ時間がかかってしまったようだが、古い家は大胆に改築・改装されて、ちょっと見違えるような〝新しさ〟になっていた。以前よりも全体的に屋内が明るくて、あちこちが機能的に。祖父のためのバリアフリーも当然、徹底している。

「想くんの部屋は?」

泉美に云われて、案内した。いっときは完全に物置状態だったのが、もうすっかりかたづいていて、壁紙も床のフローリングもぴかぴかに新調されていた。

「完成したら、ここに戻っちゃうのね。夏休みに入ったらすぐ、とか?」

がらんとした室内を見まわしながら、泉美が云った。

「そうなるのかな」

答えて、ぼくは小さく吐息した。

「いつまでもそっちに厄介になってるわけにも、やっぱりいかないしね」

「そんなことない。——と思うんだけど」

「あーあ」と云いながら、泉美は両手の指を組み合わせて、くくっと伸びをして、

「でもまあ、すぐ近くだし。こっちに戻っても、ちょくちょく遊びにきてね」

そのあと二人で、祖父がいる奥の座敷へ行った。

相変わらず、終日ほぼ寝たきりの祖父・浩宗《ひろむね》。孫たちが来たのに気づくと、まずぼくのほうを見て、

「おお、想か」

いつものように云って、老いた顔に不器用な笑みを浮かべた。それから視線を泉美のほうへ移すと、ふっとその笑みが消えてしまって——。

「おまえは、泉美か」

いぶかしむような、あるいは困惑したような低い声をもらす。

「おまえは……」

泉美に向けられた祖父の目は、何だか焦点が定まっていなくて……気のせいか、どろりと濁っているようにも見えて。

「何でおまえが、また……」

そういえば以前にも、そんなふうに云われたと泉美から聞いた憶《おぼ》えがある。体調が思わしくないせいもあってか、確かに近ごろいよいよ不機嫌で気むずかしい祖父ではあるが、こうして目の当たりにすると、あのとき泉美が愚痴をこぼした気持ちも分かる。見舞いにきた孫娘に対する態度としては、妙な……というか、どうにも不自然な反応。

――そう思えた。

「工事ももうすぐ終わりそうですね」

気まずい空気を払おうと思って、とっさにぼくが口を挟んだ。

「そうしたらおじいさんも、家の中の移動とか、楽になりますよね」

「さてなあ。楽になるのかどうか知らんが」

祖父は憮然《ぶぜん》と答えた。

「だがまあ、工事が終わってくれるのはやれやれ、だな。この座敷にいても、音がうるさくてたまらん。まったくもう……」

吐き捨てるように云うと、祖父は布団の上でのそのそと身の向きを変え、窓のほうへ目をやった。

窓の外には、庭園灯のともった広い裏庭がある。じとじとと雨が降りつづく中、庭の真ん中で枝を広げたエノキの大木の、黒々とした影が見えた。

「きゃっ」という小さな悲鳴を、そのとき泉美がとつぜん発した。驚いて振り向くと、いつのまにか座敷に入ってきていた黒猫のクロスケが彼女の膝《ひざ》の上にいて、クロスケはクロスケで悲鳴に驚いて膝から飛びおりようとしているところだった。

泉美は右手の甲を左手で押さえながら、

「ああん、もう……」

と、クロスケを睨《にら》みつける。どうやらクロスケが、何を混乱したものか、彼女の手をひっかくかどうかしたらしい。

「何よ。どうして」

泉美の問いに答えるはずもなく、クロスケは「みゃあ」というひと声を残して、座敷から出ていってしまった。

溜息《ためいき》まじりに右手を見下ろす泉美。やはり今さっき、クロスケにひっかかれたのだ。白い手の甲の真ん中に、少量ではあるが赤い血が滲《にじ》んでいた。

これが昨日――七月三日、火曜日の夜のひとこま。

5

……さゆりさんと繭子さん、二人の伯母さんが居間で話し込んでいるのを残して、ぼくと泉美はひと足先に〈フロイデン飛井〉へ戻った。ちょうど雨は一時的にやんでいて、傘を差す必要もなく――。

道すがら、泉美に訊いた。

「手、大丈夫？」

「うん。大丈夫……だけど」

答えて、彼女は傷テープを貼った右手を上げながら、

「でも、クロスケに思いきりひっかかれるなんて初めてだから、びっくりしちゃった。べつに何もいやがるようなこと、していないのになぁ」

「うーん。まあ、猫は気まぐれだしね」

軽くそう応えてから、ぼくは泉美の右手にちらりと目をやった。

「あとで、ちゃんと消毒しなおしておいたほうがいいよ。ほら、猫ひっかき病っていうのがあるらしいから。気をつけて」

「そのせいで高熱が出て、見る見る症状が悪化して……なんてことになったら、それって〈災厄〉よね」

「まさかそんな、とは思うけど」

「冗談。――大丈夫。帰ったらまた消毒するし、もしもぐあいが悪くなったらすぐにお医者さん、行くから」

「——うん」

「見崎さんからはその後、連絡あった？」

「まだ、何も」

先週の土曜日に病院の屋上で、鳴から聞いた例の話。その大筋は、あの日のうちに泉美にも伝えてあったから……。

「榊原さんっていう人が、まだつかまらないのね。つかまったとしても、彼が三年前のことをしっかり憶えてくれているかどうか」

「——そうだね」

「何か分かったら、あたしにも教えてね」

「ああうん。もちろん、そのつもりでいるから……」

これも昨日——火曜日の夜のひとこま。

6

矢木沢とぼく。泉美とぼく。ついでにそれぞれの単独ショットも。——ひとしきり写真を撮ったところへ、たまたま担任の神林先生が通りかかった。

「あら。何の撮影会？」

声をかけられて、矢木沢が「三人で思い出の写真を」とおどけてみせたのだが、神林先生は真面目な顔で「そうねえ」と頷いて、

「四月の初めにみんなで撮ったとき、比良塚くんは〈いないもの〉だったから」

「さすが先生、お察しが早い」

と、矢木沢はさらにおどけてみせる。

「なので一学期のうちに、想も入れて記念写真を撮っておこうって話になりまして。――というわけで先生、ちょっとその、三人が並んだ写真を撮るの、手伝っていただけませんか」

ちゃっかりと先生にカメラを押しつけてしまって、

「さあさあ。想も赤沢も、さっきの立ち位置に戻る。赤沢が真ん中で、想とおれが両側に……でいいよな。――先生、お願いします」

「いいわよ」

意外な気さくさで応じて、カメラを構える神林先生に、

「残っているフィルム、ぜんぶ使いきっちゃってください」

と、ぼくが云った。

「分かった。じゃあ……場所はそこでいいのね。比良塚くん、もう少し赤沢さんに寄って。矢木沢くんは寄りすぎ。――はい、撮ります」

神林先生のカメラの扱いは慣れたものだった。連続して何度かのシャッター音。フィルムが尽きて、自動で巻き戻しが始まる。

「いずれ改めて、クラスのみんなで撮りましょうね」

ことさらのように明るい声で、このとき先生はそう云った。

「卒業アルバムの制作もあるし……そのときには、葉住さんや牧瀬さんも一緒に撮れるといいわね」

卒業アルバム……卒業、か。

何だかひどく空々しい響きを、その言葉に感じてしまって、ぼくはそっと吐息する。

卒業までは、まだあと九ヵ月もあるのだ。このまま毎月の〈災厄〉が続いたとしたら、卒業式のときに残っている生徒はいったい何人だろう。——というふうな想像をしてしまったのはきっとぼくだけではなかったはずだけれど、口に出す者は誰もいなかった。

「来週はもう期末試験ね」

立ち去りぎわ、神林先生が云った。

「なかなか勉強に集中するのもむずかしいでしょうけど、三組だけはなしっていうわけにもいかないから。それはそれとして、頑張るようにね。困ったことがあったら、いつでも相談してくれれば……」

そうこうして「記念写真」の撮影を終えると、ぼくたちはいったんC号館三階の教室に戻ったのだった。

「おやぁ。急に雲が広がってきたなあ」

窓から外を見ながら、矢木沢が云った。

「天気予報を信じるとしたら、今夜からまた雨。しかも梅雨の終わりの大雨だぞ」

「早く明けてほしいな、梅雨」

と、泉美。憂鬱《ゆううつ》そうに眉《まゆ》をひそめて、

「昔からいちばん嫌いなのよね、この季節。何だか今年の梅雨、長くない？」

「いや。まあ例年、こんなものさ」

答えて、矢木沢が長髪をがりがりと掻《か》きまわす。——と、そのときだった。ぼくが携帯電話の着信に気づいたのは。

7

一瞬、鳴からの電話だろうかと思った。のだが、ディスプレイを見てすぐにそうじゃないと知る。未登録の、見憶えのない番号が表示されていたからだ。

「はい」

応答に出ると、

「比良塚想くんの携帯、だね」

という声が。何だか雑音《ノイズ》が多くて聞き取りにくかったけれども、男性の声だった。そしてそう、これは確かに聞き憶えのある……。

「……榊原、さん？」

「想くんだね。久しぶり」

大いに意表をつかれた。榊原恒一からいきなり、直接の連絡があるとは。いったいどうしたんだろう。

鳴とはもう話したんだろうか、彼は。それとも……。

携帯を握った手に、おのずと力が入る。沖縄みやげのシーサーのストラップが、視界の隅で揺れた。

「あの……これ、海外からですか」

「メキシコから。だから、あまりゆっくりも話していられないんだけど」

メキシコ、か。日本とはたぶん、半日くらいの時差があるんじゃないか。だったら向こうは今、深夜だろう。

「さっきね、見崎と連絡が取れて。だいたいの事情は聞いたよ。まさかとは思っていたんだけど、よりによって想くんが三組になって、しかも今年が〈ある年〉だなんて」

「〈対策〉がうまくいかなくて、〈災厄〉が始まってしまったんです」

携帯を握る手にいっそう力が入った。知らず、声も大きくなっていた。矢木沢と泉美は当然、何ごとかと思ったに違いない。

「さっき見崎から、聞いた」

恒一が云った。ざざざ……と、耳障りなノイズが重なった。

「で……三年前の記憶が、彼女はもう曖昧《あいまい》になっているんだってね。あの年の〈災厄〉を止めるため、ぼくたちが何をしたのか。その件についても、自分の記憶にまるで自信が持てないから、と」

「榊原さんは？」

ぼくは祈るような気持ちで訊いた。

「どうなんですか。憶えているんですか」

若干の間《ま》があって、「ああ」という答えが返ってきた。

「ぼくは、い、い、憶えているよ。まだ忘れられていない。あの年の、夏休みのあの合宿。そこで自分が、何をしたのか」

「じゃあ……」

「そのことはさっき、見崎にも話したんだ。今から〈災厄〉を止めるためには、何をどうすればいいのか。それを聞いて、彼女も少しは、あのときの記憶を取り戻せたかもしれない。ただ……」

「ただ？」

「見崎はあの年の〈現象〉の〝関係者〟の一人で、あのあともずっと夜見山にいて……だからね、さっきぼくから聞いた情報を、そのままの形で維持できるかどうか。夜見山という〝場〟の影響で、すぐにでもまた記憶が曖昧になったり、どうかすると改変されてしまったりするんじゃないか」

「そんなことが起こるんですか」

「――分からない」

吐息まじりに、恒一はそう答えた。

「分からないけれども、彼女はそれが不安みたいで。だから、これは想くんにも直接、話したほうがいいだろうと。彼女に頼まれたんだ。念のために、きみにも電話してこのことを伝えてほしいって」

「ああ……」

ぼくの声に合わせて、ざざざざ……と、またひどいノイズが。

「……えるかい？　聞こえる？　想くん」

「あ、はい」

そう答えたものの、ノイズは断続的に入りつづける。聞こえてくる恒一の言葉が、ところどころ不明瞭《ふめいりょう》になる。――まるで何者かに妨害されてでもいるように。

「……じゃあ……とにかく要点……いいかい？」

「はい」

ぼくは携帯を握り直して、耳に強く押し当てた。恒一はすると、こう告げたのだ。

「〈死者〉を〝死〟に還す」

「えっ」

思わずぼくは聞き直した。

「〈死者〉を〝死〟に……？」

「あのテープを残した松永さんは昔、それを実行したんだ。そして三年前、ぼくも」

「ええと、それって……いったい」

ががが、ざざざざ……と、またぞろノイズの妨害が入る。

恒一のほうも同じなのかどうか。ぼくの発した言葉が、ちゃんと彼の耳に届いているのかどうか。──確かめるいとまもなく、

「……見崎しか、いない」

そんな恒一の声が。

「……いいかい？　ぼくがきみにアドバイスできるとすれば……」

が、がががが、ざざざざざざざ……

「……じるんだ。彼女を……彼女の、あの〈目〉を……どんなに信じられない、信じたく

ないような真実が、そこで暴き出されたとしても……」

……彼女の、あの〈目〉？

ああ、それはいったい……。

ががががが、ざざ、ざざざざざざざ……と、いよいよひどくなってくるノイズの合間に、

「いいね、想くん」

かろうじて恒一の言葉が聞き取れた。

「〈死者〉を〝死〟に……迷いを捨てて、行動を。彼女を信じて、そして……」

ぼくのほうからは、何を質問する余裕もなかった。何者かの悪意の発露めいたノイズはそこからさらに激しくなって、とても電話に耳を当てていられないほどになってきて……やがて。

つながりが、切れた。

もしもここでぼくが、かかってきた番号に電話をかけなおしたとしても、ふたたび恒一と自分がつながることはないだろう。

なぜかそんな気が、強くした。

8

この日の夜、見崎鳴と電話で話をした。

泉美と矢木沢が一緒じゃなければ、学校を出てその足で御先町のギャラリーへ向かっていたかもしれない。だが、そうすると泉美も矢木沢も同行すると云いだしかねない、あのときの空気だった。ぼくと恒一のやりとりを聞いて、特に泉美は何となく話の内容を察したに違いないから――。

けれども鳴とは、まず二人だけで話したいと思った。

「さっきの電話、榊原さんっていう例の人からね？」

帰り道で、泉美にそう訊かれた。矢木沢も並んで歩いていた。

「うん。直接ぼくに話を、と」

「それで？」

ぼくは答えあぐねた。

泉美に云うよりも、まず鳴に。彼女と話をして、ぼくたちが恒一から聞いた情報の突き合わせをするのが先決、なのだ。そのうえで……。

「『〈死者〉を〝死〟に……』って？」

電話でのぼくの受け答えを聞いていたら当然、そのフレーズは印象に残っただろう。

「それって、もしかして」

「分からない」

泉美の言葉をさえぎって、ぼくは云った。

「ノイズがひどくて、なかなかうまく聞き取れなくて」

「じゃあ……」

「榊原さん、見崎さんにも電話で話したって云ってたから。だから、ここはとにかく、彼女にも確認してみないと」

鳴と連絡を取れたのは夜、八時をまわったころだった。それまでに幾度か、こちらから電話してみたのだが通じず、その時間になって向こうからかけなおしてくれたのだ。

メキシコにいるという恒一から直接の電話があったこと。そうして彼がぼくに伝えようとしたこと。——を、ぼくは細大もらさず鳴に語った。彼女は黙ってそれを聞き、ぼくが語りおえたあとも少しのあいだ沈黙を続けたが……。

「〈死者〉を〝死〟に還《かえ》す。そう云ったのね、榊原くん」

と、やがて鳴は云った。

「はい」

「わたしも、同じ言葉を聞いた。聞いて、そのせいなのかどうか、曖昧な記憶の中から何か、輪郭の確かな〝形〟も浮かび上がってきたような」

「そうなんですか」

ぼくは思わず語気を強めた。

「じゃあ見崎さん、ぼくたちはどうしたらいいんですか。〈死者〉を〝死〟に……って、それってつまり」

「落ち着いて、想くん」

と、鳴が云った。前のめりなぼくとは違って、慎重に自分の足場を確かめようとしているような、静かな声で。

「〈死者〉を〝死〟に還す。その意味は想像、つくよね」

同じ静かな声で問われて、

「――はい」

ぼくは抑えきれぬ胸騒ぎとともに答えた。

「つまりその、〈死者〉を殺す、っていう?」

「もともと〈死者〉なんだから、『殺す』という言葉は変かもしれないけれど。――とにかく何らかの方法で、〈死者〉を〝死〟に還すのね。それが唯一、始まってしまった〈災厄〉を止める方法」

「でもね、見崎さん」

と、ぼくは夕方から抱きつづけてきた疑問を差し出した。

「クラスの中の誰が、増えた〈もう一人〉＝〈死者〉なのか。それはその年度の卒業式が終わるまで、どうしても分からないって……なのに」

なのに、どうやって？

と、そこまで口に出して問おうとしたところで、ようやっとぼくは思い至ったのだ。瞬間、われ知らず「あっ」と声がもれていた。なぜすぐに気づかなかったのか、気づけなかったのか――と、そんな自分の鈍さを呪いたくもなった。

「そうか。それで榊原さんは、見崎さんを信じろ、と？」

「…………」

「見崎さんの、『あの〈目〉を』と云ってました。もしかして、見崎さんのあの、〈人形の目〉が……」

鳴の〈人形の目〉には、「見えなくていいもの」が見える。鳴の言葉によれば、それは〈死の色〉なのだという。その〝力〟が、〈現象〉でまぎれこんだ〈死者〉を見分けるのにも有効である――と、そういうことなのか。

「待って」

と、鳴がぼくの言葉を制した。

「榊原くんの話では確かに、三年前の夏休みにあの合宿で……わたしが〈死者〉が誰かを指摘して、その〈死者〉を榊原くんが〝死〟に還したんだって。そしてそのとき、その現場にはわたしもいて……って」

鳴は淡々と語ったが、声の色はひどく悩ましげだった。

「だけどね、そう聞かされて、断片的によみがえってくる〝形〟はあっても、やっぱりまだわたし、実感が弱いっていうか……確信が、持てなくて」

「…………」

「もしも違ったらどうしよう、とも思う。あの〈人形の目〉に今もそんな〝力〟があるのか、とも」

「信じろ、と云われました」

ぼくはふたたび語気を強めた。

「見崎さんを信じて、迷いを捨てて……と」

「ん……そうね。わたしも同じようなこと、云われたけれど」

鳴はやはり悩ましげに溜息をつき、わずかに間をおき、それからこう云ったのだ。

「少し、考えさせて。――本当にそれでいいのかどうか。いいとして、じゃあ具体的にどう動くべきなのか」

9

矢木沢が云っていた天気予報のとおり、日が暮れたころから雨が降りはじめた。しかも、何となく予想していたよりも遥かに激しい雨が。雨と同様、風もたいそう激しく吹きはじめた。ときおり遠くから雷鳴も聞こえてきた。まるでそう、突然の嵐の襲来、とでも呼びたくなるような……。

そんな夜を、ぼくはなかなかうまく寝つけないままに過ごした。

「クリニック」で処方してもらった薬を飲んでみても、引き込まれた眠りは浅くて不安定で。幾度も目覚めてはそのたび、さまざまな不穏なイメージが頭に広がってくるのを抑え込まなければならなかった。「〈死者〉を〝死〟に還す」という榊原恒一の言葉が、たぶんそのイメージの底には貼り付いていて……。

……晃也さん。

と、三年前に他界した彼の名をなぜか、半覚醒状態の心の中で呟《つぶや》いていた気もする。

……晃也さん。

呟いて、そうしてぼくは、何かを問いたかったんだろうか。子供のころ、彼が住まう〈湖畔の屋敷〉へ遊びにいってはいろいろな質問をしたときのように。

――人は死ぬとどうなるの？

――大人になる、ってどういうこと？

――恋をするって、どういうこと？


…………

…………ならば、このときはいったい、ぼくは晃也さんに何を問いたかったんだろう。どんな答えを、彼に求めていたんだろうか。

10

翌日。――七月五日、木曜日の朝。

登校前に赤沢本家に立ち寄ったタイミングで、学校からの連絡が来た。未明から夜見山市全域に大雨洪水警報が発令されているため、本日は臨時休校に――という。

前夜は結局あまり眠れなくて、なおかつまだしっかりと目が覚めきっていなかった頭でその報を受け、ぼくは内心ほっとしていたように思う。

〈災厄〉が始まってしまった今、こんな荒天の中での登下校は危険なんじゃないか。そんな恐れを、どうしても抱かざるをえない心理状態だったから。同じように感じているクラスメイトもきっと少なくないだろう、とも思えた。

この心理がエスカレートしてやみくもにリスクを恐れはじめたなら、いずれ登校はおろか、ちょっとした外出すらためらわれるようになるのかもしれない。そうしてさらに、どうしようもなく恐怖が膨らんできてしまったら――。

すぐにでも学校をやめてこの街から出ていきたい、出ていかなければならない。そう考える者が現われても不思議ではないだろう。――けれど。

まだそこまでの行動を起こす者はいない、というのが現状だった。

思うにそれは、「中学生」というぼくたちの身分の中途半端さ・不自由さゆえに、なのかもしれなかった。三年三組のこの特殊事情は家族にもむやみに話してはならない、という禁忌もたぶん、要因の一つとしてあるだろうし……。

ともあれ、このあと〈フロイデン飛井〉に戻るとぼくは、一歩も部屋から出ることなしに時間を過ごしたのだった。

少なくともここに閉じこもってじっとしている限りは、よけいなリスクにさらされなくて済むから。安全だから。安心だから。……これまでになく強い怯《おび》えが込み上げ、広がってきて、感情や思考がざわめいている。そんな感覚があった。まるで外で続く風雨の激しさに煽《あお》られるようにして、あるいはそれと同調するようにして。

来週には期末試験があるけれど、その勉強をする気になれるはずもなく。赤沢・兄の書棚から新たに借りてきた本を読もうとしてみたものの、ページをめくっていってもまるで物語に入れず。──そんな中。

ふと気づくと心にまとわりついてきて、振り払ってもなかなか離れてくれようとしない問題が……。

……誰なのか？

クラスにまぎれこんでいる〈死者〉は、いったい誰なのか？

すでに死んでしまった継永智子《ともこ》と幸田敬介を除いた三年三組の生徒たち。その中の誰か一人が、本来は存在しないはずの〈もう一人〉＝〈死者〉なのだ。

では、いったい誰が？

いくら考えてみても分かるはずのない問題、だった。が、いくらそう了解していても、今のこの状況では考えてしまわざるをえない。そして、考えはじめるとまず、三年生になって初めて同じクラスになった（それまでは認識していなかった）生徒たちの名前や顔が浮かんできてしまう。

たとえば、葉住結香が親しくしていた島村《しまむら》や日下部《くさかべ》。たとえば、対策係の江藤と多治見も。小鳥遊純もだ。ほかにも何人かいる。

昨年度まで面識のなかった彼らであれば、誰が〈もう一人〉だったとしても、ぼくとしてはその事実を受け入れやすいだろうから。ああそうだったのか、で済みそうだから……。

いや、しかし。

もちろん実際には、そうであるとは限らないわけで――。

対象となるのは彼らだけじゃない。

以前からつきあいがあったり、名前や顔を認識していたり、という者たち――矢木沢も泉美も、葉住にしても森下にしても……〈もう一人〉に関する記憶や記録の改変や改竄《かいざん》が問答無用に起こってしまっている以上、誰が〈もう一人〉であってもおかしくはないことになる。誰一人として可能性がゼロの者はいないのだ。誰一人として……そう、それこそこんなふうに思案しているぼく自身にしたって、もしかしたら……。

…………

……ぼくが。

ぼくが？

ほかならぬぼく自身が、実は〈もう一人〉＝〈死者〉？

あるのだろうか、そんな可能性が。

真剣に自問してみればみるほど、絶対の自信をもって「否」とは答えられなくなってくる。

何しろ「記憶の改変」という要素が前提に含まれているのだから。信じられるものが何もないのだから。自分自身が「正しい」と思っているこの記憶さえも疑わしい、という話なのだから。信じられるものが、何も……いや、しかし。

こういった特殊状況を充分に承知したうえで、きのう榊原恒一は云ったのだ。

「彼女を信じて」と。

「彼女の、あの〈目〉を」と……。

…………

……彼女＝見崎鳴の、あの〈目〉。

霧果さんが作ったあの、蒼《あお》い瞳《ひとみ》の〈人形の目〉。——それが鳴の左の眼窩《がんか》に収まっているのを、ぼくは長らく見る機会がなかった。その事情は先月、鳴が打ち明けてくれた。けれど……ああ、そうだ。この春になって一度だけ、ぼくは彼女がかつてのように眼帯をしているのを見たことが……あれは？

あれは——。

あれはそう、四月なかばの、あのとき。今年度が〈ある年〉だと判明したあとに初めて鳴と会った、あのとき。〈夜見のたそがれの……。〉を訪れて、地階のあのスペースで、左目に眼帯をした彼女と……。

あのとき、眼帯姿の鳴を見るのはとても久しぶりだと思った。左目に眼帯を——ということは、おそらくその下にはあの〈人形の目〉が隠されていたはず……だとしたら。

どうして？

どうして鳴はあのとき、〈人形の目〉をつけていたんだろうか。

思い浮かぶ答えは一つ、だった。

11

雨は終日、激しく降りつづいた。

午後六時を過ぎ、日没が近づいてきたあたりになってようやく、いくらか勢いが弱まりはじめた。このころには警報も解除されていたので、そろそろさゆり伯母さんから夕食の知らせが来るだろうな、と考えていた。

そんなとき、だった。鳴から電話がかかってきたのだ。

携帯のディスプレイに彼女の名を見て、ぼくは思わず、腰かけていた椅子から立ち上がってしまった。ゆうべのきょう、だ。鳴のほうから連日の電話なんて、経験上めったにあることじゃなかったから。

「はい。見崎さん？」

「——想くん」

鳴のその声を聞いた瞬間、えっ？　と思った。

どう云えばいいだろうか。このときすぐさま覚えたのは、強い違和感だった。

ぼくが知っている、これまでの鳴とは違う感じ。いつもどこか淡々としていて感情をあまり前に出さない、というのが彼女の基本的なスタンスだと思うのだけれど、それがまるで維持できていない。第一声を聞いただけで、そう直感したのだ。

どうしたんだろう。もしかして彼女の身に、何か不慮の事態でも？

「あの……どうしたんですか」

恐る恐る尋ねると、若干の間をおいて鳴は答えた。

「〈死者〉の件」

「あ、はい」

「考えてみたんだけどね」

そう云って、ふたたび若干の、不自然な間が。

この時点で確実にぼくは、ある種の予感に囚《とら》われていたように思う。はっきりした〝形〟は見えない、けれどもそれが何かしら重苦しい質感を備えているのは確かに分かるという、そんな……。

「どうしたんですか」

と、ふたたび尋ねた。わずかのあいだに緊張が高まり、携帯を握る手が汗ばんでいた。

「想くん」

と、鳴はまたぼくの名を呼び、一つ溜息をつき、それから思いつめたような声でこう告げたのだ。

「急がなきゃいけない。そう思えてきて、わたし……」

12

夜見のたそがれの、
うつろなる蒼き瞳の。

黒塗りの板にクリーム色の文字が記されたギャラリーの看板。雨に濡《ぬ》れそぼったそれを見上げながらぼくは、乱れた呼吸を整える。

飛井町《とびいちょう》のマンションから御先町のここまで、降りやまぬ雨の中を自転車でやってきた。途中で一度、横からの強風に煽られてバランスを崩し、タイヤを滑らせて転倒してしまったのが痛恨、だった。ちょうどそのとき、救急車のサイレンが何かの悲鳴めいて聞こえてきたりもして、いやな気分に拍車がかかった。幸いにも大した怪我はなかったが、自転車はチェーンが外れたうえハンドルもひどく曲がってしまい……あとの道のりは自転車を押して、やっとここまで辿《たど》り着いたのだ。

転倒時に打った左の膝がまだ、ずきずきと痛む。こんなことなら、自転車で出るのは思いとどまるべきだったか。

腕時計を確認した。

午後七時過ぎ。——さっきの鳴の電話から、まだ一時間は経っていない。

自転車を駐《と》めると、ずぶ濡れのポンチョを脱ぐのももどかしく入口へ向かった。

「七月八日まで休館します」と記された紙が、扉に貼ってあった。休館の話は知らなかったので、「おや」といぶかしみながら——。

扉に手を伸ばした。

いつものように押し開けようとしたが、開かない。施錠されている。

「じゃあ、ギャラリーの一階で待ってるから。入ってきて」

さっきの電話で、鳴はそう告げたのだ。ぼくが「今からすぐに行きます」と云ったのに応えて。だから、たとえギャラリーが閉まっていても、入口の扉は開けておいてくれると思っていた。なのに……。

もう一度、扉に力を加えてみた。しかしやはり、開かない。

到着がちょっと遅くなってしまったから、上階《うえ》の部屋に戻ったんだろうか。いや、そんなはずは……と戸惑いながら、ぼくはポンチョの下に着ているジャージのポケットを探った。上階に直通のインターフォンを鳴らすのもためらわれたので、鳴の携帯に電話を、と考えたのだ。ところが――。

「――んん？」

思わず声がもれた。

「あれ？」

携帯電話が、ない。

慌ててすべてのポケットを探り、背負ってきたデイパックの中も調べた。――のだが、携帯は見つからない。

どこかに置き忘れるか、落としてしまうかしたのか。ひょっとしたら、途中で転倒したあのときに？

「まいったなあ」と呟きつつ、なおもごそごそとデイパックの中を探りつづけていると――。

目の前の扉が突然、開いた。からん、というドアベルの音とともに。

「あっ」

思わずまた、声がもれた。

扉の向こうには、鳴がいた。館内でともる明りを背にしているため、全体が黒い影のようにしか見えなかった。

「想くん」

鳴が云った。

「ありがとう、来てくれて」

「あ、はい」

「入って」

ぼくを招き入れるこのときの鳴の左目は、白い眼帯で隠されていた。

13

「七月八日まで休館します」という貼り紙の意味が、中に入ってみて分かった。

何度も訪れておなじみだった館内一階の様子が、ずいぶん変わってしまっているのだ。

大ざっぱに云って、ひどく雑然としている。

随所にあった陳列棚がもとの場所から動かされ、飾られていた人形たちの姿がどの棚にもない。見渡すと、フロアの隅に大きな白い布をかぶせられた膨らみが。あそこにまとめて置いてあるのか。

高い脚立が別の隅に置かれていて、その上の天井からは何本かの針金が。あれは……何かをあそこに吊《つ》るすため？

「一階の内装をちょっと変えたいって、霧果が云いだして」

と、鳴が説明してくれた。

「きのうから知り合いの業者が入ってくれてるんだけど、何だか頼りない人で。霧果はやきもきしているみたい」

なるほど。――入口横の、いつも天根《あまね》のおばあちゃんがいる細長いテーブルも、壁ぎわに寄せられている。そのテーブルの上や手前の床には、作業に使う工具や針金の束なんかが散らかっていて……。

期限の八日まであと三日。それまでにきちんと改装が済むんだろうか。――と、よけいな心配をしたくなった。

「入口の鍵、ごめんね」

鳴が云った。

「開けておいたんだけれど、風が強くて、扉が不安定で」

「あ、いえ」

ぼくは大きくかぶりを振って、

「来るのにだいぶ手間取っちゃったから」

「――怪我を？」

と、鳴が訊いた。ぼくが左膝の痛みを気にしているのを見て取ったのだろう。ジャージもひどく汚れているし。

「自転車で転んじゃって、少し……あ、でも大丈夫」

ぼくは無理をして軽く膝を叩いてみせ、脱いだポンチョをたたんで足もとに置いた。

「ほんとに大丈夫、なの？」

「ぜんぜん大丈夫、です」

「あしたでいいか、とも思ったんだけれど……でも」

「急がなきゃいけない、と？」

鳴は何とも答えず、奥にあるソファへとぼくを導いた。

藍色のシャツに短めのプリーツスカート、といういでたちの鳴だった。スカートは館内の黄昏《たそがれ》めいた仄暗《ほのぐら》さに溶け込んでしまいそうな、黒。左目の眼帯は、わずかの汚れもなく真っ白で——。

「何で今夜になって急に、だったんですか」

斜めに向き合う恰好《かっこう》でソファに腰を下ろすと、ぼくは思いきって訊いてみた。すると鳴は、ぼくの視線からすいと顔をそむけるような動きを見せ、

「——何となく」

わずかな沈黙を挟んで、そう答えた。

「何となく……気持ちが焦ってきた？」

続けて問うと、またわずかな沈黙が。——そして。

「いやな、予感がして……」

…………隠している？

と、このとき感じた。

彼女は何かを隠している？

受け答えの言葉がいちいち、ぼくの知っている鳴らしくない、と思えたから。

だが、それ以上の追及はしなかった。鳴が云いたくないことを、無理に聞きたいとは思わないから。

ぼくは鳴の、左目を隠した眼帯を見やる。今、あの眼帯の下には例の〈人形の目〉があるのだろう。空っぽの眼窩を埋めた「うつろなる蒼き瞳」が。

その目に不思議な〝力〟がある、という話は三年前の夏に聞いていた。見えなくていいものが見える――〈死の色〉が見えてしまう、ということも。ただ――。

どんな状況でどんなふうに？　という具体的な話については、鳴が進んで語ろうとはしなかったので、これまでちゃんと聞く機会がなかった。少なくとも本物の死体を間近に見ると、そこに何か特別な色が見えてしまうらしい――と、その程度の認識しかぼくにはなかったのだ。

だから、だと思う。

だからきのう、恒一からあのように聞かされてもなお、鳴のその〝力〟がクラスにまぎれこんだ〈死者〉を見分けられる、という理解にはすんなり結びついてくれなかったんだろう。自分の鈍さを弁解するとしたら、そうとでも云うしかない。

……けれど。

四月に初めてここを訪れたあのとき、鳴が左目に眼帯をしていたのは。——今となっては、その理由は想像がつくのだった。

あのとき、きっと鳴は確かめようとしたんだろう。今年度が〈ある年〉だと判明したあの時点で、その報告のためにやってきたぼく＝「三年三組の比良塚想」が〈もう一人〉＝〈死者〉ではない、ということをあのとき、あの〈人形の目〉によって。

この考えを、ぼくは鳴に話してみた。そして訊いた。

「これってつまり、四月のあの時点では見崎さん、〈人形の目〉の〝力〟に自信があったっていうことじゃあ?」

鳴は心もとなげに首を傾げつつ、「どうだろう」と答えた。

「そうだったのかもしれない。もしかしたらあのころまでは、三年前に〈死者〉を〝死〟に還した件についてもまだ、ある程度は記憶の形がはっきりしていた——希薄化・曖昧化が進んでいなかったのかも。電話で榊原くんと話したあと、だんだんそんな気もしてきて」

「今は?　どうなんですか」

「…………」

鳴は黙ってまた首を傾げたが、そこで一度、深い呼吸をして姿勢を正す。そうしてやおら、左目の眼帯を外したのだ。

「ゆうべ、久しぶりにこの〈人形の目〉をつけて……で、試してみたの」

「試す？」

「前みたいに〈死の色〉が見えるかどうか」

「――どうやって」

「インターネットで」

物憂げに眉をひそめて、鳴は答えた。

「本物の死体の画像を集めているサイトとか、あるでしょう。そういうのを探して」

「――それで？」

ぼくが先を促すと、

「見えたよ」

鳴は吐息まじりにそう云った。

「前と同じように。いくら絵の具を混ぜ合わせても作れそうにない、この世には存在しないような色が。――〈死の色〉が」

「ああ……」

「今、こうしてこの〈目〉で見ても、想くんに〈死の色〉は見えない。だからね、あなたは生きている。三年前のあのときと同じように、ね」

「——はい」

ぼくは生きている。ぼくは〈死者〉じゃない。——心のどこかにまとわりついてうまく払拭《ふっしょく》できないでいた自身への疑念が、すみやかに霧消するのを感じた。ぼくにとってやはり、鳴の言葉はほかの何よりも信用に値するもの、だから。

ささやかな安堵《あんど》を覚えながら、ぼくは改めて鳴を——眼帯を外した彼女の左目を見る。鳴は静かに瞬《まばた》きをして、ぼくの視線をまっすぐに受けた。

「きのう想くんと電話で話したあと——」

鳴はまた一度、深い呼吸をした。

「考えていたの。わたしはどうしたらいいのか、何をするべきなのか。この〈人形の目〉をつけて、たとえばわたしが夜見北へ行って、教室でクラスのみんなの姿をじかに見て……とか。それがいちばん確実なんじゃないか、っていう気がしたから。——だけど」

「急がなきゃ、と?」

「——そう」

鳴はこくり、と頷いた。

「だから……」

14

「……あのね、想くん」

一時間前の電話での、鳴とのやりとりをぼくは思い出す。

「何か、写真はない？」

「写真？」

「クラスのみんなが、なるべくたくさん写っている写真。集合写真みたいなものがあれば、いちばんいいんだけど」

「写真でも〈死の色〉が見えるんですか」

ぼくが訊き返すと、

「見えるはず、なんだけれど」

みずからに云い聞かせるように、鳴は答えた。

「あまり小さなものだと精度が落ちるかもしれない。それでもたぶん、ある程度は」

そこで思い当たったのが、泉美の部屋にあった例の写真だったのだ。入学式の日に神林先生が撮影したという、あの集合写真。

「――あります」

思いつめたような、切羽詰まっているようにさえ聞こえる鳴の口ぶり、だった。それにひっぱられてぼくも、知らず声に力を込めていた。

「クラスの集合写真……二、三人を除いて、ほぼ全員が写っている写真が」

「それ、今から見せてくれるわけにはいかない？」

「今から、ですか」

「できれば……とにかく、なるべく早く」

「分かりました」

鳴がここまで云うのだ。ためらったり迷ったりしている場合じゃない、と即座に判断した。だから——。

電話を切ると、ぼくはすぐさま泉美の部屋へ駆けたのだった。突然のことでびっくりする彼女にざっと事情を説明して、例の集合写真を借りた。

「今から？」

泉美に訊かれて、

「すぐに」

と、ぼくは答えた。

「あたしも一緒に行く」と泉美が云いだしたのを、それは「だめ」と制して。そしてぼくは、大急ぎで雨の中へ自転車を出して、今こうしてここに……。

15

鳴が云ったとおり、ときおり入口の扉が風に叩かれ、がたがたと鳴っていた。ぼくが入ってきたあと、施錠をしなおさなかったから。——だいぶ風が弱くなってきた今でもこの音だから、さっきはもっとうるさかったんだろう。

「あの……これを」

デイパックを開け、薄緑色のクリアホルダーを取り出した。問題の集合写真は2L判。折れ曲がったりしないよう、手近にあったこのホルダーに挟んで持ってきたのだ。

鳴は神妙に頷いて、口もとをくいっと引きしめた。ぼくも神妙に頷いて、写真をホルダーごと差し出した。館内の仄暗い空間に、肌がぴりぴりするような緊張がみなぎった。

「じゃあ——」

応えて、鳴がホルダーを受け取る。写真をそっと引き出して、テーブルの上に置く。そうして少し背を丸め、覗《のぞ》き込むようにして見た。

そこから、しばしの沈黙が。

二秒、三秒……と、鳴は黙って写真を見つめる。ぼくは息を止めて彼女を見守る。入口の扉はがたがたと鳴りつづけ、その狭間《はざま》にふと、フロアの隅で人形たちが交わす秘密の囁《ささや》き声がかすかに聞こえてきそうな気がしたりも……やがて。

鳴が写真から目を上げた。ふっ、と短く吐息した。

「――見える？」

ぼくは恐る恐る、彼女に訊いた。

「その写真の中に、いい、いるんですか」

鳴はちらりとぼくのほうを見たが、何とも答えず写真に視線を戻した。そして今度は、右の掌を右目に当てて隠してしまい、左の〈人形の目〉だけで写真を見つめる。

「――いるんですか」

重ねて発したぼくの問いに、ややあって鳴はゆっくりと頷き、

「いる。――〈死の色〉が、見える」

視線を固定したまま、そう答えた。

ぼくはソファから身を乗り出した。鳴はちらりとまたぼくのほうを見て、わずかに首を振り動かしながらまた短く吐息して、それから――。

「この人」

右手を右目から離して人差指を伸ばし、写真に近づけたのだ。誰が「この人」なのかを確かめようと、ぼくがさらに身を乗り出した――そのとき。

からん、とドアベルの音が響いた。

見ると、今しも入口の扉が開かれ、外から飛び込んできた人物の姿が。

「想くん！」

と、彼女は大声でぼくの名を呼んだ。

「想く……ああ、いた。良かったぁ」

濡れた傘をたたみもせずに放り出して、彼女はこちらへ駆け寄ってくる。わけが分からず、ぼくはソファから立ち上がる。彼女はぜいぜいと息が荒い。雨の中をここまで全力で走ってきた、というふうに見える。

「な……」

何で？　と云おうとして、ぼくは声を詰まらせた。彼女が云った。

「携帯、部屋に落としていったでしょ」

シーサーのストラップが付いたそれを白いレインコートのポケットから取り出して、彼女はぼくに示した。

「あ……」

「あのあと、電話がかかってきて。あたしの携帯と、その直前に想くんのこの携帯にも」

「えっ」

「だから……想くんの行き先はここだって分かっていたから、ほかにどうしようもなくて追いかけてきたの。ねえ想くん、大変なことが」

「大変な？」

「電話はその連絡だったのよ！」

彼女の顔はひどくこわばり、唇は引きつるように震えていて、今にも泣きだしそうにさえ見えた。

「ほんとに大変なの！　庭のエノキが倒れて、おじいちゃんの部屋に突っ込んで」

「ええっ⁉」

赤沢本家の裏庭の。祖父・浩宗が寝ているあの座敷の窓から見える、あのエノキの大木。あれが……？

「おじいちゃん、大怪我をして、命も危ないって。その知らせが、さゆり伯母さんから」

ひょっとしたら――。

ここへ来る途中でぼくが自転車で転倒したとき、聞こえてきた救急車のサイレン。あれはその、赤沢本家での事故の報を受けて出動した救急隊だったのかもしれない。

「想くん」

と、このとき鳴の声がした。ぼくは慌てて振り返った。鳴の顔は蒼ざめ、飛び込んできた彼女と同様にこわばっている。――ように見える。

「想くん、聞いて。いい？」

「あ……は、はい」

テーブルの上の写真に向けられていた鳴の右手の、突き出された人差指。それが、そのままの形で——。

前方へと持ち上げられたのだ。少しのためらいもなく、そしてその指先が、ぴたりとそこに立つ彼女を……。

「いい？　想くん」

鳴は静かに告げた。

「〈死者〉はね、そこにいるその人なの」

そう聞いても、ぼくはとっさには何とも応えられなくて。この空間の酸素濃度が急激に低下してしまったかのような、強い息苦しさを覚えた。

「〈死の色〉が、見えるから」

彼女——赤沢泉美を指さしたまま、鳴は変わらぬ口調で続けた。

「この写真に写っているその人にも、今そこにいるその人にも」

16

泉美、が？

彼女が今年度の〈もう一人〉であり、〈死者〉である——と？

ぼくはひたすらに驚き、戸惑うばかりだった。いくら鳴の指摘でもすぐには信じられない、信じたくない、という想いが先に立ってしまって。

けれども鳴の、泉美に向けるまなざしにはためらいがない。泉美を指し示したまま、右手の人差指は微動だにしない。

　自分に向けられた鳴の指先を認めて、泉美は「えっ」と声を発した。どういうことなのか、まるで意味が解せない、とでもいうふうに。

「なに……何なの」

　よりいっそうこわばった顔で。引きつった唇で。——意味が分かってきたものの、とうてい受け入れられない、まったく心外だ、とでもいうふうに。

「何を……まさか、そんな」

　見開かれた切れ長の目が震えている。瞳が不安定に揺れている。——どう応じればいいのか分からない、激しく戸惑うしかない、とでもいうふうに。

　鳴の〈人形の目〉が持つ不思議な〝力〟のことを、泉美は知っている。写真を借りるとき、今夜のこの事情を説明するためにぼくが話したのだ。だから彼女は……いや、しかしまさか、ぼくを追ってやってきたここで自分が〈死者〉だと指摘されようとは、それこそ夢にも思っていなかっただろう。驚きも戸惑いも当然、ぼくが感じているそれらの比ではないはずで——。

「赤沢さん」

と、鳴が口を開いた。

「自分ではぜんぜん実感がないと思う。でもね、今年の〈もう一人〉は、あなた」

云ってやっと、右手を下ろした。

「いつなのか時期は分からないけれど、あなたはむかし〈災厄〉のせいで死んだ〝関係者〟の一人、なの。それが〈現象〉でよみがえって、この四月からクラスにまぎれこんで……今、そこにいるの。〈生者〉と変わらない〈死者〉として」

普段にも増して乏しい抑揚で、意図的に感情を切り離したかのような声で、鳴はそう語った。

「冗談、でしょ」

と云って泉美は、笑おうとしたようだった。だが、表情はまったく緩まない。

「あたしはそんな、〈死者〉なんかじゃない。あたしはほら、ちゃんと生きてるから。呼吸もしてるし、心臓も動いてる」

「〈現象〉でよみがえる〈死者〉は〈生者〉と区別がつかない。普通に息もあるし、体温もある。切れば血も出る。――そう聞いてるでしょう?」

「今年の三月以前の記憶だって、ちゃんと」

「いろいろな辻褄《つじつま》が合うように改変された記憶が、ね」

淡々と述べる鳴の顔は、これも意図的に感情を切り離したような無表情で、冷ややかにすら見える。泉美は口をつぐみ、途方に暮れたような目をぼくに向けた。

「ねえ、想くん。何とか云って……」

ちょうど、そのとき。

今さっき泉美から渡されて手の中にあった携帯が、振動しはじめたのだ。慌ててディスプレイを見てみると、そこには「さゆり」と表示が。

「ああ、想くん！」

「はい」と応答に出たとたん、さゆり伯母さんの声が耳に飛び込んできた。

「泉美ちゃんが見つけてくれたのね」

「——はい」

「大変なの！」

間髪を入れず、さゆり伯母さんは云った。

「お義父《とう》さんが。想くんのおじいさんが……」

「聞きました」

ぼくは極力、気持ちを静めようとしながら応えた。

「事故があって大怪我を、と」

「それが……たった今、息を」

「亡くなったんですか」

「病院に運ばれたときにはもう、手の施しようがない状態で」

呆然《ぼうぜん》と、そして慄然《りつぜん》と携帯を握りしめて、ぼくは「そんな」と声を落とす。

「何で突然、あの木が倒れてきたんだか。よりによって、お義父さんの部屋に向かって。窓を突き破って、寝ていたお義父さんの頭に……」

ざざ、という雑音《ノイズ》が響いた。何かがぼくたちを嘲《あざけ》るかのように。

ががが、ざざざざ……と割り込んできて伯母さんの声を掻き消してしまい、電波のつながりが切れた。

「さゆり伯母さんから、だった」

携帯を握ったまま、ぼくは泉美に告げた。

「おじいさんが、死んだって」

「…………」

「〈災厄〉なんだろうね、これも」

祖父の赤沢浩宗と孫のぼくは二親等の関係。浩宗と泉美も同じく二親等。三年三組の〝関係者〟として、当然ながら彼は〈災厄〉の及ぶ範囲内にいたのだ。だから……。

一方でこの瞬間、ぼくの頭をおのずとこんな考えがよぎった。

祖父が亡くなったとなると、その通夜や葬儀には大勢の縁者が集まるだろう。夜見山以外の土地に住む者たちも、中には少なからずいる。ドイツにいる泉美の兄・奏太《そうた》も、場合によっては帰国するかもしれない。もしかしたら……そう、浩宗の三男・冬彦《ふゆひこ》の、かつての妻であった月穂も、だ。

このまま放っておけば、遠からず夜見山にやってくる彼らの身もまた、〈災厄〉のリスクにさらされてしまうことに……。

……いけない！

と、心の中でぼく自身の声が響く。

もうこれ以上、こんな……。

携帯をジャージのポケットに突っ込むと、ぼくは泉美と鳴、二人の顔を交互に見た。

驚きと戸惑い、そして激しい混乱。——泉美の内心は察するに余りある。見開かれた双《そう》眸《ぼう》には狼狽《ろうばい》の色が。唇を引き結び、かぶりを振る。小さく、けれども強く。

対して、鳴は無表情を崩さない。静かに冷ややかに、〈人形の目〉を含む両の目で泉美を見すえながら、一歩、二歩と進み出てぼくの横に並ぶ。そして——。

「〈死の色〉が、見えるから」

さっきと同じ言葉を、今度は泉美に向かって投げかけたのだ。

「だから赤沢さん、あなたは〝死の側の存在〟なの。だからあなたは」

「やめてよっ」

泉美が叫んだ。

「いきなりそんなこと云われて、信じられると思う？　いきなりそんな……ねえ見崎さん。ねえ想くん？」

振られて、ぼくもまた激しい混乱のうちに「信じられない、よね」と答えた。——のだが。

鳴の答えは違った。

「あなたが信じるか信じないかの問題じゃないの」

これもやはり、完全に感情を切り離したような声で。

「あなたが〈死者〉なのは、事実だから。信じても信じなくても、事実に変わりはないの。だから……」

……だから？

ぼくは鳴の横顔を窺う。

だから、これ以上の〈災厄〉を止めるためには、ぼくたちは〈死者〉＝泉美を……。

「想くんっ！」

泉美がまた叫んだ。

「何とか云ってよっ。あたしは想くんのいとこで、前々から親しいつきあいがあったでしょ。四月に想くんがマンションに引っ越してくるよりも前から……」

確かにぼくも、そのように記憶している。けれど、それが〈現象〉によって改変された偽りの記憶である、という可能性は

……どくん

否定できないのだ。そんな〝世界〟に今、ぼくたちはいるのだ。

ぼくはふたたび、泉美の顔を見る。

彼女の混乱はいよいよ激しいが、そこには今、怒りの色も滲んでいる。しかしたぶん、それは〝怯え〟と表裏一体のもので……と考えたぼくの心中に、ふとこのとき。

――おまえは、泉美か。

いぶかしむような、あるいは困惑したような低い声が。――祖父・浩宗の声だ。

――おまえは……。

これはそう、おとといの夜の記憶。泉美が赤沢本家を訪れて、二人で祖父の部屋へ行ったときの。

あのとき、泉美に向けられた祖父の目は、何だか焦点が定まっていなくて……気のせいか、どろりと濁っているようにも見えて。

――何でおまえが、また……。

見舞いにきた孫娘に対する態度としては、妙な……というか、どうにも不自然な反応。


「……ああ」

そう思えたものだったが。——さらに。

——久しぶりに会った孫の顔を見て、「何でおまえがここにいるのか」なんて。ひどいと思わない？

これは確か四月の下旬、やはり泉美が赤沢本家を訪れ、祖父の見舞いにいったときの。

何でおまえがここにいるのか。

祖父が泉美に向かって云ったという、この言葉。この意味は……。

ほぼ寝たきりの状態が続き、認知機能にも最近、衰えが出はじめていた祖父。もしかしたらそのせいで、〈現象〉による記憶の改変が、彼の精神には充分に及んでいなかったのかもしれない。そういうことがありうるのかもしれない。——とすれば。

何でおまえがここにいるのか。

この言葉はつまり、すでに死んでしまったはずの孫娘・泉美がいま目の前にいる現実への、単純な疑問の表明だったと……いや。

しかしこんなことが、「泉美＝〈死者〉」の証拠になるわけじゃない。記憶や記録の改変・改竄が当たり前のように起こってしまうこの〝世界〟の内側にいる限り、それが〝真実〟かどうかを判定する証拠を見つけるなんて、そもそも不可能な話なのでは……。

……どくん

……えっ？

なに？

何だろうか。今、ふいに……。

……どくん

「ねえ！　想くんっ！」

泉美の声。混乱し、怒り、そして怯えている。それをないものとして無視するように、

「想くん」

鳴が静かに云った。

「憶えてるよね、榊原くんから電話で聞いたこと。〈災厄〉を止めるためにしなければならないこと」

ああ……もちろん。憶えている。分かっている。――けれど。

それでもぼくは、鳴のその言葉に対してすぐには反応できなかったのだ。

この黄昏めいて仄暗い空間全体が、冷たく凍りついているように感じられた。そのせいで、ぼく自身の精神《こころ》も肉体《からだ》も凍りついてしまって、身動きはおろか声の一つも出せない、というふうな。――なぜか耳には、名も知らぬものたちの悲鳴が。たくさんの甲高い悲鳴が。実際には聞こえていない、聞こえているはずがない。そう理解しながらも、ぼくにはそれらが、このギャラリーに棲《す》む人形たちのすべてが口々に発する声であるように思えて……。

鳴はそんなぼくに悲しげな一瞥《いちべつ》をくれ、かすかに息をつき……次の瞬間、みずから行動を起こした。

17

素速い動きだった。

鳴は無言で、入口横の壁ぎわに寄せられたテーブルへと向かった。そうして、そこに放り出されていた工具の一つを取り上げたのだ。あれは金槌《かなづち》、いや、釘抜《くぎぬ》きか。

まさか——。

今ここで、それを使って？

「見崎さん……」

からからに渇いた喉からぼくが声を絞り出したときにはもう、鳴は釘抜きを握った右手を振り上げ、泉美に躍りかかっていた。「いやっ」という泉美の悲鳴が、人形たちの悲鳴に重なって響いた。

「な、何をするの。そんな……」

鳴が右手を振り下ろす。泉美はそれをよけたがよけきれず、釘抜きの先端が肩を掠《かす》め……衝撃で体勢が崩れて、片膝を床についた。

「やめて……見崎さん」

「〈死者〉を〝死〟に還す」

鳴は冷ややかに応えた。

「ほかに〈災厄〉を止める方法はないの」

「やめてよっ」

泉美は懸命に訴えた。

「あたしは……あたしは何もしてない！」

「そう。あなたは何もしていない。あなたはただ、〈死者〉であるだけ。でも、今回の〈災厄〉でもう、大勢の人たちが死んだの。このままだと、もっと大勢の……」

「あたしのせいじゃない！」

「あなたのせいじゃない」

鳴は釘抜きを握り直しながら、

「誰のせいでもない。ただ、〈現象〉がこういう〝形〟をしているだけ。だから……ね、赤沢さん」

鳴がふたたび右手を振り上げる。泉美は片膝をついたまま、攻撃を防ごうと両手を斜め上方へ突き出す。

「やめてっ！」

と、ここで叫んだのはぼくだった。

鳴の〈目〉を信じろ——と、榊原恒一はぼくに云った。「どんなに信じられない、信じたくないような真実が、そこで暴き出されたとしても」と。——しかし。

「やめてください。こんな……」

どうしてもこのとき、ぼくは黙って見ていられなくなったのだ。

この局面で、自分は何を信じるのか、信じるべきなのか。何を今、正しい行動と見なすべきなのか。頭で分かってはいても、どうしても……。

鳴の動きが止まり、ぼくを振り返った。さっきと同じような、悲しげな一瞥、だった。

その隙をついて、泉美が立ち上がった。鳴が向き直ったときには、入口の扉めざして猛然と走りはじめていて——。

扉を開け、逃げ出していく泉美。そのあとを鳴が追う。さらにそのあとを追って、ぼくも外へ駆け出した。

18

雨は小降りになっていた。来たときのような強風もほとんど収まっていたが、道行く人の姿はまったくない。まださほど夜も深くないこの時間帯にしては、街は不気味なほどに静まり返っていて……。

逃げる泉美と追いかける鳴。二人のあとを追うぼく。左膝の痛みをこらえつつ、懸命に走った。ときおり、思い出したように雨粒が大きくなって顔を打った。ふいに短いあいだ風が強く吹いたり、遠くから低く雷鳴が伝わってきたりもした。

頭の中では混乱が続いていた。

みずから問題の解決のために動いた鳴。それを制止してしまった自分。——何を信じるか、信じるべきなのか。何を今、正しい行動と見なすべきなのか。答えは理解できているはずなのに……。

——いいね、想くん。

電話での恒一の言葉が、繰り返し耳によみがえってくる。

——〈死者〉を〝死〟に……迷いを捨てて、行動を。

——彼女を信じて、そして……。

信じきれていない、ということなのか。ぼくは、鳴を——彼女の〈人形の目〉が持つ〝力〟を。それとも、ぼくは……。

……どくん

一方で、さっきからどこかで、何だか妙な感覚が。

……どくん

何なんだろうか。

聴覚の守備領域外にあるような、低いかすかな響きが。——この感覚には経験がある、ような気がする。けれど、いつどこでの経験だったのか、考えてみても探り出せる記憶はまったくなくて……。

……先を走る鳴との距離がだいぶ縮まってきたとき、ぼくたちは夜見山川の堤防沿いの道に出ていた。立ち並ぶ街灯もまばらな、暗い道だった。

鳴の藍色のシャツの背中が、ほんの二、三メートル先にあった。その少し先にはもう、泉美の白いレインコートの背中が……と認めたとき。

短い悲鳴とともに、泉美の動きに異変が生じた。足を滑らせるかどうかして、転んでしまったらしい。

鳴の動きが歩みに変わった。右手にはさっきの釘抜きがまだあった。彼女の意志に変わりはないのだ。あれを使って、この場で泉美を……。

「見崎さん！」

ぼくは反射的にまた叫んでいた。

「やめてっ！」

しかし鳴は、こちらを顧みもせずに右手を振り上げ、振り下ろした。

ガチッ、と硬い音が聞こえた。泉美が身をよじって攻撃をかわしたのだろう、狙いが外れて釘抜きが路面に打ちつけられたのだ。

この時点でやっと、ぼくは二人に追いついていた。路面を打った衝撃で、鳴の手から釘抜きが取り落とされた。とっさの判断でぼくは、ふたたび鳴が手に取ることがないよう、落ちた釘抜きを蹴り飛ばした。

「――想くん？」

鳴がぼくの顔を見る。そのまなざしにはやはり、ひどく悲しげな色が。

「あたしのせいじゃない」

転倒から立ち直った泉美が、声を震わせて訴えた。

「あたしのせいじゃ……」

おりしも、一陣の風が川のほうから吹きつけ、ほぼ同時に夜空に雷光が走った。すると、突然のこの閃光《せんこう》とシンクロするようにして、このとき

……どくん

奇妙な感覚が降りかかってきたのだ。

……どくん

低いかすかな響きとともに、いきなりぼくの脳裡に浮かんだある光景。いま直面している状況とはまるで脈絡のない……。

……ドアが。

一枚のドアが、見える。

〈フロイデン飛井〉の、部屋のドアだ。ドアの脇のプレートに示された部屋番号は〈E－1〉。ぼくと同じ五階の、エレヴェーターホールの向こう側に位置する一室。

ここは？　この部屋は？——という疑問があのとき、ざらりと心を掠めたのではなかったか。

これは……そう、きっとぼくの記憶の断片なのだ。あのときとはつまり、四月の初め、始業式のあの日の早朝の。

……どくん

……机と椅子が。

整然と並んだ机と椅子が、見える。何も書かれていない黒板。不安定に明滅する蛍光灯が一本。これは——。

C号館三階の、三年三組の教室だ。これは……これもそう、四月の初めのあの日の、始業式が終わったあとの。

生徒たちはいるのに、誰も椅子に坐《すわ》ろうとしない。机にカバンを置こうともしない。

——とりあえずみんな、席に。

と、女子の誰かが云った。滑舌《かつぜつ》の良い、きりっと鋭い声音の……それを聞いて、あのとき。

あれは？　あの声の主は？　――という疑問を瞬間、感じたのではなかったか。

一瞬後には心から消えてしまっていた、あの疑問。あの違和感はいったい……。

……どくん

ああ……なぜ？

なぜ今、こんな光景が？

なぜ今、こんな記憶が？　……

泉美が、ぼくのほうを見ていた。ここまで逃げてくるうちに髪はすっかり雨に濡れ、レインコートはどろどろに汚れている。

「あたしのせいじゃ、ない」

そう訴える声は、心なしかさっきよりも弱々しくて。顔を見ると、表情に今、さっきと比べて何だか微妙な変化が生じているようにも……。

もしかしたら――と、このときぼくは感じた。

多分に妄想じみた話になるけれども、突然の雷光に目をくらませてぼくが見舞われた奇妙な感覚、それと似たようなものがもしかしたら、彼女の精神《こころ》にも……？

ぼくは一歩、泉美に向かって進んだ。そうして口を開こうとしたところが、彼女はのろりとかぶりを振って、

「あたしじゃない」

さらに弱々しい声でひと言。それだけですぐさま踵《きびす》を返し、ふたたび堤防沿いの道を駆けだしたのだ。すぐにまた泉美を追いかけようとする鳴に、ぼくは意を決して云った。

「ちゃんと行動できなくて、ごめんなさい。でも、見崎さんはもう、ここで……」

鳴はいぶかしむようにちょっと首を傾げて、

「想くん？」

「確認です。彼女には――赤沢泉美には〈死の色〉が見える。間違いないんですね。彼女が〈死者〉なんですね」

「そう。間違いない」

「じゃあ――」

ぼくは強く頷いて、云った。

「あとは、ぼくが。全力で追いかけて、彼女を……分かってます。だからね、見崎さんはもう……」

19

泉美を追いかけて堤防沿いの道を駆けるあいだに、空で幾度か雷光が走った。そのたびぼくの脳裡には、さまざまな光景が浮かんでは消えた。それらはどれもがこの四月以降に経験した出来事に関する記憶の断片で、さらに共通するのは、それらのどれもに泉美が関係しているということで……。

……たとえば。

五月の初め、ぼくが第二図書室で千曳さんと話をしていたあのとき。途中から矢木沢と泉美がやってきて、二人が千曳さんに挨拶《あいさつ》をしたときの、千曳さんの泉美に対する反応。あのときの、一瞬の違和感。

……たとえば。

六月の初め、ぼくが病院の帰りに〈夜見のたそがれの……。〉に立ち寄って、地階で鳴と話していたあのとき。たまたま外でぼくを見かけてあとをつけてきた泉美が、そこで初めて鳴と遭遇した。あのときの鳴の反応。ぼくが覚えた、やはり一瞬の違和感。

いったいどういうわけなのか、仕組みも理屈もよく分からない。それぞれの記憶も決して明瞭なものとは云えない。――だが、しかし。

ぼくの頭には今、こんなイメージが広がってきつつあった。

この〝世界〟を包み込んだ、堅固かつしなやかな〝偽り〟の殻。そのところどころに微小な孔《あな》があき、外から〝真実〟の光が射し込んでくる。それがぼくの脳裡にさまざまな光景を映し出すのだ。

別の云い方をすれば、こうなる。

〈現象〉に伴う改変・改竄によって、辻褄の合うものとして再構成された〝世界〟。そこに生じたわずかなほころびのような……ともあれ。

今年度の〈死者〉は赤沢泉美である――というその残酷な事実を、ここに至ってようやくぼくは認めることができたのだと思う。

そうしてやがて――。

ぼくは泉美に追いついたのだった。ちょうど彼女が夜見山川に架かる橋を渡ろうとしているところで、だった。例の歩行者専用橋――イザナ橋、だ。

橋の途中で立ち止まり、泉美は両手を手すりにかけて身を折っていた。肩が、背中が、激しく上下している。今にもその場にくずおれてしまいそうな様子だったが。

ぼくの姿に気づいて、彼女はのろのろと身を伸ばした。

「こっちを見て」

と、ぼくは云った。

「ぼくに顔を見せて……」

この間にいくぶん、雨脚が強くなってきていた。橋の上ということもあって、吹きつける風も強い。加えて、橋の下には大雨で増水した夜見山川の、激しい流れがある。

そんな諸々《もろもろ》の音響に掻き消されて、ぼくの声は泉美の耳には届かなかったかもしれない。

上空で雷光が走った。瞬間の白い閃光の中で

……どくん

……どくん

脳裡にまた、新たな光景が。

……〈フロイデン飛井〉の〈E－1〉。防音室に置かれたグランドピアノ。ピアノ椅子に坐って、鍵盤《けんばん》に両手の指を広げた泉美の姿が、見える。

これは六月の終わりの、あのとき。死んでしまった者たちを悼《いた》むため、彼女がベートーヴェンの「月光」を弾いてくれた、あの夜の。

演奏を聴くうち、ぼくは窓のカーテンに背を寄せて、そこでふいにちょっとした異臭を感じて……そして、何やらまるで、長らく人が住んでいない建物に足を踏み入れてしまったような心地が一瞬、したのだ。あのときの、あの違和感。それから――。

――ちゃんと鳴っていない鍵盤が一つ、あったでしょう。

演奏を途中でやめた泉美の、あのときの言葉。

――調律もずいぶん狂ってるし。

鳴らない鍵盤。狂った調律。その意味は……。

泉美が、顔を上げていた。

このときの彼女の表情を見て、もしかしたら――と、ぼくはまた感じたのだ。

もしかしたら彼女も今、ぼくの脳裡に浮かんだのと同じ光景を共有していたんじゃないか。もしかしたら、それで彼女は……。雨と涙でくしゃくしゃの、泉美の顔。混乱も怒りも怯えも通り越して、ああ、何だかこれは……。

「想くん」

と、背後から名を呼ばれた。鳴の声だった。「あとは、ぼくが」と訴えたにもかかわらず、けっきょく彼女はぼくを追ってここまで来てしまったのか。

「想くん」

鳴は繰り返し、ぼくの名を呼んだ。

「想くん……ためらわないで。疑わないで。信じて、迷いを捨てて、行動を……」

ああ、分かっている。

それはもう重々、分かっているから。

ぼくは泉美に向かって一歩、足を踏み出した。だが、それを認めても泉美はその場から動こうとしない。ぼくのほうに目を向けたまま、力なく首を振るばかりで。

さらに一歩、足を踏み出す。すると——。

泉美は手すりに片手をかけたまま、身体の向きを変えた。背中を橋の外側——下流の側に向けたかと思うと、おもむろに手すりから手を離し……。

さらに彼女に近づきながら、ぼくは自分の両手を胸の高さまで持ち上げた。ここからどのように動くかはもう、心に決めていたと思う。

このまま彼女のそばまで行き、この手で彼女を、橋から突き落とせば……と。

そうすれば、下の川は今、どんなに泳ぎが得意であってもとうてい助かりそうにない、激しい濁流だ。落ちてしまえばまず、命はないに違いないから……だから。

ぼくのそんな考えを、果たして泉美が見通していたのかどうかは分からない。彼女は同じ場所にいて微動だにせず、ぼくが来るのを待っていたのだ。そして――。

まもなくぼくは、決めていたとおりの行動に出た。

橋の手すりに背をもたせかけ、彼女はぼくの顔を見てほんのわずかに、泣き笑いのような表情を浮かべた。唇がこのとき、何かを告げるために動いたようにも見えたが、そこに言葉を読み取ることはできないままに――。

彼女の両肩のあたりをめがけてぼくは、みずからの両手を思いきり突き出したのだ。ところが――。

突き出した両手が相手の身体に触れる、その直前、だった。彼女の――泉美の身体が、手すりを軸にして後方へ倒れ込み、もんどりうって宙に飛び出したのは。そうしてそのまま橋の下へ落ちていったのは。

愕然《がくぜん》としながらもぼくは、手すりに飛びついて川を覗《の》き込んだ。鳴もそれに続いた。そのときにはしかし、泉美の身体はすでに激しい濁流に呑み込まれてしまったあとで……。

どくん

この世界の外側で、何者かがシャッターを切った。〝闇のストロボ〟が焚《た》かれ、ぼくたちは一瞬の暗黒に包まれた。

＊

七月五日、木曜日の夜のこのときを境にして――。

今年の四月以降「夜見山北中学三年三組の生徒」として存在した〈赤沢泉美〉が、彼女の〝死〟に関与したぼくと見崎鳴以外のすべての人々の記憶から消えた。

Part
3

M.M.

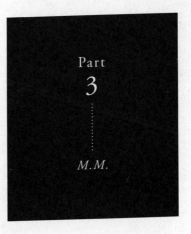

Interlude Ⅳ

今年の〈災厄〉はもう終わったらしい、ってさ。

ほんとなの？　それ。

そんな噂、聞いたんだが。

終わったって……でも、〈対策〉は結局どれも失敗したんでしょ。今月だって、比良塚くんのおじいさんが事故で亡くなったそうだし。それも〈災厄〉だったんでしょ。

ああ。しかしあれを最後に、今年はもう終わった——止まったらしい。

ほんとに？　どうして……。

一説によれば、〈死者〉がいなくなったんじゃないか、と。

〈死者〉って、クラスにまぎれこんだ〈もう一人〉が？

ああ。

どうして、そんな？

机と椅子の数だよ、教室にある。

机と椅子……。

このあいだからひと組、余ってるっていうのさ。云われてみればまあ、確かにそうなんだよな。

そうだっけ。

五月に死んだ継永と六月に死んだ幸田、入院中の牧瀬と、ずっと学校に出てきてない葉住。これで空席は四つのはずだろ。

——うん。

ところが今、その四つのほかに一つ、席が余ってるのさ。

誰の席が？

それが分からない。牧瀬と葉住以外に欠席者がいなくても、席が一つ空いてる。前はそんなことなかったのに、変だろ。

……………

だからそれが、〈もう一人〉＝〈死者〉の席だったんじゃないかっていうのさ。そいつがいなくなってしまったから、四月の初めに増やしたぶんの席が余ってしまった。

…………

〈死者〉がいなくなったってことは、〈現象〉が終わったってことだろう。ならば〈災厄〉も、もう……。

ほんとに？

だったらいいんだがなあ。対策係の連中や先生が目下、検討中なんじゃないか。

＊

……〈災厄〉は終わったから。何ももう心配する必要、ないから。

ほんとに？

うん。

〈対策〉はどれもうまくいかなかったっていう話を、わたし……。

大丈夫、だから。

でも、どうしてそんなことを？　クラスの人からは何も。

そのうち報告が来るよ。

…………

だからもう、怯《おび》えなくていい。弱気にならないで、ね。

でも、わたし……。

ずいぶん長びいているから、無理もないとは思うけれど。

わたしね、ときどき思うの。思うっていうより、何て云うかこう、直接的に感じてしまうっていうか。

って？

わたしはずっとここに、ここにいて、ここはずっと時間が止まっていて、だからわたしも……わたしっていう存在自体がね、ずっと止まりつづけるの。凍りついたみたいに、永遠に止まったまま……。

違うよ。そんな……。

止まってるんじゃなきゃあ、同じところをまわってる。永遠に空まわりしていて、わたしはいつまでもここに囚《とら》われて……。

そんなふうに感じるのも分かるけど、でも大丈夫。ちゃんと時間は動いているし、前へ進んでる。あなたは囚われてなんかいないから。

でも……でもね、もしかしたらわたし、もうこのまま……。

…………。

……あ、ごめんね。またこんな、弱音。

弱音くらい、いくらでも聞く。無理することないから。だけどね、あなたはきっと大丈夫。

——ありがと。

また来るね。

あ、うん。——ありがとう。

Chapter 12

July Ⅱ

1

梅雨が明けて、本格的に夏が来て——。

七月二十六日。

長かった一学期も終わって、夏休みに入って三日めの午後、今年二度めの引っ越しが完了した。〈フロイデン飛井〉の〈E－9〉から本来の住みかである赤沢本家までの、例によってささやかな移動、だった。

四月からの四ヵ月足らずで特に増えた私物もなかったので、前回と同じで業者には頼まず、自力で荷物を運んだ。一人で運ぶのが大変なものについては、今回は矢木沢が友だち甲斐《がい》を発揮して手伝ってくれた。

壁紙もフローリングも新調されてぴかぴかの、もともとのぼくの勉強部屋兼寝室に最後の荷物を運び込んで、矢木沢と二人してふうっ、とひと息。冷房の効いた居間に場所を移して休んでいると、労をねぎらってさゆり伯母《おば》さんが、きんきんに冷えたサイダーを出してくれた。

「お疲れさま。矢木沢くんも連日、ありがとうね。大変だったでしょう」

「いえいえ、ぜんぜん余裕です」

首にかけていたタオルの両端を両手で握って、矢木沢はぐんと胸を張った。

「いただきまっす」

「アイスクリーム、あるけど食べる?」

「あ、はいっ」

「ちょっと待ってね。せっかくだから特製パフェ、作ってあげる」

夏休みが始まるころにはリフォームも完了していてこちらに戻れるだろう、という今月初めの時点での見通しだった。ところが五日のあの夜、祖父・浩宗が命を落とす原因になった庭木の倒木事故があり、そのとき大破した奥の座敷や荒れた裏庭についてはいまだ修復工事が終わっていない。

だから、戻るのはその工事もきちんと済んでから——と、本家の春彦伯父《はるひこおじ》さんとさゆり伯母さんには云われていた。〈フロイデン飛井〉の夏彦《なつひこ》さんと繭子さんからは、「想くんさえ良ければ、このまま何ヵ月でもこっちにいたらいい」とも云われていた。けれど、そのように云ってもらえるのをありがたく感じる一方で、これ以上ここにとどまるべきではない、という思いがぼくの中では膨らんできたのだ。そこで、春彦伯父さんとさゆり伯母さんにはわがままを云って、今この時期の引っ越しに踏みきったわけで——。

〈フロイデン飛井〉のあの部屋にいるとどうしても、もはやこの世界の〝現在〟には存在しない彼女——赤沢泉美のことを思い出してしまうから。単に思い出すだけじゃない。どうかすると自分の心が、いないはずのそのものの幻影に囚《とら》われ、引きずられてしまいそうになるから。それが悲しくて、そして怖くて……だから。

サイダーを一気に飲んでしまうとぼくは、矢木沢を残していったん居間を離れた。引っ越しの荷物と一緒に部屋に放り込んであったカバンを持って、すぐに戻って。

「あのさ、これ」

云って、カバンから取り出したものを矢木沢の前に置いた。フィルム一本ぶんの写真を収めたミニアルバム、だった。

「うん？」

矢木沢は小首を傾げたが、中を見るなり、

「ああ、あのときの」

と呟《つぶや》いて、ひょろひょろの顎鬚《あごひげ》を撫《な》でた。

今月四日の放課後、中庭のハス池の前で撮影した例の写真だった。あのあとの諸々《もろもろ》の騒ぎのせいで放置してあったフィルムを、思い立って先日、現像に出してきたのだ。

そもそもは矢木沢が云いだして撮った、あの日の「記念写真」だった。

アルバムにはまず矢木沢とぼくの、次に泉美とぼくのツーショットが、何枚かずつ並んでいる。続いてそれぞれの単独ショットがあり、その次には、神林先生に頼んでシャッターを切ってもらった何枚かの、矢木沢と泉美とぼくのスリーショットが。——しかし。

「あのときの、おれたち二人の記念写真、な。ふんふん。ハス池の手首はやっぱ、写ってないか」

アルバムのページをめくりながら、矢木沢はごく自然にそう云うのだった。

「ツーショットはどれも、神林先生に頼んだんだっけ」

ああ……やっぱり。

予想していた反応とはいえ、ぼくはやりきれない気分で小さく首を振った。

矢木沢にはやっぱり、写真の中の泉美の姿が見えていない。そこに写っているのは彼とぼくだけ、なのだ。あの日のあの撮影も、三人ではなくて「おれたち二人」で行なったものと認識されている。〈もう一人〉＝泉美の消滅に従って、彼女が関係した物事や出来事の記憶がすべて、辻褄の合うように書き換えられているから。

「どうした、想」

矢木沢がいぶかしげにぼくを見た。

「何をそんな……はは あ。ひょっとしてアレか。実はこの写真、例の彼女——赤沢泉美っていうおまえのいとこも写ってる、とか？」

「——そう」

ぼくは吐息まじりに答えた。

「察しがいいね」

「そりゃあ、いちおう」

「いちおう頭では分かっている？」

「まあな。——おまえには見えるのか。この写真に、それが」

「——うん」

ぼくは矢木沢の横に並んで坐《すわ》ると、アルバムを取り上げて自分の手で開き直した。

「初めのほうは神林先生じゃなくて、彼女が撮ってくれたぼくたちの写真。次は矢木沢が撮ってくれた、彼女とぼくのツーショットなんだけど……見えないんだね」

「ああ。おれには想が一人で写っているとしか」

矢木沢は円眼鏡の向こうでひとしきり目をしばたたいて、「うーん」と唸《うな》った。

「云われてみればまあ、何だか構図が不自然だが。どれもこれも、想の左側が空きすぎてるような」

「そこに彼女が写ってるんだよ」

と、ぼくは自分の目に見えているとおりを告げた。

「先生にシャッターを頼んだのはこのあとの、最後の何枚かだけだった。ぼくたち三人が並んでいる写真。彼女が真ん中で、両側に矢木沢とぼくが立っている。これも見えないいんだね」

「写ってるのは想とおれだけ……だが、二人のあいだがやけに空いてるな。不自然だな。誰も人が写ってないのが一枚、その前にあるが、それも？」

「うん」

「そうか。そうなのか」

頷《うなず》きつつも、矢木沢は戸惑い顔で――。

「なあ、マジで見えるのか、おまえには」

写真の中では夏服姿の泉美が、矢木沢とぼくのあいだに立って楽しげに笑っている。本当に楽しかったのか、どのくらい楽しかったのか、内心は分からない。しかし少なくとも彼女は、この翌日の夜、自分が〈死者〉だと知らされることになろうとはまるで思いもせずに……。

「見えてるよ、今は、まだ」

答えて、アルバムをテーブルに置いた。

「ぼくはあの夜、あの現場にいたから。そのせいで、きっと」

そう。ぼくにはまだ、見えている。けれどもいつか、ぼくにもこれが——泉美の姿が見えなくなるときが来るのか。

戸惑い顔の矢木沢が、「うーん」とまた唸った。眼鏡を外して、タオルでごしごしと目もとを拭きながら、

「だがなあ、いくら説明されても、どうにもこう、実感が湧かないんだよな。おまえを信じないっていうわけじゃないんだが、何て云うかその、それこそキツネにつままれたみたいな、っつうか」

矢木沢には早い時点で、この件に関する〝事実〟をひととおり打ち明けてあった。榊原恒一からの電話で知らされた「〈災厄〉を止める方法」についても、見崎鳴の〈人形の目〉が持つ特別な〝力〟についても。鳴がその〝力〟によって泉美が〈死者〉であると見抜いたことも。

ただ、五日夜の泉美の〝死〟については、みずからが〈死者〉だと知らされて混乱した彼女がイザナ橋から夜見山川に落ちて……としか伝えていない。そこに至るまでの詳細は正直、話したくなかったし、話すべきじゃないとも思ったのだ。そして——。

矢木沢のほうから、より具体的な説明をぼくに求めてくることもなかった。〈もう一人〉

の消滅によってすでに記憶が書き換えられてしまった彼にしてみれば、それはあまりにも「実感」を伴わない、リアリティのかけらも感じられない話だったから、なのだろう。

「お待たせ。どうぞ召し上がれ」

さゆり伯母さんがやがて、「特製」の名に恥じないような豪華手作りパフェを持ってきてくれて、テーブルの上のアルバムに目をとめて——。

「あら、写真？」

ぼくたちが坐っている後ろから、開いたままになっていたアルバムの、最後のページを覗《のぞ》き込んだ。

「学校で撮ったのねえ。最近？」

さゆり伯母さんもむろん、矢木沢と同じだろう。そこに並んだ写真にはぼくと矢木沢しか写っていない。泉美の姿なんてどこにもない。そう見えてしまう。それで辻褄が合ってしまう。

彼女にとってすでに〈赤沢泉美〉は、「三年前に死んだ可哀想な姪《めい》」としてしか認識されていないのだから。

2

七月五日のあの夜、泉美が夜見山川の濁流に呑《の》まれたあと――。

〈赤沢泉美〉がこの世界の〝現在〟から消えたことをぼくが最初に確認したのは、直後にかけたさゆり伯母さんへの電話で、だった。

彼女は春彦伯父さんとともに、祖父が搬送された病院にいた。今からどうすればいいのか、と訊《き》くと、

「想くんはとにかく、マンションの部屋に戻って。夜も遅いし、この天気だし」

気づかわしげにそう答えた。だいぶ落ち着きを取り戻しているようだった。

「薊子さんたちも今、病院に来てくれてるの。想くんはね、今夜はもう、いいから。あしたにはおじいさん、おうちに連れて帰れると思うから」

そこまで聞いたところで、とっさにぼくはこう云ったのだった。

「あのね、伯母さん。泉美ちゃんが……」

そして、その先の言葉に詰まった。

ありのままを伝えるわけにはいかない。伝えたところで、意味がまったく通じないかもしれない。――と分かっていた。分かってはいたけれど、ここで何か泉美のことを云わなければならない、という衝動にもかられてしまったのだ。――ところが。

「泉美、ちゃん？」

返ってきたさゆり伯母さんの、少しびっくりしたような、あるいは困惑したような声。

しばしの沈黙。——その間に彼女の脳内で、ぼくの言葉はどんなふうに処理されたんだろうか。

「泉美ちゃんが亡くなったとき、想くんはまだ緋波町のほうだったからね。いとこ同士なのに結局、物心がついてから会う機会は一度もなかったわね」

そう語る伯母さんの声は、さっきまでとは少しトーンが変わって、静かな悲しみに揺れていた。ぼくにはそのように感じられた。

「三年前の夏にあの子がいなくなって、でもそのあと想くんがうちに来てくれて……おじいさん、嬉《うれ》しかったみたい。近くに孫がいるとね、やっぱり……」

翌六日の昼前には、祖父の遺体が赤沢本家に帰ってきた。リフォームで畳敷きからフローリングに替えられたばかりの十畳間に、とりあえず遺体は安置されて、ぼくはそこで祖父の死に顔を見た。生前の気むずかしげな表情はどこにもなくて、文字どおり安らかに眠っているように見えた。悲しい、というよりも、何だか頭が痺《しび》れるような、不思議な心地になったのを憶《おぼ》えている。

夏彦さんと繭子さんもこのとき、赤沢本家に来ていた。通夜や葬儀の日取りや何かを相談する必要もあっただろうし、加えて春彦伯父さんとさゆり伯母さんは、倒木事故の後始末や修復の段取りも考えなければならない。そんな中で、前夜から泉美が消えてしまったことを気にする者は一人もいなかった。誰にとってももう、泉美は「三年前に死んだ人間」以外のものではありえなくなっていたのだ。それは取りも直さず、〈死者〉を〝死〟に還《かえ》すことが成功した証しでもあったわけだが――。

十畳間の外の廊下で、黒猫のクロスケを見かけた。何かしら普通じゃない家の空気を感知してか、落ち着きなく廊下を行ったり来たりしていた。ときおり立ち止まって、かぼそい声で長く鳴いたりもした。

そんなクロスケの様子を眺めながら、ぼくはふと思い出した。

あれは三日の夜、だったか。泉美と二人で祖父を見舞いにいったとき――。

あのときクロスケが、泉美の手をひっかいて血が滲《にじ》むほどの傷を負わせてしまった。泉美にはとても懐いているのに、どうしていきなり？　と疑問に感じたものだったが。

あれは――と、今さらながらにぼくは、埒《らち》もない想像をしてみるのだった。

ぼくが来る何年も前から、クロスケはこの家にいた。近所に住む泉美とは仔猫のころからの長いつきあいで、当然ながら彼女にはよく懐いていた。ところが三年前に泉美は死亡し、この春になってふたたびクロスケの前に現われた。三年のブランクがあってもクロスケは泉美を憶えていて、だからかつてと同じように彼女に懐いたのだ。しかし――。

ひょっとしてその一方で、クロスケはひそかに感じ取っていたんじゃないか。この泉美はどこか変だ、以前とはどこか違う、と。それがあの夜、クロスケに突然の混乱をもたらしたんじゃないか。

猫にはそんな、人間にはないような特別な感覚があるんだろうか。いや……あるいはそう、もしかしたら〈現象〉による〝記憶の改変〟は、人間以外の動物には及ばないものなのかもしれない。だから……。

「んみゃぁ」と鳴いてクロスケが、ぼくの足にすりよってきた。かがみこんで背中を撫でてやると、その場でひっくりかえってぼくの顔を見上げた。——どうしたの、何が起こったの、とでも問いたげに。

3

「赤沢さんは三年前の、三年三組のクラスメイトだった」

見崎鳴の口からそう聞いたのは、さらに翌日——七日土曜日の午後、だった。

「彼女は三年前も対策係で。五月に桜木さんが亡くなったあとの、女子のクラス委員長も彼女が……」

場所は御先町の、鳴の家。内装工事中のギャラリーを避けて、この日は上階に招き上げられた。何度か訪れたことのある三階の、相変わらず生活感の希薄な広いリビング&ダイニング。ガラストップのローテーブルを挟んで差し向かいになって——。

「おとといの夜、赤沢さんが橋から転落したあのあと、本来の記憶がだんだんよみがえってきた。それまでずっと濃い霧に包まれていたのに、霧の存在自体を意識できていなかったような……その霧が薄れはじめて、隠されていたものが見えてきたような、そんな感覚」

半袖の白いブラウスを着た鳴。この前とは違って、左目に〈人形の目〉はなかった。だから眼帯もしていない。

「ひと晩眠って、目覚めたらだいたいのことを思い出していて、思い出してしまえばそれはごく当たり前な記憶で、何の違和感もなくて。——三年前の〈死者〉が消えたあとも、今はもうあのときの記憶は曖昧《あいまい》だけれど、こんな感じだったのかな」

テーブル上方の宙の一点を見つめながら、鳴は静かに語った。

「想くんは、どう？」

「ぼくも、です」

ゆっくりと頷いてぼくは、鳴と同じ宙の一点に目を向けた。

「三年前にぼくが赤沢家に引き取られる、その前の月に死んだいとこがいたこと。三つ年上で、泉美っていう名前で、彼女が夜見北の三年三組だったことも。——見崎さんともその話、しましたよね」

「八月のクラス合宿で彼女が亡くなった話、ね。あの年の〈災厄〉の、犠牲者の一人として」

「そうです。なのに、四月からはすっかりその記憶が……」

「消えていた。――改変されていた。わたしたちだけじゃなくて、関係するすべての人たちの記憶が」

「記録の改竄《かいざん》も、ですね。クラス名簿とか写真とか。千曳さんのあのファイルも」

「本来の赤沢さんについての記録はすべて、ね。代わりに、『今年の三年三組の一員として赤沢さんが存在する』っていう〝事実〟に辻褄《つじつま》を合わせるような記録が……」

「記憶も、ですね」

「そう」

脳裡《のうり》で再生される、いくつかの場面があった。前々日まではまったく記憶から消え失《う》せていたものが、このときにはしっかりと思い出せた。

たとえば――。

四月九日。始業式の日の、あの朝。

部屋を出てエレヴェーターホールまで進んだところで、ホールの向こう側にある〈E－1〉のドアを見た、あのとき。

この部屋は何だったんだろう？　という疑問が心を掠《かす》めて、ぼくは何だか混乱して……しかし直後には、「ん。そっか」と納得してしまったのだった。「ここは同い年のいとこの赤沢泉美が、以前から一人で使っている部屋である」という〝偽りの事実〟に記憶が同調して。

泉美が三年三組の〈もう一人〉として〝出現〟したのは、まさにあの朝だったのだろう。前夜までは彼女はこの世に存在していなくて、〈E－1〉は誰も住む者のいない空室だったのだ。

そして、その同じ日。始業式のあとの教室で――。

「とりあえずみんな、席に」と泉美が云ったのを聞いて、やはりぼくは、あの声の主は誰だろう？　という疑問を覚えた。しかしやはり直後には、「ああそうか」と気づき、納得していたのだった。

本当はあれが、〈赤沢泉美〉との初対面だったのだ。にもかかわらずあのとき、ぼくは「この女子生徒は〈対策会議〉で選ばれた対策係の一人＝赤沢泉美である」と認識したのだった。三月の時点ではまだ泉美は存在していなくて、だから当然〈対策会議〉にも参加していなかったはず。なのに、記憶はそこまでさかのぼって改変されてしまって……。同じことがあの日、あの教室にいたすべての者の記憶においても生じていたわけだ。

「いま思い返してみると――」

なかば独り言のように、ぼくは云った。

「これは変だなって、そう感じても良さそうだったことも、いくつか」

「どんな？」

鳴に訊かれて、ぼくは「ええと……」と少し口ごもってから、

「泉美……赤沢さんは演劇部に入っていて、三年生になってからは後進に道を譲る、みたいな話をしていたんです。ところが、葉住さんっていう、例の……」

「〈二人めのいないもの〉を引き受けた、あの子ね」

「はい。彼女も去年まで部活は演劇部だったのが、もうやめたって云ってたんです。同じ演劇部員だったことがあるのなら、二人は知り合いだったはず、ですよね。なのに……」

——あの人とはあたし、言葉を交わすの初めてだったんだけど。

一学期が始まったばかりのころ、泉美は葉住についてそう云ったではないか。さらにその後、こんなふうにも。

——葉住さんとはあたし、三年生になるまでは知り合いじゃなかったし……。

あのように聞いてぼくは、どうしてまったく不審に思わなかったんだろう。思えなかったんだろう。

「それから、これは見崎さんに確認したいんですけど」

と、ぼくは続けた。

「ここの地下で、見崎さんが初めて赤沢さんに会ったときのこと、憶えてますか。ぼくが病院の帰りに立ち寄って、それを彼女が尾行してきて……」

鳴はすっと目を閉じながら、「うん」と頷いた。

「六月の初めの、あのときね」

「あのとき見崎さん、彼女の顔をじっと見つめて、彼女の名前を呟いて……こう、大事な何かを思い出そうとしているようだった。ぼくにはそう見えたんです。——実際のところはどうだったんですか。憶えていますか」

「——憶えてる。今は、思い出せる」

目を開いて、鳴は答えた。

「赤沢さんの顔を見て、たぶんわたし、この人とは前に会ったことがあるような、って感じたんだと思う。だけど、そう感じたのは一瞬だけで。すぐに気のせいだと思い直して……」

「……やっぱり」

どくん、という低い響きが頭によみがえってきたのを、ぼくはそろりと払いのけた。

あのときは確か、泉美のほうも鳴の顔を見て、驚きと戸惑いの表情を浮かべていたように思う。あれは……あれも、泉美が鳴と同じような感覚を抱いたから？　〈現象〉でよみがえった〈死者〉の心にもそんな、かつて自分が本当に生きていたときの記憶が、改変されたい、い、い、い“現在”を無視するような形で宿っているものなのだろうか。——この点についてはどうも不思議な、というか、すっきりしない感じがした。

「三年前の——」

ぼくは続けて訊いた。

「同じクラスだったときの、見崎さんと赤沢さんって、どんな……ええと、友だちだったんですか。彼女はどんな人だったんですか」

するとこの鳴は、ちょっと困ったように小首を傾げて、しばらく沈黙した。まずい質問だったんだろうか、とぼくが焦るうち、

「わたしは友だち、いなかったから」

いつもの淡々とした調子で、鳴はそう云った。心なしか寂しげな、悲しげな笑みが、口もとに淡く滲んだように見えた。

「だから、彼女がどんな人だったかなんて、わたしには分からない」

「あ……はい」

「でもね、想くん」

「はい？」

「〈現象〉でよみがえったからといって、その人の本来の性格や何かが、大きく変わるはずもないから――」

このときはまっすぐにぼくの顔を見すえて、鳴は云ったのだ。

「だからね、赤沢さんという人はきっと、この三ヵ月間に想くんが彼女と接していて感じた、そのとおりの人だったんだと思う」

4

祖父・浩宗の通夜は八日日曜日に、葬儀は九日月曜日に——と、前日の話し合いで決まっていた。詳しい経緯までは知らない。ともあれ、おかげでまる一日の時間ができたのでこの日、ぼくは矢も楯《たて》もたまらず鳴に連絡したのだった。

今この世界で〝真相〟を知っている、たった二人の者同士、会って話をして、しっかりと〝現実〟を確認したかった。このあとぼくが取るべき行動についても、意見を聞きたかった。

〈赤沢泉美〉が消滅した嵐の夜から二日が経って、天気はすっかり回復して。空は青く高く、流れる雲のかけら一つもなくて。——けれど、ぼくの心の中ではこの日もまだ、激しい風雨が断続的に続いていたように思う。

「おじいさんのお通夜やお葬式に、月穂さんは？　来るの？」

鳴にそう訊かれたとき、ぼくは「さあ」と答えるしかなかった。

「向こうからは何も云ってこないし、ぼくも連絡していないし」

「伯母さんたちが知らせてるでしょう」

「たぶん。でも、ぼくには何も……」

——夜見山には来ないで。

——絶対に来ないで！

六月の末、最後に月穂と電話で話したときの、自分の言葉の数々はよく憶えていた。

——ぼくはもう、お母さんの顔なんて見たくないんだ。会いたいなんて思わないし、声を聞きたいとも思わない。

——大嫌いなんだよ！

あのとき、あんなふうに云ったことに後悔はない。そのせいで今後、彼女とのつながりが完全に切れてしまったとしても、ぼくはいい。それでいい。——と本気で思っていたから。

月穂がどうこうよりも、このときのぼくのもっと切実な想いは、もはやこの世界には存在しない泉美に対してあった気がする。現実にはたった三ヵ月のつきあいしかなかった、同い年のいとこ。彼女が消えて本来あるべき形を取り戻したはずの〝世界〟が、ぼくには逆に、ひどく不完全なものになってしまったようにさえ感じられて……。

「これでもう、今年の〈災厄〉は止まったんですよね」

と、改めてぼくは鳴に確認した。

「祖父が亡くなったのが最後で、このあとはもう……」

「そうね」

鳴は小さく、けれども強く頷いた。

「もう何も心配ない」

「赤沢の伯父さんや伯母さんたちは、すっかり記憶がもとどおりになっていて、今年の〈赤沢泉美〉のことは何も憶えていないみたいです。心配してきのう電話をくれた矢木沢も、神林先生も」

「今年の赤沢さんと三年前の赤沢さん、両方についての記憶が保たれているのは今、想くんとわたしだけ」

「——なんですね」

「〈死者〉の消滅にある程度以上のかかわりを持った者に与えられる、残酷な特権」

「残酷な……」

「でもね、遅かれ早かれ、わたしたちも忘れてしまうから。いくら忘れまいとしても、いずれは」

鳴はソファにもたれこんで、短く息をついた。視線がまた、テーブル上方の宙の一点に注がれていた。まるでそこに、過去へとつながる時間の裂け目を見出《みいだ》そうとでもするように。

そのあとまたしばらく続いた沈黙を、やがてぼくが破った。

「ええと……〈災厄〉が止まったことを、クラスのみんなにはどうやって伝えたらいいと思いますか」

前日から考えあぐねていた問題、だった。電話をくれた矢木沢にも、まだ何も話していなかった。

「たとえばホームルームのときに事情を説明する、とか。でも、それでみんなが納得してくれるかどうか」

もとより、鳴の〈人形の目〉の〝力〟や、あの夜の具体的なあれこれを、そんな場で話すつもりはなかった。話したくもなかった。では、どのように「事情」を説明すればいいのか、というところで、どうしても考えが行きづまってしまう。

「わざわざ何かをする必要もないと思う」

右手の人差指を伸ばしてこめかみに当てながら、鳴は淡々と答えた。

「放っておいても、おのずと分かることだから。八月に誰も〝関係者〟が死ななかったら、その時点でね」

「それはそうなんですけど……でも」

「でも？」

「〈災厄〉が止まったのを知らずにいるみんなの気持ちを思うと。このあと夏休みもあるし。やっぱりみんな、安心して夏休みを迎えられたほうが」

鳴は「そっか」と呟いてこめかみから指を離し、「みんな、か」とさらに呟いた。幾度か静かに瞬《まばた》きをして、それからぼくの顔を見て――。

「優しいのね、想くん」

「いいえ。べつにそんな」

「とにかくもう、新たな〈災厄〉は起こらない。だから、どうするかは想くん次第。何もしなくてもいいし、何かしてもいい」

　自分で考えて決めなさい。

　そう云われているのか。――了解して、ぼくは無言で頷いた。

「いらっしゃい、想くん」

　という声が部屋の入口のほうから聞こえてきたのは、その直後だった。霧果さんの声だ――と、すぐに分かった。

「赤沢さんのお宅、大変だったのね。おじいさまが亡くなったんですってね」

　立ち上がったぼくのそばまで来て、霧果さんは心配そうに眉《まゆ》を寄せた。

「きょう、ここに来ていて大丈夫なの？」

「あしたがお通夜なんです。ぼくがいま家にいても、何もできることがなくて」

「そうねえ。――下に置いてあった自転車のチェーン、直しておいてあげたから」

「あっ。ありがとうございます」

　夜見山に来て以来、この家で何度か遭遇したことのある霧果さんは、緋波町の見崎家の別荘で会ったときの彼女とはだいぶ印象が違っていた。月穂よりもいくつか年上で、なのに月穂よりもシャープな面立ちで……という基本は変わらないのだけれど、別荘ではまず「見崎鴻太郎《こうたろう》夫人」だった彼女が、ここではたいていの場合、「人形作家・霧果」の顔をしている。

日中はほぼ二階の工房にこもって、制作に没頭しているのだという。工房ではもっぱら、地味なシャツにジーンズというラフな服装で。頭にバンダナを巻いていることも多くて、この日のこのときもそうだった。

「想くんと会うの、何ヵ月かぶりね。鳴からときどき、噂は聞いてるのよ」

こうしてたまに会うと、霧果さんはいつもとてもにこやかに、穏やかに、ぼくに接してくれる。ほんのりとした優しさも感じる。

比良塚家とはかねがね親交のある見崎家だから、ぼくがあっちの家を追い出された事情も当然、よく知っているだろうに……いや、知っているからこそ、なんだろうか。彼女のこの優しさは。

「良かったら想くん、うちでごはん、食べて帰る? 何か出前でも取るから」

「あ、いえ。それは……」

「遠慮することないのよ」

「いえ。でも、それは……」

こんなやりとりをしているあいだ鳴は、ソファの上で膝《ひざ》を抱え、黙り込んでいた。所在なげに天井を仰いだり、白いロールカーテンが下りた窓のほうへ目をやったり……という様子を視界の隅で捉《とら》えながらも、

「あの……霧果さん」

ふと気になって、ぼくは訊いてみたのだった。

「最近どこか、身体の調子が悪かったりするんですか」

霧果さんは「え？」と首を傾げた。不思議そうにぼくの顔を見直して、

「どうして、そんな」

「あ、ええと……何度かぼく、市立病院で」

「病院？」

「ええと……ですから、その……」

とんっ、と音を響かせて、このとき。

鳴がソファから立ち上がった。同時に「お母さん」と霧果さんに呼びかけた。——ぼくの言葉をさえぎるように。

何だろう。

どうしたんだろう、急に。

「想くんはそろそろ帰らなきゃいけないみたいなんです」

霧果さんに歩み寄りながら、鳴は云った。

「でもその前に、せっかくだから人形を見たいって。地下にいる子たちだけでもって、さっき……ね？」

と、こちらへ視線を投げかける。「云うとおりにして」というメッセージをその表情に読み取って、内心の驚きを隠しながらぼくは頷いた。

「あら、そうだったの」

霧果さんはいぶかしげに眉を動かしたが、ぼくがすかさず「そうなんです」と云い添えるのを聞いて、柔らかに微笑んだ。

「想くん、昔からお人形が好きだものね。嬉しいわ」

「見にいってもいいですか」

「もちろんよ。一階にはまだ工事の人がいるから、邪魔にならないようにね」

5

祖父の通夜にも葬儀にも、けっきょく月穂はやってこなかった。

もう夜見山には来るな、というぼくの拒絶がどこまで影響したのかは知らない。ただ、もともと月穂は最初の夫・冬彦と死別したのち、赤沢家を離れて再婚して、比良塚家に入った女性《ひと》だ。祖父との関係が良好だったとも思えないから、来ないのもおかしな話ではない。そして幸い、赤沢家の人々がこの件についてとやかく云うのを、少なくともぼくは耳にすることがなかった。

斎場では、孫として親族席の隅に坐っていた。学校の制服を着て、腕に喪章を巻いて。死者を弔《とむら》う儀式が粛々《しゅくしゅく》と執り行なわれるあいだずっと、ぼくはとても悲しい気持ちでいた。何が悲しかったのか、何をいちばん悲しんでいたのか、改めて自問してみるとよく分からなかったりもするのだけれど。——葬儀のあとは火葬場にも同行したが、そのときは先月の幸田一家の悲劇がいやでも思い出されて悲しみがいびつに増幅され、ひどく胸が痛んだ。

さゆり伯母さんの二人の娘のうち、沖縄在住の次女（名前はみどり。結婚後の苗字《みょうじ》は朱《しゅ》川《かわ》という）は通夜の日に駆けつけた。ニューヨーク在住の、ひかりさんという長女のほうは、帰国の算段がつかなかったらしい。

葬儀の翌日、繭子さんの息子、すなわち泉美の兄・奏太がドイツから帰ってきた。繭子さんに紹介されて、その日の夜、ぼくは初めて奏太さんと対面したのだが——。

「想くんが夜見山に来たときにはもう、僕は日本にいなかったからねえ。きみが赤ん坊のときに会っているかもしれないが……しかしまあ、はじめまして、だね」

中背、細身、少し茶色がかった髪。つるりとした白面に華奢《きゃしゃ》な縁なし眼鏡。いかにもインテリっぽい雰囲気の奏太さんだったが、泉美とは違ってあまりきびきびした喋《しゃべ》り方ではない。ゆっくり噛《か》みしめるようなテンポで言葉を連ねた。

「想くんについてはだいたい、母さんから事情を聞いてるよ。いろいろと実家のほうが複雑みたいだけど、変に同情しても、ありがた迷惑だろうな」

「いえ……ありがとうございます」

「そんな、しゃちほこばらなくてもいいさ。いとこ同士なんだから」

奏太さんは二十五歳。泉美よりも十歳上の兄……いや、泉美の本来の年齢は鳴と同じで、生きていれば今年十八歳だ。奏太さんとは七つ違いの兄妹だった計算になる。

ぼくが奏太さんの部屋の冷蔵庫を借りたり、本を借りたりしていること。これは、繭子さんがそのように勧めてくれて……という話になっていた。

「どんな本を選んだの」

訊かれて、ぼくがありのままを答えると、

「ははあ。エーコはちょっと、中三にはむずかしいかな。まあ、苦労してでも読む価値はあるが。――アゴタ・クリストフは良かっただろう」

「はい、とても。あんな小説、初めて読みました」

「ほかにもいっぱいおもしろい本があるよ。好きに持ち出していいからね」

招かれてお邪魔した〈フロイデン飛井〉の、ペントハウスのリビングで。繭子さんがコーヒーとケーキを出してくれたが、コーヒーの味は泉美が好んだイノヤ・ブレンド、だった。

「弟がいたらこんな感じ、なのかな」

ふいにそう呟いて、奏太さんはコーヒーを啜《すす》った。何となく寂しげに、あるいは過去を懐かしむように目を細めながら、

「ここに泉美がいたら、きっとにぎやかだったろうな」

「あ……ええと」

ぼくはつい、奏太さんのその言葉につられてしまって、

「泉美さんが亡くなったときも、奏太さんはドイツに？」

訊くと、彼は軽く唇を噛んで「ああ、そうだったね」と答えた。

「あのときは……あのときも、葬儀にはぎりぎりまにあわなくて。今回と同じで、本当に突然のことだったから」

そうしてまた、唇を噛んだ。

「あれからもう三年、経つんだな。想くんがこっちへ来たのは、あの直後だったっけ」

「九月の上旬、でした」

「――そうか」

奏太さんはコーヒーの残りを飲み干して、坐っていたソファに深々ともたれこんだ。髪

に指を絡めながら、そっと息をついて、

「どう思ってたんだろうなあ。あいつは、僕のことを」

と、ほとんど独り言のように。

「あ、あの……」

何となく黙っていられなくなって、ぼくは云った。

「変な質問ですけど、ええと……『ジュラシック・パーク』を昔、泉美さんと一緒に観にいったとか」

「うん？——うん、そうだったっけなあ」

奏太さんはまた目を細めて、

「どうして想くん、そんなことを知ってるんだい」

「いえ、あの、伯母さんから聞いて……」

と、ここは仕方なく嘘をついた。

『ジュラシック・パーク』の第一作が公開されたのは、いつだったか矢木沢が云っていたとおり「ずいぶん昔」の話だ。一九九三年の夏。今から八年前。——と、これはこの時点で確認してあった。

八年前といえば奏太さんは高校二年生。一緒に劇場へ行って恐竜のフィギュアを買ってもらったという泉美のほうは、よみがえった〈赤沢泉美〉の年齢で考えると、小学校に入ったばかりだったことになる。まだ六歳か七歳。『ジュラシック・パーク』に連れていくには、あまりに幼すぎるではないか。

この件が話題になったあのとき、そこまで考えが至っていたならば、ぼくは多少なりとも妙だと感じただろうか。それとも、そうは感じられなかったんだろうか。

「この四月からなんだってね、想くんがこっちのマンションにいるのは」

「はい。あっちの家がリフォーム中なので、そのあいだ」

「母さんも父さんも、喜んでたよ。電話でさんざん聞かされた。泉美がいなくなって寂しかったに違いないから。あいつが五階で使ってた部屋も、以前のままにしてあったり。だからね、想くんが来てくれて……」

「いえ、ぼくは何も。お世話になってばかりで」

「そんなことはないさ。長男はこのとおり、めったに帰ってこない親不孝者だから。僕も感謝してるんだよ、想くんには」

「………」

「何日かしたらもうドイツに戻るけど、何か相談ごととか、あったら連絡してくれればいい。電子メールは使える?」

「はい」

「じゃあ、これを」

と云って奏太さんは、ぼくに名刺をくれた。それから頭の後ろで手を組んで、ゆっくりと室内を見まわしながら、

「泉美が死んだっていうの、正直云って、三年経ってもまだ実感が湧かないんだよなあ」

ちょっと困ったような面持ちで、そんなふうに呟いていた。

このあとエレヴェーターで五階に降りたさい、〈E－1〉のドアが目に入った。

かつて泉美が、実際に使っていたという部屋。三年前に彼女が死んだときのままにしてあるというこの空室に、四月の始業式の朝、〈赤沢泉美〉が現われて……そう、あの日の夜、彼女はこの部屋から大きなゴミ袋を三つも持って出てきたのだった。そして——。

——何だか部屋が散らかっちゃってて。いらないものがいっぱいあって。

そんなふうに云ってたっけ。

——この部屋の掃除はあたしの仕事、っていう約束なんだけど……うーん。いつのまにこんなに散らかっちゃったかなあ。

今にして思うと、あれは——。

三年のあいだ誰も住まず、云ってみれば放置されてきた部屋だったから。だからその間に、よみがえった泉美の目から見ると「いらないもの」がたまっていたのだろう。中には三年前の学校の教科書やノートなんかもあっただろうし、もしかしたら「遺影」として置かれた泉美の写真や、線香や線香立てのたぐいもあったかもしれない。それらを泉美はま

とめて「不用物」と認識し、処分したのではないか。そんなこととは露《つゆ》ほども知らずにあのとき、ぼくはそれを手伝ったのだ。

ふらりと〈E-1〉のドアに近づいて、少しのあいだ立ち尽くしていたぼくの耳に、そのときふと——。

かすかなピアノの音が聞こえてきて、はっと息を止めた。

この音は。……このドアの向こう、この部屋の中で鳴っている？

そして、この旋律。……これは泉美が弾いていたあの、ベートーヴェンの「月光」？

まさか……いや、そんな莫迦《ばか》な。

ぼくは思わず両目を閉じ、強くかぶりを振った。すると、ピアノの音はすっと消えた。

——もちろん。

このときのこれは、完全なぼくの気のせい（幻聴？）だったに違いないのだが。

その後もぼくは、幾度か同じような経験をすることになったのだ。今なお泉美があの部屋にいて、あのピアノを弾いていて……という、そんなありうべくもない光景が、そのたびに脳裡に浮かび、慌ててそれを打ち消さなければならなかった。

6

忌引き明けに登校した日には、昼休みに第二図書室へ行き、千曳さんと会った。「どうするかは想くん次第」という鳴の言葉を反芻《はんすう》しながら考えた末、選んだ行動だった。

「今年の〈現象〉でクラスにまぎれこんでいた〈死者〉は、〈赤沢泉美〉だったんです」

と、ぼくは単刀直入に切り出した。千曳さんは最初、明らかに当惑の色を見せた。

「どうしたんだね、急に」

この時点ですでに、千曳さんの記憶から今年の〈赤沢泉美〉の存在は消えているはずだったから――。

「赤沢……その生徒は確か、三年前の三年三組の」

予想どおりの反応、だった。彼の記憶もまた、すっかり本来の形に戻っているのだ。

「三年前の〈災厄〉で亡くなった一人、ですね。彼女はぼくの、三つ年上のいとこでもあったんですが。――その〈赤沢泉美〉が、今年の三年三組の一員としてよみがえったんです。ぼくにとっては同い年のいとことして、です。彼女は対策係の一人で、だから千曳さんも何度か、彼女と……」

このときの千曳さんにしてみれば当然、いきなりそんなふうに聞かされて、すんなり

「そうか」と信じられたはずがない。かといって、ぼくがいきなり、何の根拠もないでたらめを告げにくるわけもない――とは思っただろう。

「先週の木曜日、あの嵐の夜に彼女は、増水した夜見山川に転落してしまったんです。ぼくはその場にいて、それを目撃したんです」

千曳さんは何も云わず、眉間《みけん》に深い縦じわを刻んだ。そうしながらこちらを窺《うかが》う視線から一瞬も目をそらすことなく、ぼくは訴えた。

「彼女はあのとき、川の濁流に呑まれて……死んだんだと思います。そしてそれを境にして、関係するすべての人々の記憶から今年の〈赤沢泉美〉が消えてしまったわけです。クラス名簿や何かの記録からも、きっとすべて。――彼女のお父さんやお母さんも、クラスのみんなも、もう誰も今年の彼女を憶えていないんです。千曳さんもそうなんですよね」

「………」

「だから、そのことからしても、彼女が今年の〈死者〉であったのは確かだろうと。あの夜、彼女の〝死〟を目撃したぼくだけが、例外的に記憶を保っているようなんです」

とにかく千曳さんに、ある程度までの〝事実〟を打ち明けてみよう。長年この〈現象〉を観察してきた彼ならば、あるいは一定の理解を示してくれるかもしれない。――と、そうぼくは考えたのだった。

鳴は「何もしなくてもいい」とも云ったけれど、ぼくとしてはやはり、どうしても何かをしないわけにはいかなかったから。もしも千曳さんがまるで相手にしてくれなかったならば、そのときはそのときだ。ほかの方策を試みてもいいし、あきらめて「何もしない」ことにしてもいい。

「ですから――」

と、ぼくは続けた。年上の「大人」を相手に、こんなに途切れなく自分の考えを主張するのは、たぶん生まれて初めてだったと思う。

「〈もう一人〉＝〈死者〉がこの世界から消えて、みんなの記憶も改変前の状態に戻った――ということは、これでもう、今年の〈災厄〉も終わったんじゃないか。そう思うんです。三年前と同じように」

「三年前、か」

ぼそりと呟いて、千曳さんは口をつぐんだ。黒縁眼鏡のフレームに指を当てながら、レンズの向こうの目をぎゅっと閉じて、しばらくのあいだ閉じたままで……やがて。

「三年前にも、同じような話を聞いた憶えがあるな」

おもむろに目を開けて、千曳さんは云った。

「あの年の夏休み……あのときはそう、きみも知り合いだという榊原くんから」

「ああ……」

「あのときの彼も、今年の〈もう一人〉はもういなくなったと思う、と。あの年のクラス合宿で起こった事件については、きみも知っているね。殺人だの火災だの……そんな騒ぎに巻き込まれて〈もう一人〉も死んでしまったんじゃないか、とね。だからもう、〈災厄〉も止まったはずだと」

「誰が〈もう一人〉だったか、については?」

「それは……」

千曳さんは言葉に詰まり、額に手を当てて悩ましげに息をついた。

「榊原くんの口からは聞かなかった、ように思うんだが……いや、この記憶はもはや当てにならないのかもしれないな。聞いたにもかかわらず、私の記憶がすでに曖昧になっているのかもしれない。そういうことが起こるものだからね、この〈現象〉を巡っては」

「——はい」

ぼくは神妙に頷いた。「そういうことが起こるものだ」ということは、鳴の例を見て充分に承知していたから。

「従って、今のきみの話は傾聴に値すると思う」

額から手を離して、千曳さんは背筋を伸ばした。

「こうして見る限り、きみはとても冷静だしね。単なる思い込みだけでは、そのようには語れないだろう」

「はい」

「三年前は榊原くんの云ったとおり、クラス合宿での惨事を最後に〈災厄〉は止まった。九月以降は一人の犠牲者も出ず……今年も、そうであってほしいね」

「きっともう大丈夫だろう、とぼくは思うんです」

ぼくの揺るぎないまなざしを受けて、千曳さんはしばらくまた口をつぐみ、やがて「うむ」と応じた。

「分かった」

「じゃあ……」

「この話をとにかく神林先生にも伝えて、相談してみよう。彼女の判断にもよるが、場合によっては、クラスのみんなに〈災厄〉は止まったと伝えることも……」

ところが、このあと。

神林先生がその判断を下すよりも早く、クラスの生徒たちのあいだで「〈災厄〉はもう止まったかもしれない」という声が広がりはじめたのだ。教室の机と椅子が（〈赤沢泉美〉が消えたために）ひと組余っている——ということに気づいた者がいて、そこから〈もう一人〉がいなくなったんじゃないか、という説が持ち上がって……。

……結果。

この週の後半には期末試験が行なわれて無事に終わって（さすがにぼくはさんざんな成績だったが）、土日を挟んで翌週の月曜日。朝のＳＨＲ《ショートホームルーム》でようやく、神林先生の口から見解が告げられたのだった。

二〇〇一年度の〈現象〉は七月の現時点ですでに終わったものと考えられる。よって今後、新たな〈災厄〉の発生をむやみに恐れる必要はないだろう。――と。

7

ところで――と、ぼくは改めて思い返す。

この三週間ほどのさまざまな出来事の中でも、その部分だけがほかとは異なる色味を滲ませながら、今も頭から離れない……それはそう、通夜の前日に鳴の家を訪れたときの、あの。

霧果さんとぼくが話すのを聞くうち、鳴が唐突に起こした行動。ほとんど強引にぼくを霧果さんから引き離した、あのときの。

あのあとぼくは鳴に促されて、フロアの奥にあるエレヴェーターで直接、地階の展示室まで降りた。

「話を合わせてくれてありがとう」と鳴は云い、続けて「ごめんね。急にこんな」と詫《わ》びた。それから、いくぶん声をひそめて――。

「病院で、見かけたのね」

上階での、霧果さんとぼくのやりとりを受けての質問、だった。

「お母さん……霧果を。いつ？」

「あ、それは……」

あたふたと記憶を探りながら、ぼくは答えた。

「カウンセリングを受けにいった帰りに……確か四月の中ごろ。病院の玄関ですれちがったんです。次は病院前のバス停で。それと先月末、見崎さんと出会って病棟の屋上へ行きましたよね、あの直前にも」

「見かけただけ、なのね。話してはいない」

「はい。霧果さんのほうはぼくに気づかなかったみたいで。でも……だからぼく、どこか調子が悪くて病院に来てるのかなって」

「――そっか」

鳴は穴蔵めいた地下のスペースを静かに移動していき、やがてぴた、と足を止めてぼくを振り返った。以前からずっとここに置かれている、美しい結合双生児の少女人形。ちょうどその前で。そして――。

「想くんが見たその人は、霧果じゃないの」

そう云ったのだった。

「えっ。でも確かに……」

「似て見えたかもしれないけれど、違うの」

さらに声をひそめて鳴が、「その人はね」と続けたところで——。

やっとぼくは思い至ったのだった。自分が見たあの女性が霧果さんとは別人である、その可能性に。

あれは先月——六月の九日、だったと記憶している。

鳴が突然〈フロイデン飛井〉のぼくの部屋にやってきた、あの午後。そのさい、どういう流れでだっただろうか、初めて彼女がぼくに語ってくれた「わたしの身の上話」……。

霧果さん＝見崎由貴代《ゆきよ》が鳴の実の母親ではない、ということ。由貴代さんには二卵性双生児の姉妹がいて、鳴を産んだのは藤岡《ふじおか》美都代《みつよ》というその双子のほうだったこと。事情があって鳴は、物心がつく前に見崎家の養女として引き取られて……。

「じゃあ、あの人は霧果さんじゃなくて、その……美都代さん？」

二卵性であっても、傍目《はため》にはそっくりに見えるくらい顔が似ている。そういうケースもあるだろうから。

鳴は小さく頷いて、結合双生児の人形のほうをちらっと見て……それから、やはり声をひそめてこう語ったのだ。

「美都代は二年前に離婚して、そのあと再婚して……っていう話も、したよね。で、去年の終わりごろに家も、前は市内でもずっと離れたところだったのが、こっちのほうに越してきて。そのせいもあって、この春先からときどき直接、連絡が来るように……」

ここでふと頭に浮かんだのが、鳴の携帯電話の着信メロディだった。以前は、彼女と会っていて携帯が鳴ることなんてまずなかったのに。けれどもこの春以降、ぼくは少なくとも二度、それを耳にしている。

一度めは確か、四月にここを訪れたとき。館内に流れる音楽とは異なる調べが、とつぜん鳴りはじめて……あのとき鳴は、珍しく慌てたそぶりで。テーブルを離れ、建物の外へ出ていってしまった。携帯電話を「いやな機械」と云ってはばからない鳴が、自分の携帯にわざわざ着信メロディを設定していることにも、あのときはちょっと意表をつかれたものだったが、あれは美都代さんからの？

二度めは五月上旬、ゴールデンウィークの最終日だった。

夜見山川のほとりで葉住と会って、いろいろと話をしながらイザナ橋を渡って、渡りきった対岸の道に、たまたま鳴がいて。あのときも彼女の携帯に、同じメロディを伴った着信があって、あのときはそう、受け答えをする鳴の声が（わたしは……でも……はい。じゃあ……）、途切れ途切れにではあるが聞き取れて（……え？　うん、大丈夫。……話してないし。安心して）。相手が誰なのか、気になって仕方なかったのを憶えている。あれもきっと、美都代さんからの……。

「……電話がかかってきて話をしたり、そのうちたまに会ったりもするようになって。でもそれは、霧果には絶対に内緒で。もしも知ったら、あの人はまた不安にかられて、とても怒るだろうし、悲しむだろうし」

鳴は言葉を止め、深々と溜息《ためいき》をついた。

霧果さんを怒らせたり悲しませたりはしたくない。けれども実の母からの連絡は拒めない、拒みたくない。——そんな引き裂かれた状況にこの数ヵ月、鳴は置かれていたのか。

「それで、お母さん……美都代さんはやっぱり、どこかぐあいが悪くて病院へ？」

ぼくは——ぼくも何だか心が引き裂かれるような気分になりながら、そろりと訊いてみた。

「病棟の屋上へ行って話をしたあの日は、その前に見崎さん、美都代さんと会っていたわけですか」

どちらの質問にもこのとき、鳴は答えてくれなかった。一瞬、唇が動きかけたのだが、すぐに止まってふたたび溜息をついて——。

「あのね、想くん」

鳴は云った。

「このことはしばらく、誰にも云わないで。わたしはたぶん、まだどこか混乱していて、だから……」

「だから」と繰り返したものの鳴は、その先の言葉を見失ったかのように口を閉ざし、視線を足もとに落とした。

「大丈夫、です」

と応じて、ぼくは強く頷いた。

「誰にも云いません。絶対に秘密にします」

気になる問題はこのとき、ほかにもまだあったのだ。けれど、それをすぐに確かめたいとは思わなかった。鳴が話したいときに話せばいい。鳴が話したくないのなら、ぼくも聞きたくはない。いつだって、そう、彼女に対するぼくの想いは同じだったから。

8

「どうした、想」

という矢木沢の声で、ぼくは回想から〝現在〟へと引き戻された。実際には大した時間ではなかったはずだが、矢木沢にはきっと、さぞやぼくの様子が「心ここにあらず」に見えたんだろう。

「あ、ごめん」

と云ってぼくは、全部は食べきれなかった「特製パフェ」の、すっかり溶けてしまったアイスクリームをスプーンで掻《か》きまわした。

「ちょっとその、ぼうっとしちゃって」

「引っ越しでくたびれたか」

「いや……まあうん、そうかもね」

スプーンを置いて、ぼくは長い息を落として、何となく頬杖《ほおづえ》をつく。エアコンをつけて窓を閉めきっていても、庭で鳴きつづけるセミたちの声が聞こえてきた。

「そういえばさ」

と云いながら矢木沢が、腰につけていたウェストポーチを開けた。中から二つ折りの財布を取り出して、

「こんなものがあるんだが」

そうして彼が示したのは、八月に劇場公開が始まる『ジュラシック・パークIII』の前売り券で――。

「おれ、こんなチケットを買った憶え、ないんだよなあ」

「ああ、それなら」

応《こた》えてぼくは、ミニアルバムを入れてあったのと同じさっきのカバンを探った。内側のポケットの一つに、確か……。

「……あった」

取り出して、それを矢木沢に見せた。

「ぼくも同じの、持ってるよ」

「んんー？」

矢木沢はいぶかしげに、もしくは何だか不満げに口を尖《とが》らせて、

「おまえと一緒に観にいく約束とか、したっけか」

「憶えてない——んだよね、矢木沢は」

今さら驚いたり嘆いたりする必要もない、当然の話だとは承知しつつも、胸のどこかがじわりと締めつけられるような苦しさを、このときは感じた。

「約束、したんだよ」

ぼくは云った。掌にのせた『ジュラシック・パークⅢ』の、しわくちゃになってしまっていた前売り券に目を落としながら。

「ただ、きみとぼくの二人で、じゃなくて。夏休みにみんなで行こう、ってね。そう云って彼女が……」

9

奏太さんと話をしたあの夜以来、ぼくは幾度か「月光」を奏でるピアノの音を聞いた。〈E－1〉に近い五階のエレヴェーターホールで、二度か三度。同階の自分の部屋にいて

も、一度。そしてそのたびにぼくは、これは気のせいだと自分に云い聞かせてかぶりを振り、すると音はすんなり消えてくれた。

もちろんそう、あれはぜんぶ気のせいだったのだ。だいたい〈E－1〉の、ピアノが置かれたあの部屋は防音室になっていて、外へ音がもれだしてくるはずがないのだから。

分かっていても、繰り返しそんな音を聞いてしまうのはなぜか。

ぼくの心が無意識のレベルで、泉美がこの世界から消えた事実を拒否しようとしているから？ 彼女に今なお存在してほしいと願っているから？

三年前の夏の、〈湖畔の屋敷〉でのあの異様な体験が思い出されて、悲しみと同時に不安や恐れも感じざるをえなかった。どうかすると自分が、もはやいないはずのものに取り憑《つ》かれてしまうんじゃないか、というふうな……だから。

だからぼくは、これ以上ここにとどまるべきではない、と思うようになったのだった。なるべく早くこのマンションを離れたほうがいい、さもなければ……と。

さゆり伯母さんたちにわがままを云って、夏休みに入ったらすぐに引っ越しを、という話をしたのが一週間前のことだった。そしてその日の夜、赤沢本家からマンションへ帰ってきたとき――。

エントランスに入ったところで、ぼくは見たのだ。開いていたエレヴェーターの扉――その向こうに立つ、仄白《ほのじろ》い人影を。

白いレインコートを着た（外は雨なんて降っていないのに……）誰か、だった。フードを深くかぶっていて顔立ちは分からなかったのだけれど、このときぼくはとっさに「泉美？」と呟いていた。五日のあの夜の、やはり白いレインコートを着ていた彼女の姿が、そこに重なって見えてしまって。

驚いて、エレヴェーターの前まで駆けた。だが、扉はすぐに閉まってエレヴェーターは動きだし……やがて止まった。止まったのは五階で、だった。

呼び出しボタンを押しながらぼくは、目を閉じてかぶりを振った。

思わず「泉美？」と呟いてしまったが、むろんそんなはずはない。さっきのは、誰か別人がたまたま白い服を着ていたのをレインコートに見間違えたのか、あるいは完全な気のせい——幻覚のたぐいだったのか。

この世には幽霊などいない。いるはずがない。——というのが、三年前にあの異様な体験をして以来の、ぼくの揺るぎない考えだから。ましてや五日の夜に死んだ〈赤沢泉美〉は、そもそもが〈死者〉だったのだ。〈死者〉が〝死〟に還ったあと、その幽霊が現われるなんて……そんな話があるわけない。

いけない——と、ぼくは深い呼吸をしてみずからに云い聞かせた。

いけない。ここで囚われてしまってはいけない。引き込まれてしまってはいけない。

エレヴェーターのケージが戻ってくるのを待って、五階に上がった。エレヴェーターホールに出たときにはつい、恐る恐るあたりを見まわしてしまった。さっきのような人影はどこにもなくて、胸を撫で下ろした。ところが、そのとき。

ピアノの音が――。

聞こえてきたのだ、かすかに。誰も住む者のない〈E－1〉のほうから。

ああ、またか。

ぼくは溜息をついた。

もう、いいから。もう、こんな……。

心を鈍く軋《きし》ませながら、強くかぶりを振った。それで音は消えるはずだった。なのに――。

消えなかったのだ、このときは。

続けて何度もかぶりを振ってみたが、音は消えない。〈E－1〉のほうからやはり、聞こえてくる。しかも――。

ピアノの奏でる曲が、これまでとは違っていた。「月光」ではないのだ。「月光」ではなくて、何か別の、ぼくの知らない薄暗いメロディが……。

大いに混乱しつつも、ぼくは〈E－1〉のドアの前まで歩を進めた。ピアノの音は間違いなく、その部屋の中から聞こえてきていた。ぼくは息を止め、ノブに手をかけた。すると――。

ノブがまわり、ドアが開いたのだった。

鍵がかかっていない。誰かが今、この部屋にいるのだ。ピアノ室で今、本当にピアノを弾いているのだ。

「泉美……」

思わずまた呟いていた。

「……まさか」

いけない――という心中の声に抗《あらが》って、ぼくはそろりと室内に踏み込んだ。

漠然と抱いていた予想に反して、中は明るかった。リビングの照明がついているのだ。ということは……?

部屋の様子は一見、五日の夜に例の集合写真を借りるため訪れたあのときと変わりがなかった。しかし同時に、そこには何とも云えない荒廃感が漂っているようにも思えた。

全体にすっきりとかたづいていて、決して荒れ果ててなどいない。けれどもどこかが、前とは違う。――この季節なのに、まるで井戸の底のようにひんやりと空気が澱《よど》んでいる。気のせいか、部屋にあるもののすべての色が――床に敷かれたラグも窓のブラインドもガラス扉付きの飾り棚も――、前より褪《あ》せて感じられる。これも気のせいか、かすかに何やら黴《かび》くさいような異臭が感じられたりも……。

……ピアノの演奏は続いていた。

見ると、ピアノ室のドアがきちんと閉まっていない。そのせいで音がもれだしてくるのだ。やがて、ふいに演奏が止まって。

「誰?」

と、向こうから声がした。知っている声、だった。

「誰か、いるの?」

思いきってリビングまで入ってきたものの、そこでぼくは立ちすくんでしまっていた。その気配が相手に伝わったのだろう。

答えを返せないでいるうちに、ピアノ室のドアが開いた。ぼくの姿を認めて、彼女——繭子伯母さんは「まあ」と目を見張った。

「どうしたの、想くん」

「あ、あの……ぼく」

思わぬ展開に戸惑いながらも、ぼくはほぼありのままを答えた。

「ピアノの音が気になって……それで。ドアが開いてたから、勝手に入ってきてしまって……あの、ごめんなさい」

「ああ……そうよねぇ。気になるわよね。ここは泉美が使っていた部屋だって、確か想くんには話したものね」

実際には繭子さんからそんな話を聞いてはいなかったのだが、ぼくは黙って頷いた。これはつまり彼女の、〈赤沢泉美〉の消滅とともに書き換えられた記憶なのだ。すぐにそう理解できたから。

10

「おじいさんがあんな事故で亡くなって、奏太が三年ぶりに帰ってきて。そうしたらどうしても、泉美のことを思い出しちゃって……」

このあと繭子さんはリビングに出てきて、ダイニングテーブルの椅子を一つ引き出し、くたりと腰を下ろした。

「久しぶりにここへ来てみて、あっちの部屋でピアノを見たらつい、弾きたくなって。不思議ね。もう三年も経つのに、何だかつい最近まであの子がいたような気がしてきたり」

「そうだったんですか」

応えてぼくも、繭子さんと向かい合う形で椅子に坐った。彼女が左手にハンカチを持っていることに、このとき気づいた。目もとから頰にかけて涙の跡らしきものがあることにも、このとき気づいた。

「あのピアノ、調律がずいぶん狂っちゃってて。ひどい音だったでしょう」

繭子さんが云った。

「鳴らない鍵盤《けんばん》も一つ、あるし。ずっと放ったらかしにしてあったから……だめね、あれじゃあ。ピアノが可哀想」

――ピアノが可哀想。

泉美からも先月、同じ言葉を聞いたっけ。

――ママにお願いしておかなきゃ。

続けてあのとき彼女はそう云っていたけれど、その「お願い」はけっきょく伝えられないまま……。

「……ええと、あの」

うつむいて口を閉ざした繭子さんに向かって、ぼくはそっと訊いてみた。

「泉美さんは三年前、夏休みのクラス合宿のときに亡くなったんですよね」

「――そう」

繭子さんは小さく、しかし迷う様子もなく頷いた。この前までは〈現象〉のせいで曖昧化していた「夏休みの合宿」の記憶も、今やすっかりもとに戻っているのだと分かった。

「あの年はね、学校で何だか物騒なことばかりが。クラスで何かが起こっているみたいだったんだけど、いくら訊いても『何でもない』って、あの子は……」

三年前の泉美は最後まで〈決めごと〉を守って、自分の母親にも〈現象〉や〈災厄〉の話を打ち明けなかったのか。

「今年も学校で、不幸な出来事が続いているのよね。想くんのお友だちも亡くなったんでしょう？」

「――はい」

「大丈夫なの？　もしかして三年前と同じような、何か……」

薊子さんの心配そうなまなざしを受けて、

「大丈夫です」

ぼくはきっぱりと答えた。「もう大丈夫ですから」――と、声には出さずにそう付け加えていた。

「だったらいいんだけどね」

薊子さんはぼくを見たまま、頰にぎこちない微笑を浮かべた。少し乱れていた髪（――年齢にしては白髪が目立つ）を手櫛《てぐし》で整えて、ゆっくりと室内を見まわしながら、

「あの子が突然いなくなってしまったのがショックで、こんなふうにこの部屋、残してあったんだけど……でも、もうね、やめようかと思うの」

「えっ」

「さっき一人でピアノを弾いていて、そう思ったの。良くないな、って。こうしていくら引きずっていても、あの子が生き返るわけじゃないし」

応じる言葉が見つからなくて、ぼくも同じように室内を見まわした。飾り棚に並んだ恐

竜のフィギュアの中の、泉美が好きだと云っていたヴェロキラプトルがこのとき、なぜかぼくを睨《にら》んでいるように見えた。

「あっちの家に戻っても想くん、いつでもこっちに遊びにきてね」

急に口調を切り替えて、繭子さんが云った。ぼくが「お邪魔じゃなければ」と応えると、

「ありがとう」

今度は自然な微笑を見せて、彼女はテーブルから離れた。

「奏太がね、想くんにはいくらでも本、貸してあげるようにって」

「あ、はい」

「このあいだ初めて会ったばかりなのに、奏太ったらすっかり想くんが気に入ったみたい。だから、ね」

「じゃあ、はい、遠慮なく……」

そしてこのあと、ぼくは繭子さんの動きを追うようにして部屋を出たのだが、そのさい——。

キッチンとリビングのあいだに造り付けられたカウンターの上。コーヒーメイカーのそばに無造作に投げ出されていたものが、ふと目に入ったのだった。

夏休みにみんなで観にいこう、と云って泉美が用意してくれた『ジュラシック・パークIII』の前売り券。彼女のぶんの一枚が、そこに——。

ぼくは思わずそれを手に取って、こっそりズボンのポケットに入れたのだ。

11

しわくちゃの前売り券をテーブルに置くと、

「ええと、確か……」

呟きながらぼくは、同じカバンの中をさらに探った。

「何だよ。まだ何かあるのか」

と、矢木沢が身を乗り出す。

「うん。確かきのう、ここに入れたはずなんだけど……あった。これだ」

カバンに詰め込んだノート類のあいだから、それをひっぱりだした。クリアホルダーに挟んであった、三枚めの前売り券。

「彼女の部屋に残っていたのを見つけて、持ち出してきたんだよ」

ホルダーから抜き出して、先に置いた一枚の横に並べる。

「ははあ」

頷いて矢木沢が、自分の持っていた一枚を二枚の手前に置いた。

「本当にそんな約束、したんだなあ。おれはぜんぜん記憶にない……うう」

右手を拳にして、こつこつと額を小突きながら、

「仲、良かったんだなあ」

「まあね」

ぼくはなるべくさらりと応えた。

「矢木沢と彼女は、うん、けっこう気が合ってたみたい」

「そうなのか。うーん。しかし思い出せん。歯がゆい」

「仕方ないよ。そういう〈現象〉なんだから」

「うーん。にしてもなあ」

五月に継永が死んだあとは、泉美が女子のクラス委員長を務めていた。男子の委員長は矢木沢だから、二人にはそういうつながりもあったわけだ。

ちなみに、〈赤沢泉美〉が存在しない〝現在〟では、継永の死後に選ばれた女子の委員長はそもそも別の生徒(継永の親友だった福知という、あの子だ)で……というふうに〝事実〟が書き換えられていた。対策係についても同様で、今年度の対策係は初めから江藤と多治見の二人だった、という書き換えが起こっている。

「封切は八月四日、か」

テーブルに並んだ三枚の前売り券を眺めながら、矢木沢が云った。

「二人で観にいくか？ これ」

「──そうだね」

「せっかく三枚あるんだから、誰かもう一人、誘うか」

「ん。それでもいいけど……」

誘うなら誰を？　と考えて、かろうじて頭に浮かんだのは鳴だった。──のだが、仮に事情を説明したとしても、彼女がこういう映画に興味を示してくれるだろうか。仮に興味を示したとしても、中学生の男子二人につきあってくれるだろうか。──予測不能。

「さて、と」

腕時計をちらりと見て、やがて矢木沢が椅子から腰を上げた。

「そろそろ帰るかな」

「まだちょっと早いんじゃない？」

「いや、実はいちばん下の弟の誕生日がきょうでさ、みんなでケーキ食べるから早めに帰ってこいって、母親から厳しく云われており」

そう語る矢木沢の大真面目な顔を見て、ぼくは噴き出しそうになった。何だかんだ云いながらこいつ、家族が好きなんだな──と思えて、ちょっとうらやましいような、せつないような気持ちにもなった。

「とにかくまあ、夏休みだ」

立ち上がって矢木沢は、「ぬおーっ」と声を発しながら伸びをした。

「高校受験も気にはなるが、まだ先といえば先の話だしな。中学最後の夏休み、おれは大いに遊ぶぞぉ」

自称「楽観主義者」の本領発揮、といったところか。

「想は何かあるのか、夏休み」

「って？」

「何かその、旅行とか」

「べつに。部屋をかたづけて、本でも読んで過ごす」

「相変わらずだなあ」

矢木沢は長髪をがりがりと掻きまわして、

「まあ、もしも急にバンドでもやりたくなったら云ってくれ。とりあえず、おまえはトライアングルかハンドベルでいいから……」

……などと。

他愛《たあい》もない会話がこのあとも少し続いたのだけれど、途切れたところでふいに妙な沈黙が訪れた。「そろそろ帰る」と云ったはずの矢木沢が、テーブルから前売り券の一枚を取り上げようとして動きを止め、ぼくはそんな彼の様子を、若干の緊張とともに見つめた。

三秒か四秒か、そのくらいの沈黙だったと思う。それを破って、

「なあ、想」

と、矢木沢が口を開いた。声の調子が、さっきまでとは違っていた。

「ここでこんなことを訊くのもアレだが。本当に今年の〈災厄〉、終わったんだろうな」

「不安なの？」

ぼくが訊き返すと、矢木沢は「いやあ」と眉根を寄せながら、

「不安……じゃなくて、何だかその、まだ実感が湧かないっつうか」

「実感、か」

「おまえにはあるんだよな、その実感が」

「――あるよ」

「だから訊いた――確認したわけさ。本当にもう、〈災厄〉は止まったんだな。大丈夫なんだよな」

繰り返し訊かれて、ぼくは改めて同じ問いを自分に投げかけてみて……そして「うん」と頷いた。

「大丈夫だよ。理屈からして、ね」

「だいたい〈現象〉とか〈災厄〉とか、ひどく理不尽なことばかりなのに……通用するのか、理屈なんてものが」

矢木沢は珍しく喰《く》い下がってきたが、ぼくの考えに揺らぎが生じる余地はない。せいいっぱいの力を込めて、ぼくは答えた。

「通用するよ」

今年度の〈現象〉は終わり、〈災厄〉は止まった。もう大丈夫だ。もう何も恐れる必要はない。——そうだとも。でなければ、泉美があの夜、ああして〝死〟に還っていった意味がないではないか。

Chapter 13

August

1

七月の残り数日は何ごともなく過ぎた。

もっとも、ぼく個人について云えば、必ずしも「何ごともなく」ではなかったのだ。引っ越し完了の翌々日から急に高熱が出て、あえなく寝込んでしまっていたから。

心配したさゆり伯母《おば》さんが、近所の診療所へ連れていってくれたのだけれど、診断はただの夏風邪で。ちゃんと水分を補給してちゃんと食べて、おとなしく寝ていたらすぐに治るから、と云われた。もしもこれが〈災厄〉の止まる前だったなら、いくらそう云われても安心できなかったかもしれない。

そんなこんなで、すっかり体調が回復したころにはもう八月。その後は基本的に、平穏な夏休みの日々が続いたのだった。

寝込んでいるあいだに鳴から二度、連絡があった。

一度は携帯に電話が。――熱でダウンしていたため、これには気づかなくて出られなくて。留守録にメッセージも残っていなくて。

やっと起きられるようになったところで着信履歴を見て、こちらからかけなおそうかどうしようか、迷いながらPCを立ち上げてみた。すると、メールが届いていたのだ。日付は七月三十日。携帯への電話よりもあとに送られてきたものだった。

想くん
風邪で寝込んでるって？
無理しないで、ゆっくり休んで。

そんな文面だった。

ぼくの携帯が通じないから家電《いえでん》のほうへかけてみて、たぶんさゆり伯母さんから事情を聞いたのだろう。

メールには続けて、こんな報告が記されていた。

わたしは例年どおり、あしたからしばらく
緋波町の別荘へ行ってきます。
あまり気は進まないんだけれど。
ここで行かないって云ったら、
いろいろと面倒そうだし……。
向こうでは月穂さんに会うこともあるかも。
だけど、よけいな話はしないから大丈夫。
心配しないで。

2

八月の初めには、戻ってきた部屋のかたづけもあらかた済ませてしまって、そこでぼくは、矢木沢に云っていたとおり「本でも読んで過ごす」生活を送りはじめた。

読む本がなくなったら、例によって〈夜明けの森〉の市立図書館へ足を運ぶ。奏太さんのお言葉に甘えて〈フロイデン飛井〉に本を借りにいくのは、もう少し時間が経ってから

――と思っていた。

七月には崩れっぱなしだった生活サイクルも、このころには本来の形に戻っていた。早くに起きて朝食を終えて、夜見山川の河川敷へ行っていくらかの時間を過ごす。六月に俊介の一件があって以来、とてもそんな気分にはなれなかったのを再開したのだ。

季節は夏も盛り――。

早朝であろうと陽射しは強くて、暑くて、それでも川沿いに出るといくぶん風が涼しかった。対岸に立ち並んだ桜の木々は濃い緑の葉を存分に茂らせ、足もとの雑草は奔放《ほんぽう》に丈を伸ばし、川の流れの音を掻《か》き消す勢いでセミやその他の虫たちが鳴いていた。

河川敷のベンチに坐《すわ》っていて一度、カワセミのホバリングを見かけた。四月中旬の、葉住が一緒にいたあのとき以来……いや、違う。その後、俊介が死んだあの日の朝にも、確か見かけたような気が。――思わず指で仮想のファインダーを作って、美しいその鳥の動きを捉《とら》えていた。とっさにそういう行動が取れるくらいには、この時点でぼくは平常心を取り戻しつつあった、ということだろう。

〈災厄〉に怯《おび》える必要も〈対策〉について考える必要も、もうない。かつての晃也さんのようにこの街から逃げ出す必要も、むろんない。――そんな平和な時間にいま自分がいる、という〝現実〟をしみじみと感じる一方で、何だかそれが不思議な気もした。さらにその一方で、ときおり心をよぎる寂しさも。いなくなってしまった〈赤沢泉美〉の、さまざまな場面での顔や声や仕草がよみがえってきて、そのたびに胸が鈍く疼《うず》いた。

〈フロイデン飛井〉を離れて以来、ピアノの音を聞いたり彼女の幻影を見たりはしていない。だからそう、もう大丈夫だろう。三年前のようなことにはならないだろう。だが、ときとしてやはり思い出してしまう。思い出して、やりきれない気持ちになってしまう。

いつになったらこの記憶は消えてくれるのか。

いつになったらほかのみんなと同じように、四月からの三ヵ月間、彼女がこの世界に存在したという事実を忘れられるんだろうか。忘れることが許されるんだろうか。……

今ごろ鳴は緋波町か、と思う瞬間も、ときどきあった。

穏やかに流れる夜見山川の河面《かわも》に、水無月湖《みなづきこ》のあの、死んだように静かな湖面が重なって見えたり、遠くからふと低い海鳴りが聞こえてくるような気がしたり。

「しばらくは無理だろうけど——」

いつだったか鳴に云われたことがあるこんな言葉が、すると思い出されたりもした。

「いつかまた、一緒にあの〈湖畔のお屋敷〉へ行ってみようか。もちろん誰にも内緒で、わたしたちだけで。——どう？」

鳴が云うとおり、そんなのはまだまだ「無理」な話だと思う。しかし「いつか」であれば、もしかしたらそういうときが来るのかもしれない。いったいいつになるのか、今のぼくにはまるで見当がつかないけれど……。

例年どおりであれば、鳴が別荘から帰ってくるのはお盆の前——八月十日前後だろう。

ころあいを見計らって連絡してみよう、とは決めていた。そのとき思いきって、彼女を『ジュラシック・パークⅢ』に誘ってみようか、とも。

3

八月八日、水曜日の昼前。

久しぶりに市立病院・別館の「クリニック」へ行って、碓氷先生と会った。

「おや想くん、元気そうですね」

診察室で向かい合うなりそう云われたのが、この日は印象的だった。記憶にある限り、この部屋に入ってそんな第一声を聞くのはたぶん、初めてだったから。

「先月、おじいさんが亡くなったと聞いて心配していたのですが。大丈夫でしたか。身近な人の死によってまた、心がひどく搔き乱されたのでは？」

「あ、はい。ショックはありましたけど……でも、はい、大丈夫です」

そう答えることにためらいはなかった。夜はすんなりと眠れるし、悪夢にうなされる頻度も前より少なくなった。夏風邪から立ち直ってからこっちは、体調もいい。

「お母さんとはやはり、ずっと会っていないのですね」

「それは……はい」

「電話で話すことは?」

「まあ、たまに」

と、これは意識的に平淡な声で。その偽りを見破ったのかどうかは不明だが、碓氷先生は「うんうん」と頷《うなず》いて、小さな目をしばたたいた。

「元気そうなのは良いことです。しかし、あまり無理はしない——無理に元気を出そうとは思わないように。つらいときはつらい。悲しいときは悲しい。怖いときは怖い。素直にそう感じて、それを認めて受け入れてやるほうが、基本的な精神《こころ》のバランスは良好に保たれるものですから。分かりますね」

「——はい」

この日の朝は夏らしい晴天だったのだが、ぼくが病院に着いたころから急に怪しい雲が広がってきていた。カウンセリングが終わって診察室をあとにしたときには、ついに雨が降りはじめた。思わず「うわっ」とたじろいでしまうくらいの、激しい雨だった。

渡り廊下を通って本館に移動し、診療棟のロビーへ向かった。その間にも雨がいよいよ激しくなってくるのが、建物内まで響き込む雨音で分かった。窓のそばを通るたびに外を窺《うかが》ってみたが、昼間のこの時間だというのに風景は夕暮れの暗さだ。

傘は持ってきていなかった。小降りになるまでは足止めか、と思いつつ、会計窓口に並んだ人々の列に加わろうとしたとき。

ふと目にとまったものが、あった。

広いロビーの片隅にひっそりと佇《たたず》む、仄白《ほのじろ》い影。あれは——。

夜見北の、女子用の夏制服を着た誰かの……誰？

だいぶ距離があって、あいだを行き交う人の姿も多い。けれども目を凝らしてみて、その「誰か」の顔を捉えて——。

「あっ」

知らず、声が出てしまった。

彼女の——泉美の顔、だったのだ。

いや、
ありえない！　と否定しながら慌てて目をつぶり、少ししてからそっと見直してみる。

しかし、仄白いその影は消えていなかった。顔も見えた。やはり彼女の——泉美の顔が。

とても蒼白《あおじろ》い、無表情な顔が。

ありえない。——もちろん、これは気のせいだ。何かの錯覚か、さもなくば幻影だ。

強く何度も云い聞かせるが、それでも彼女はそこから消えてくれない。ぼくは魅入られたように目を離せない。

彼女の唇がやがて、かすかに動いたように見えた。ここまで届くはずのない声が、そのとき耳もとで聞こえた気がした。ぼくの名前を呼んだ（そ・う、くん……）気がした。

確かに彼女の――泉美の声、だった。

良好に保たれていたはずの精神《こころ》のバランスに、おそらくこの瞬間、狂いが生まれた。おそらくそして、ぼくは何かに取り込まれてしまったんだと思う。

周囲の物音がすべて、チューニングの乱れたラジオのような雑音《ノイズ》に変化した。ロビーにいる人々の姿が、その動きが、半透明な壁の向こうに後退したように現実感を失った。

そんな中――。

彼女の影がすいっ、と動きだした。それを追って、ぼくもすかさず動いた。

このあとのことは、ひどく胡乱《うろん》な断片の連なりとしてしか思い出せない。まるでそう、目覚めたあとで振り返る夢の中の出来事のようにしか。

ロビーから出てまず、エレヴェーターに飛び込んだのは憶《おぼ》えている。彼女が乗るのを見て追いかけて、今しも閉まろうとしている扉のあいだから滑り込んだのだ。ところが、ケージの中にはそのとき、ぼく以外には誰の姿もなくて(……そ・う、くん)。なのに、行き先のボタンは光っていて。――〈B2〉。

ケージが地下二階に到着して、戸惑いながらもぼくは外へ出たのだ。

するとそこには、三つの方向へ延びる長い廊下があって……(……そ・う、くん)名前を呼ばれた気がして、左方向へ足を踏み出した。何メートルか先に仄白い彼女の影が現われた。天井に並んだ照明のすべてが、このときおもむろに明滅を始めた。ぼくは彼女を追った。しかしほどなく、明滅の「滅」に乗じて降る闇が影を溶かしてしまう。行方を見失い、途方に暮れそうになったところで、何メートルか先にまた影が現われる。また追いかける。しかしまた見失う。……と、そんな繰り返しが永遠に続くかに思えた。

この間に幾度か階段を昇った気がする。廊下を幾度も曲がった気がする。階段を降りた気もするし、廊下にはなだらかなスロープになっている部分があった気もする。

妖《あや》しい異界の巨大迷路に迷い込んだような心地、だった。

ひたすらに影を探し、追ううちにやがて、もはや自分が病院のどのあたりにいるのか、まったく分からなくなっていた。いや、それどころか、いま自分がさまよっているここがいったい、夕見ヶ丘のあの病院の中なのかどうかさえ、だんだん確信が持てなくなってきて……。

…………

…………

ふっ、と正気に戻ったのは、突然の白い閃光《せんこう》に目がくらんだときだ。

窓の外――昏《くら》い空に走った雷光が、閃光の正体だった。激しく降りつづく雨の音が、意味を失った雑音ではなく、「雨の音」として正しく認識できた。病院内のどこかの、薄暗い廊下に立っている自分も認識できた。そして――。

何メートルか前方に、仄白い影が。

夜見北の、女子用の夏制服を着た彼女が（そ・う、くん……）、確かにそこに、いる。

あれは泉美……。

「あれ？」

と、声がした。彼女がこちらに向かって発した、ちょっと驚いたような声だった。

「比良塚、くん？」

えっ？ ……ああ、違う。泉美じゃ、ない。

彼女は泉美じゃない。泉美よりも背が高くて、髪はショートカットで。手には今、ささやかな花束を持っていて。彼女は――。

「江藤……さん」

彼女は江藤。三年三組の、対策係の一人。今年の〈対策〉で〈いないもの〉を二人にしてはどうか、という提案をしたのはそもそも彼女で……。

「あ……あの、こんにちは」

ぼくはまぬけな挨拶《あいさつ》をした。

「あ、ええと、あの……」

どうして江藤が？

と、ぼくは首を傾げる。それこそ憑《つ》きものが落ちたような気分で、改めて周囲に目を配る。状況を再確認する。

ここは夕見ヶ丘の市立病院。病院内のどこか。たぶん診療棟のロビーからは相当に離れた場所だろう。窓の外の様子を見ると、どうやら地上三階か四階のようで——。

「んん……」と口ごもって、江藤のほうも首を傾げた。そして、黒眼がちの大きな目をしばたたかせながら、

「比良塚くんも？」

問いの意味が分からず、ぼくは「え？」とさらに首を傾げて、

「ぼくはその、きょうはかかりつけの先生に診てもらう日で」

「そうなの？　でも……」

「江藤さんは？　どうして病院に」

訊《き》き返すと、彼女は持っていた花束を示して、

「わたしはお見舞いに、ね」

「お見舞い……」

「前は本館の病棟だったんだけど、部屋が変わったって聞いて。何だかここって構造がややこしいから、辿《たど》り着くまでにずいぶん迷っちゃった」

そうか——と、この時点でやっとぼくは気づいたのだ。対策係の彼女が「お見舞いに」と云うのであれば、相手はきっと……。

くすんだクリーム色のドアの前に今、江藤はいた。あそこが目的の病室なのか。——ぼ

くは歩み寄って、ドアの脇に掛けられているネームプレートの氏名を確かめた。

「牧瀬さん……まだ入院が続いてるのか」

「牧瀬さんとはわたし、彼女が去年の終わりごろ、転校してきたときからの友だちなの」

じゃっかん声をひそめて、江藤は云った。

「身体は前から弱かったんだけど、とても優しい子で。だからほら、自分はどうせ入院するから〈いないもの〉を引き受けようって、あのときも思ったんだろうなぁ」

あのとき、か。三月の〈対策会議〉の、あの……。

「せっかくだから比良塚くんも、一緒にお見舞い、する?」

「え……いいのかな、急に」

「このところ調子がいいっていう話だし。――ちょっと訊いてみるね」

そう云うと江藤は、病室のドアをノックして「江藤です」と名乗り、先に独り中へ入っていった。ややあって――。

「どうぞ」

と、室内から声が聞こえてきた。江藤とは違う、女性の声が。――うん。これは確かに聞き憶えがある、あのときの、あの女子生徒の……。

「比良塚、想くん? 来てくれて嬉《うれ》しいな」

屈託のない感じの、けれどもどこか弱々しい響きのその声に引かれて、ぼくは江藤に続いて病室に入ったのだが——。

どくん、という低い響きが、このときどこかで。同時に〝世界〞が暗転して、ほんの一瞬後にはもとどおりになって……。

………。

……そして。

そしてぼくは気づき、思い出し、納得し……結果として、ある答えを見出したのだった。

それまでひそかに抱きつづけてきた疑問に対する、一つのありうべき答えを。

4

「あれだけの恐竜が自由自在に動きまわってるのはやっぱ、それだけですげえよな。スピノサウルス、でかくて凶悪だったよなあ。プテラノドンもよく動いてたなあ。すげえ」

矢木沢が興奮覚めやらぬ顔で、「すげえ」を連発する。

「前の二作に比べて、ちょいあっさりしすぎな気もしたが……いや、しかしやっぱ、おもしろかったなあ。——な、想」

振られて、ぼくは素直に「そうだね」と応《こた》えた。

「想は一作めと二作め、観てないんだっけ」

「うん」

「恐竜にはあまり興味がないとか、云ってたっけ」

「あ、うん。なんだけど、でもまあ、おもしろかったよ」

劇場の大画面と大音響で観るとやはり、まるで本物のようにしか見えない恐竜たちには圧倒的な迫力があったし、ストーリーは単純だけれどもぐいぐいと引き込まれた。知らず知らず、文字どおり手に汗を握っていた場面もあったし……。

八月十三日、月曜日の午後。

紅月町《あかつきちょう》の映画館で『ジュラシック・パークⅢ』を観たあと、だった。矢木沢とぼく、そして存外にすんなり「行くよ」と誘いに乗ってくれた見崎鳴、の三人で。「わたしがおごるよ」という鳴の言葉に中三の男子二人は甘えることにして、映画館の近くのフルーツパーラーに入って——。

外は真夏のかんかん照り。お盆休みで、街はけっこうにぎやかな人出だった。なのに不思議とすいている店内での、和やかといえば和やかなひととき。

「見崎さんは？」

と、矢木沢が訊いた。円いガラステーブルを囲んだ鳴の顔をちらっと見たものの、視線が合うと慌てたように目をそらしながら、

「ええとですね、シリーズの一作めと二作めは観ましたか」

すると鳴は、オレンジジュースのストローにつけていた口を離して、

「怪獣映画を観たの、わたし初めて」

矢木沢は、ぼくが相手ならきっと「怪獣映画じゃなくて恐竜映画だぞ」とでも返したに違いないのだけれど、

「あ、そうですか」

とだけ云って、軽く頭を掻く。鳴は何を気にするふうもなく、ストローにまた口をつける。見ていてぼくは、思わず笑ってしまいそうになるのをこらえた。

「しかしやっぱ、すげえよな。な、想」

と、めげることなく矢木沢はぼくのほうに向き直って、

「あの恐竜たちが、今やほとんどCGでできてるんだぜ。映画ん中じゃあ、普通にそこにいて生きてるようにしか見えないもんなあ。現代《いま》のCG技術、すげえなあ。オブライエンや円谷英二《つぶらやえいじ》が生きててこれ観たら、腰抜かすよな」

「オブライエンって?」

「ウィリス・オブライエン。一九三三年版の『キング・コング』で特殊効果を手がけた。ストップモーション・アニメーションの先駆者な。円谷英二は分かるよな」

「『ウルトラマン』の、円谷?」

「そうそう。その前にまず、一九五四年の初代『ゴジラ』で……」

矢木沢は嬉々《きき》として語る。彼がこの手の映画やドラマが好きなのはこれまでのつきあいで察していたが、ここまでの愛好家だとは知らなかった。

「……ついでに云うと、職人気質《かたぎ》だったオブライエンの唯一の弟子が、かのレイ・ハリーハウゼンだ。『タイタンの戦い』とか、知ってるだろう」

「知らない、けど」

「ううむ」

「でも、有名な人なんだね」

矢木沢は「そういうこと」と頷いてから、ふぅと息をつく。「甲斐《かい》がないねえ」とでも云いたげに唇を尖《とが》らせながら、テーブルのクリームソーダに手を伸ばす。するとそこで――。

「シュヴァンクマイエルは好き」

鳴が、ぽそりと云った。矢木沢はふいをつかれたように小首を傾げて、

「んんと、それって」

「チェコのアニメーション作家、ね。ヤン・シュヴァンクマイエル。――矢木沢くんは知らないの？」

「いえ、その、名前だけは」

「想くんは？」

「たぶん気に入るんじゃないかな、想くん」

「さあ」

と云って、鳴は涼しげに微笑する。

「ビデオがあるから今度、貸してあげる」

矢木沢と鳴は、この日が初対面だった。二人とも以前から、ぼくの話を通じて互いを認識してはいたわけだが、こうして実際に引き合わせてみると、二人の反応はそれぞれにほぼ予想どおりで——。

鳴はまったくの通常モード。対して矢木沢のほうは、ぼくが鳴を紹介して「はじめまして」と挨拶した瞬間から、おかしいくらいに緊張しているのが分かった。

劇場のロビーで前回の上映が終わるのを待っているあいだも、ときどき思いきって鳴に話しかけるのだが、彼女はべつにいやな顔もしない代わり、にこりともしない。無愛想というほどでもないとぼくには思えるのだが、慣れない少年にはさぞやとっつきが悪く感じられただろう。そのくせ鳴は、何と云うか、それこそ〈夜見のたそがれの……。〉にある人形たちの一体が生を得たかのような色白の美少女なのだから、対中三男子的にはたちが悪い。

うん、予想どおり——と思って内心、少しだけ得意な気分になってしまう一方で、矢木沢にはいくらか同情したくもなった。

この日の鳴は、首もとにクロスリボンがついた黒のブラウスに、膝丈《ひざたけ》の、深みのある青のスカート。いつもよりも何だか大人びた雰囲気で、午後の明るい陽射しの中でさえ、どこか黄昏《たそがれ》の気配をまとっているように感じられた。これにはぼくも、実を云うと多少どきどきしていたのだけれど——。

「矢木沢くんも、四月から大変だったたね」

ジュースを半分くらい飲んだところで、鳴が云った。それまで三人が触れずに——触れられずにいたことを、ここで初めて彼女が話題にしたのだった。

「想くんから聞いてる。むかし矢木沢くんの叔母《おば》さんが、夜見北の三年三組で……って」

はっとしたように目を上げて、矢木沢が応えた。

「三年前は見崎さんも、だったんですよね。おれも想から全部、聞いてます」

いやいや、全部じゃないから——と思ったが、口は挟まずにいた。矢木沢は続けて、

「三年前と同じように、今年も〈災厄〉は止まったみたいで、その……」

「良かったね」

しみじみとそう云って、鳴は両の目を細めた。彼女の左目は茶色がかった黒い瞳《ひとみ》。きょうはもちろん〈人形の目〉ではなくて、だから眼帯もしていない。

「ほんと、良かった」

翳《かげ》りのない安堵《あんど》が、そんな鳴の言葉と声からは感じ取れた。ぼくの気持ちも彼女と同じ

だった。

「二人とも、来年の春には卒業ね。高校はどうするの」

訊かれて、矢木沢が答えた。

「おれは県立の、夜見一を受けるつもりです。想もおんなじだよな」

「ああ……うん。たぶん」

「そっか。じゃあ、わたしと入れ違いになるね」

と、鳴。――そう。彼女も来年の春にはもう高校卒業、なのだ。卒業後の進路については、気になってはいたものの、まだ一度も訊いてみたことがなかった。

「夜見一には困った〈現象〉はないから、安心して」

続けて鳴が云った。矢木沢は円眼鏡を押し上げながら居住まいを正して、「安心して行きます」といったん胸を張ったのだ。けれどもすぐに両肩を落として、

「その前に受験かぁ。うう、焦る」

溜息《ためいき》まじりに独りごちた。

「夏休みは大いに遊ぶんだろう？」

ぼくが突っ込みを入れると、矢木沢は大袈裟《おおげさ》な身ぶりで天井を仰いで、

「その意気込みで臨んだ夏休みも、残るはもう半分。おお、何と無情な時間《とき》の流れよ」

鳴がくすっ、と声をもらす。矢木沢は頰《ほお》を赤らめて、こほん、とわざとらしい咳払《せきばら》い。

ぼくは窓の外へ視線を流した。道を行く人々の姿が、おのずと目に飛び込んでくる。普段よりも若者が多い気がする。楽しげに笑っている顔が多い気もする。――ところが。名も知らぬ彼ら彼女らの中に、いつしか〈赤沢泉美〉の幻影を探している自分に気づいて、ぼくは慌ててブレーキをかける。もういいだろう、もう忘れてしまうんだ、とみずからに釘《くぎ》を刺す。それから――。

目を転じ、鳴を見た。

ぼくの挙動をどう受け取ったのか、視線を受けると彼女は、唇を引きしめて小さく頷いてみせた。

5

この日の恐竜映画鑑賞会は、夕刻前には解散の流れとなった。――のだが。

「じゃあね。楽しかったよ」

そう云って鳴が立ち去ろうとしたのを、

「あ、見崎さん」

ぼくはそばまで駆け寄って、呼び止めたのだった。

「どうしたの、想くん」

「あの……少しその、話したいことが」

緋波町の別荘から戻ってきた鳴とは一度、電話で話をして、そこできょうの映画の約束も取り付けたのだったが。そのときから云いたくて、だけど電話ではためらわれて……という話があったのだ。電話やメールでではなくて、じかに会って話したい、という問題が。

「んー？」

何を改まって？　とでも問いたげな目で、鳴はぼくを見すえる。だが、そこでさらに言葉を重ねるまでもなく、彼女はこちらの心中をうすうす察してくれたようで、ほどなく「うん」と頷いた。

「ギャラリーに寄ってく？」

「いいですか」

「大丈夫。――じゃあ矢木沢くん、またね」

「あ、あ……はい」

そんなわけで、矢木沢はここで置いてけぼりを喰《く》う結果となったのだが、きょうは許せ、委員長。解散するときにこちらを見る目つきが微妙な感じだったから、いずれ彼からは「おまえと見崎さんはどんな関係だよ」と詰め寄られることを覚悟しよう。

そして――。

このあと立ち寄った御先町のギャラリーの、おなじみのあの地階のスペースで、ぼくは鳴にその話をしたのだった。

彼女がみずから云おうとしない、云いたくないことを、ぼくは無理に聞こうとしない、聞きたくない。――という、これまでの自分のスタンスを放棄して。

けれど、結果としてこれは正解だったのだと思う。話をして、聞いて、さまざまな辻褄《つじつま》が合うことを確かめて……そうしてぼくは、鳴と自分の距離がかつてなく縮まったように感じた。それはむろん、ぼくにしてみれば歓迎すべき、というか、正直なところとても嬉しい接近だったから……。

…………

…………

「……そういえば」

この日の別れぎわ、鳴がふと思い出したように云った。

「きのうね、榊原くんから電話があったの。アメリカ――LAから」

「あ、そうなんですか」

「メキシコではいろいろ大変だったみたい。今月末には東京に帰ってくるって」

そう語る鳴は、どこかほっとしたような表情で――。

「今年の〈災厄〉がどうなったのか、榊原くん、とても気にしていたから。ちゃんと説明しておいたから」

「ああ、はい」

「そのうち想くんにも電話してみるって」

榊原恒一。――うん。彼にはやはり感謝しなければ、と自分に云い聞かせつつ、ぼくは小さく頷いた。

6

こうして――。

二〇〇一年の夏休みは、おおむね穏やかに過ぎていったのだ。

お盆のあとには大きな台風が久々に日本に上陸したが、この地方が特段の被害を受けることはなくて。ニュースでは連日、記録的な猛暑を叫んでいたが、そのせいで市民がばたばたと倒れるようなこともなくて。……

七月の初めに〈赤沢泉美〉が消えるまでのあいだずっと、頭上を覆い尽くしているように感じられた不穏な黒い雲。それがもはや、すっかりどこかへ吹き飛んでいってしまったかのように、真夏の夜見山の街は静かで、平和で。――少なくとも、ぼくの目にはそう映った。

例の市立病院での一件以来、泉美の幻影を見ることは一度もなかった。この先ももう、きっとないんだろうと思う。

7

八月も残り数日、となったころ、学校で生物部の会合があった。顧問の倉持先生の呼びかけで、部員全員が招集されたのだ。指定された場所はT棟の理科室ではなく、0号館のあの部室だった。

室内はすっかりきれいにかたづけられていて、二ヵ月前の惨事の痕跡《こんせき》はまったく見られなかった。それでも思い出してしまいそうになるあの日の光景を、ぼくは懸命に振り払わなければならなかったのだが――。

「さてみんな、まずは報告だ。生物部の新しい部長は、森下くんが引き受けてくれることになった」

最初に倉持先生が云ったのを聞いて、ぼくはちょっと驚いてしまった。何か家の事情があって、あまり部活には出てこられない。確かそんな話だったけれど、その森下が？

「ええとですね、少々その、心境の変化がありまして」

先まわりをするように、森下がぼくの疑問に答えた。

「せっかく幸田くんがあんなに頑張ってきた生物部なんだから、ね。ここは自分が、やれることはやってみようかなって」

ひょろりと背が高くて手足が長くて、しかし見るからに運動神経が鈍そうで、頭は良くても弁は立たない。クラスではややもすると存在を忘れられがちな、そんな彼だったが、生物部内での俊介との関係は、ぼくとはまた違った感じで良好だったようで——。

集まった二年生からも一年生からも、特に反対の声は上がらなかった。ぼくが「いいのかい」と確かめると、

「うん。でも、一人じゃあ心もとないから、比良塚くんも協力してね」

森下は「うん、うん」とみずからを納得させるように独りごちて、

「そこできょうは、みんなに相談です。生物部としてはやっぱり、飼育していた動物たちをこの部屋に戻すところから始めなきゃ、と思うんですが……」

のちに知った話だが、森下を悩ませていた「家の事情」というのは、父親の暴力に起因する両親の不仲だったらしい。それがこの夏、やっと離婚が成立して、父親を嫌っていた彼は母親のほうに引き取られることになった。おかげで、いろいろと吹っ切れるものがあったとか。時機を見て、苗字《みょうじ》も母親の旧姓に変更するつもりだという。

さて、生物部のこの会合がお開きになると、ぼくは独り第二図書室へ向かった。会合の前にたまたま、0号館に入っていく千曳さんの姿を見かけていたからだ。

図書室の入口には「CLOSED」の札が出ていたけれど、ノックをするとすぐに「どうぞ」と返事があった。そして、ぼくが戸を開けるより先に「比良塚くんかな」という問いかけが。どうやら千曳さんのほうも、ぼくが学校に来ていることに気づいていたようで——。

「生物部で、何か？」

この季節でもやはり、千曳さんの服装は黒いシャツに黒いズボンだった。訊かれて、ぼくは「はい」と頷いて、

「存続に向けての決起集会、みたいな」

「ほう。それは威勢がいいねえ」

「いえ。べつにそういう感じでもなくて」

「ふむ。まあ、六月のあのときは大変だったから。——もう大丈夫なのかな、きみは。あの部室に入って、気分が悪くなったりは？」

「大丈夫、でした」

「そうか。——よし」

千曳さんはカウンターの向こうの冷蔵庫からミネラルウォーターのボトルを出してきて、「水分補給」と云ってぼくに手渡した。

「八月もあと少しだが、幸い〝関係者〟は誰も死んでいない。七月をもって〈災厄〉が止

まった、という判定は正しかったようだね」

そう云いながらも千曳さんは、眉間《みけん》に幾筋かの縦じわを刻んでいた。読書用の大机に片手をついて、「実を云うと——」と続ける。

「私は、七月にきみから聞いた話を疑いはしなかったが、百パーセント信じきってしまうのにも若干ためらいがあったんだよ。この〈現象〉には長年、さんざん辛酸を舐《な》めさせられてきたからね。だから、まだ完全に気を緩めてはいけない。そう考えて、慎重に様子を見てきたんだが」

千曳さんは言葉を切り、軽い咳払いを挟んでからこう告げた。

「もう心配は無用だろう、と今は思っているよ。きっと、もう」

「はい。きっと、そうです」

「このまま九月に入れば、七月のきみの訴えは〝真〟であったと証明されることになる。それで本当に、今年は〝終了〟だ」

8

第二図書室をあとにして0号館を出ると、ぼくは中庭の小道を独り歩き、やがてある場所で足を止めた。生物部の部室の窓の外。十字架の形に木切れを組み合わせて作ったささ

やかな墓標が、雑草だらけの地面に立ち並んでいる、その前で――。

思っていたよりも時間の流れが速くて、すでに夕暮れが近かった。吹きすぎる風が、日中よりもやや涼しい。ヒグラシが甲高く鳴きはじめる。負けじとツクツクボウシも鳴いている。

グラウンドのほうから聞こえてくる生徒たちの声。運動部の連中が練習を続けているようだが、それにはどこか遠い世界の、なぜか希薄なリアリティしか感じられない。セミたちの声に重なって、上空ではふいに幾羽かのカラスの鳴き声が。これもまた、どこか遠い、なぜか希薄な……。

……この場所に、最後に墓標を立てたのはいつだっただろう。

四月に初代ウーちゃんがお亡くなりになった、あのときか。ゴールデンウィーク中に死んだシマドジョウとヤマトヌマエビは、俊介がすかさず透明標本にしてしまったから。五月のあの降雹《こうひょう》のとき、教室に飛び込んできて死んだあのカラスは結局、先生たちの反対(――伝染病の問題を懸念して)があって埋めてやれなかったし。

六月の惨事で死んだ動物たちについては、とてもその数を冷静に把握したり、死体を回収して埋めたり、なんて余裕はなかった。二学期が始まったらまず、彼らのために新たな十字架を作ってやろうと思う。死体はなくても、せめてここに墓標だけでも、と。そして――。

そのとなりにこっそりともう一つ、ほかよりもいくらか大きな十字架を立てようか、とも思っていた。俊介のために。それから双子の敬介のためにも。

そんな想いを巡らせているうち、さらに時間は流れて、西の空に夕焼けが広がりはじめた。赤ではなくて、鮮やかな朱色の。朱色かと思えばもっと濃度の高い、どろどろと地上に流れ落ちてでもきそうな緋色《ひいろ》の。……刻一刻と色合いを変えながら、このときの夕焼けは凄《すさ》まじいばかりに美しくて。血のような、という連想はしかし、不思議と浮かんでこなくて——。

何だか妙に安らいだ気分で、ぼくはしばし、その夕焼け空を見上げていたのだ。

思い出すと、この数ヵ月で悲しい出来事はたくさんあった。恐ろしい出来事もたくさんあった。この〝世界〟の理不尽を、正体の知れない悪意を、さらには自分の無力を痛感させられる出来事も、たくさん。けれどもそのすべてが今、空を染めた夕焼けの美しさに呑《の》み込まれていくようで——。

ぼくはしばし、夕焼け空を見上げていた。

何だか妙に安らいだ気分で。同時にしかし、このとき心中にあったのは圧倒的な畏怖の念だったようにも思う。——もうすぐ夏休みが、終わる。

Chapter 14

September I

1

「きょうから二学期の始まりです」

九月一日、土曜日。始業式後のホームルームにて。

「今年度の〈現象〉は七月で終わり、〈災厄〉も止まった——という観測は正しかったようです。夏休みのあいだに〝関係者〟の死亡は一件もないまま、こうして無事に新しい月を迎えられました。わずかに残っていた不安も、これで完全に払拭《ふっしょく》されたわけです」

教壇に立った担任の神林先生は「みなさん——」と続けて、ゆっくり教室を見渡した。

その表情は晴れやかで、これまで彼女があまり見せたことがないような微笑さえ浮かんでいたが、含まれている感情は喜びというよりも安堵《あんど》、心底からの安堵なのだろう、と思えた。

「卒業までの残り七ヵ月が、みなさんにとって有意義な、楽しい思い出を多く作れる時間となりますように。〈災厄〉のために亡くなった人たちを悼《いた》みつつ、亡くなった人たちのぶんまで……一緒に頑張りましょう」

夏休み明けの三年三組の教室に今、空席は五つ。死んだ継永と幸田敬介の席。いまだに入院中の牧瀬の席。〝死〟に還《かえ》って消えた泉美の席。それから、きょうも欠席の葉住の席。

――夏休み前と同じ、だった。

「月曜日からは二学期の時間割に従って授業が始まりますが――」

神林先生はふたたび教室を見渡し、それから口調を改めて云った。

「一学期の途中から長く欠席の続いていた葉住さんも、来週からは学校に出てくるそうです。先日、彼女と会って話をして、意向を確かめてきました」

ざわ……と、かすかに空気が震えた。

何人かの生徒たちが、黙って顔を見合わせる。ぼくと矢木沢も、だった。

「葉住さんが来なくなったきっかけは、みなさんも分かっていますね。五月の初めの、教室でのあの騒ぎでした。ですが、〈災厄〉が止まって、今や状況はまったく変わっています。あのときのことは忘れて、気持ちを切り替えて出てくるように説得したところ、やっと心を動かしてくれたのです」

先生の話を聞いて、良かった——と素直に思った。葉住のことはやはり、どこかでずっと気になりつづけていたから。

「なのでみなさん、私からここでお願いしておきます。葉住さんが学校に来たら、どうか以前と同じように、クラスの仲間として自然に接してあげてください。——よろしいですね」

ぼくは矢木沢ともう一度ちらっと顔を見合わせ、そして神妙に頷《うなず》いた。何となくそのあと、校庭側の窓の外へと目を流した。夏の終わりの青空が、わずかな翳《かげ》りもなく広がっていた。

2

榊原恒一から連絡があったのは翌二日、日曜日の午後のことで——。

携帯電話の着信を見て、すぐに彼だと分かった。登録してあった電話番号と「榊原恒一」というフルネームが、ディスプレイに表示されていたからだ。

「想くん？　ぼくだよ。榊原」

聞こえてきたのも、確かに彼の声だった。七月の初めにメキシコからかかってきたあのときよりも、明らかにクリアで聞き取りやすい。

「はい、想です。あの、もう日本に？」

「先週、帰国したばかり」

「ええとあの……見崎さんがこの前、ＬＡから電話があったって」

「ああ、そうそう」

　恒一はさらりと応《こた》えた。

「その電話で、見崎からその後のいきさつを聞いた。今年の〈もう一人〉が誰だったのかも、彼女がどうなったのかも。——大変だったね。でも、うん、良かった」

「——はい」

「きのうから二学期が始まったのかな」

「そうです」

「八月は無事に過ぎたんだよね」

「はい」

「うん。じゃあ本当に、もう心配ないよ。三年前もそうだったから、もう」

　電話の向こうで、「ふう」という息の音がした。遠い異国にいて、彼自身「いろいろ大変だった」中でもずっと、こちらの状況を気にかけてくれていたんだろう。

「大変だったね、想くん」

恒一はやがて、そう繰り返した。

「きみの気持ちは大丈夫かい」

訊《き》かれて、ぼくは思わず言葉に詰まってしまったのだが。

「見崎から聞いたよ。彼女を──赤沢泉美を〝死〟に還したのはきみだった、と。赤沢さんはきみのいとこだったんだろう？　その彼女を、きみの手で」

あの夜、あの橋の上で、ぼくは泉美を川へ突き落とそうとした。けれども実際は、ぼくの手が触れる直前に、彼女は……。

あのときの鳴の目にはしかし、「ぼくの手で」としか見えなかったに違いない。そしてあのあとぼくは、鳴に実際のところを語ろうとはしなかったから。

「榊原さん」

と、ぼくは思いきって言葉を返した。

「三年前はあなたが、〈死者〉を〝死〟に還したんですよね」

「ああ。──そうだったね」

恒一の声が心持ち低くなった。ぼくは続けて訊いた。

「その相手が誰だったのか。どうやって〝死〟に還したのか。今でも榊原さんは憶《おぼ》えているんですよね」

「うん。──憶えている」

「だけどいつか、その記憶は薄れて、消えてしまうんですよね」

「そのはず、だよ」

「それって、いつになったら……」

いつになったら消えてくれるんだろうか、ぼくのこの記憶は。

「さて、どうなんだろう」

呟《つぶや》いて、恒一は少し間《ま》をおいてから、

「例のカセットテープを残した松永さんしか、前例のないことだから。いずれ、何年かのうちに……というふうに思っていたけど、個人差もあるだろうし。来年にはもう消えているかもしれないし、まだ残っているかもしれない。――想くんは早く忘れたい、と？」

「それは……」

「忘れたら、その人がそのときそこに存在したことも思い出せなくなってしまう。それでも、早く忘れたい？」

「どうなんですか、榊原さんは」

訊き返すと、恒一はまた「どうなんだろう」と呟いて、それから吐息まじりに答えた。

「いまだによく分からないんだよ、ぼくにも」

このあとしばらく、二人は無言になった。何か云わねば、何か訊かねば、と軽い焦りを覚えるうちに――。

「ああ、そういえばね」

恒一のほうがやおら、口を開いたのだ。

「ちょっと気になることが、あったんだ。気になるというか、ちょっと不思議な、というか」

「何でしょうか」

「今年の〈もう一人〉＝赤沢さんについての、ぼくの記憶」

泉美についての記憶？　何なんだろうか。

「七月の初めに見崎から今年の事情を聞いて、そのあときみに電話したよね。あのとき、ぼくは三年前の自分の記憶を呼び起こしながらあんなふうに語ったわけだけど……どうも不思議なんだな」

「というと？」

「あのときの『三年前の自分の記憶』の中には、『あの年に同じクラスにいた赤沢泉美の記憶』もあった気がするんだよ。彼女の名前も顔も声も、クラス合宿で彼女が死んだときの様子も、あのときぼくは普通に思い出せていた。だからね、つまりあの時点でも、ぼくには〈現象〉による記憶の改変が及んでいなかったんじゃないかと」

「ええと、それって……」

「そんなふうに思う今のこの記憶自体が、すでに改変されたもの——という可能性もあるだろう。しかしどうも、これはそうじゃない気がしてね。もっともあのとき、もしもきみが『今年の赤沢泉美』の話をぼくにしていたら、その瞬間にぼくの記憶も改変されて、『三年前の赤沢泉美』のことを思い出せなくなっていたのかもしれない」

「それは……ええと、どうしてそんなことが起こったと？」

「正答は不明。だから『不思議』なんだけどね、仮説ならいくつか思いつく」

「どんな、ですか」

ぼくが問うと、恒一は「たとえば、距離」と答えた。

「夜見山からの、地理的な距離の問題だね。知ってのとおり、〈現象〉による〈災厄〉が〝関係者〟に降りかかるのは、夜見山市内においてだけだ。夜見山から離れてしまえば〝圏外〟になる。記録の改竄《かいざん》や記憶の改変は〝圏外〟にまで及ぶけれども、たとえばメキシコくらい遠く離れた場所にいたら、その〝力〟も相応に弱まるんじゃないか。状況によっては改変が不完全だったり、少なくともある種のタイムラグが生じたりはするんじゃないか」

「ああ、はい。でも……」

「それだけじゃあ説明しきれないのなら、たとえば、ぼくという人間の特殊性、特権性」

「榊原さんが、特殊？」

「『三年前に〈死者〉を〝死〟に還した人間』という意味で、特殊だろう。そして、ほかのみんなはすぐに忘れてしまう『その年の〈もう一人〉』の記憶がずっと残っている、という意味での特権性」

「残酷な特権」という、鳴のいつだったかの言葉を思い出して、ぼくは声だけの相手に向かって大きく頷いた。

「もしかしたら、今なお三年前の〈もう一人〉のことを憶えているぼくは、三年前の〈現象〉や〈災厄〉全般についても、通常より強度の高い記憶を保持できているのかもしれない。だから、『三年前の赤沢泉美』の記憶もすんなりとは改変されなくて……と。どうかな」

「何となく、理屈は分かるような」

「だからどうだ、どうしよう、という話ではもはやないんだけどね。今年の〈災厄〉は止まったんだし、もはや……」

「あ、はい。そうですね」

「とにかくまあ、良かった。安心したよ。つらい局面も多くあっただろうに……うん、よく頑張ったね、想くん」

来年の春までに一度、久しぶりに夜見山を訪れようかと思っている。そのときには鳴と三人で会おう。——そう云って、恒一は電話を切った。

携帯を握ったままぼくは、自分でもはっきり理由を把握できない溜息《ためいき》を幾度も繰り返した。鳴からもらったシーサーのストラップが、息に合わせて揺れた。

3

九月三日、月曜日。

神林先生の予告どおり、葉住結香が学校に来た。ただし、教室に現われたのは、一限目の数学の授業が今しも始まろうかというタイミングで——。

「すみませんっ。いきなり遅刻して」

殊勝にあやまる彼女に、数学の稲垣《いながき》先生（女性。推定年齢三十代なかば）は「大丈夫」と柔らかく応じた。

「慌てなくていいから、さあ、席について。しばらくお休みが続いたから、分からないことも多いでしょう。遠慮なく質問してください。授業中でも、授業のあとでも」

事情は先生たちのあいだで、きちんと共有されているのだろう。

「はい。ありがとうございます」

と、やはり殊勝に応える葉住。

何だか少し雰囲気が変わったな——と、このとき感じた。

髪は前よりも短くしている。前よりもいくらか痩《や》せたように見える。ちゃんとやっていかなければと、ことさらに意識してふるまっている。そんなふうにも見える。あとでひと言でも、ぼくのほうから声をかけるべきなのかどうか、迷うところだったのだが……。

一限目が終わって二限目とのあいだの休み時間には、葉住はもともと仲の良かった島村や日下部と話をしていた。二限目と三限目のあいだも、その次も。彼女たちは自然な感じで、わだかまりなくお喋《しゃべ》りをしているふうで。葉住が楽しげに笑う顔も窺《うかが》えたりして、そんな彼女の様子に何かしらの違和感を覚えながらも、ぼくは内心かなりほっとしていた。

これなら自分がいま声をかける必要もないだろう、と思って。

葉住が出てきて教室の空席は一つ減って、きょうは四つ。死んだ二人と入院中の牧瀬、そして泉美の席だが、このうち、少なくとも泉美のぶんについてはもう、机と椅子を運び出してしまったほうがいいだろう。近々これは、対策係の二人に提案してみようか。

その対策係の一人である江藤が、昼休みになって話しかけてきた。

「このあいだのお見舞い、牧瀬さん、すごく嬉《うれ》しかったみたい」

云われて、ぼくはちょっと複雑な気分になって——。

「江藤さんはあのあとも、また？」

訊くと、江藤は「あの次の週と、それから先週も一度」と答えた。

「秋には退院できるかも、っていう話だったんだけど……でも、また調子が悪くなってきたみたいで」

「――そうなんだ」

「このままだと留年……原級留置っていうらしいけど、そうなっても仕方ないかなって。さすがにあの子、だいぶ弱気になってて……可哀想、だった」

黒眼がちの大きな目を悲しげに細めて、江藤は顔を伏せる。ぼくはいたたまれなくなって、

「大丈夫だよ」

と、確かな根拠もなく云いきった。

「絶対に良くなるよ、牧瀬さんは」

「そうかなぁ。――そうだよね」

「ぼくもまた一緒にお見舞い、行くから」

「うん。――ありがとう」

〈現象〉が終わって、〈災厄〉が止まって、そもそもは〈対策〉のために〈いないもの〉を引き受けたせいで心に傷を負った葉住も、こうして無事に登校してきて……。

九月三日の三年三組の教室には、四月にこのクラスが発足して以来おそらく初めて、ごく日常的な風景が溢《あふ》れていた。平穏な、これまでになく和やかで明るい空気も漂っていた。

ただ、その中で――。

新品の画用紙の片隅に小さく滲《にじ》んだ、真っ黒な絵の具の染み。そんなイメージについ囚《とら》われてしまいそうな出来事が、一つだけ。

神林先生が、この日は学校に来ていなかったのだ。

朝のSHR《ショートホームルーム》には社会科の坪内《つぼうち》先生（男性。推定年齢四十代後半）が代わりにやってきた。そして、事務的にこう告げたのだった。

「神林先生は、きょうはお休みです。ご体調がすぐれないようで……たぶん風邪でもひかれたのでしょう。四限目の理科は自習になると思いますが、具体的な指示はのちほど改めて」

4

九月四日、火曜日。

この日も神林先生は休みだった。

きのうと同じく朝のSHRに坪内先生が現われたときは、ちょっと驚いて、じゃっかん居心地の悪い気分にもなった。この時点ではしかし、漠然とした不安をほんの少し覚える程度だったと思う。

「神林先生はまだ、ご体調がすぐれないようで……」という坪内先生の、きのうと同じ事務的な報告と指示を聞きながら。

きっと——と、ぼくは心中で呟いていた。

三年三組の担任として、この春から神林先生が感じつづけてきたストレスは半端なものじゃなかったはずだから。五月にお兄さんが亡くなったことも、もちろんあいまって。だからきっと、夏休みが明けて〈現象〉の終わりが確実になって、それまでの緊張が一気に緩んでしまって。だからきっと、体調が……と。

この件については矢木沢も、同様の考えを述べていた。「真面目なだけが取り柄、みたいな先生だからな。気が抜けて、疲れが出たんだろうなあ」と。

ところが、それとは別にもう一つ、この日は気がかりな出来事があって——。

きのうは入院中の牧瀬以外、生徒全員が教室に揃っていた。ところがきょうは、そのうちの一人が来ていなかったのだ。

島村、だった。

葉住と仲が良い二人のうちの一人。四月に自転車にぶつかられて怪我をしたほうの。

彼女の姿が、朝から見えなかった。先生からは特に言及もなかったので、病欠だろうかと思ったのだけれど、それが正解だった。二限目のあと、心配した日下部が彼女の家に電話してみて、事実を確認できたようで——。

「風邪、ひいちゃったって」

葉住を含めた女子の仲間たちにそう伝える日下部の声が、ぼくの耳にも届いた。

「ゆうべから何だか熱っぽくて、ふらふらするから寝てるって」

「そういえばきのう島村ちゃん、マスクしてたっけ」

「ちょっと咳《せき》もしてたっけ」

「うんうん」

「ただの風邪？」

「でしょ。心配いらないよって、電話ではわりあい元気そうだったし。熱が下がったら行く、って」

「インフルエンザじゃないといいね」

「季節的にまだ早いんじゃない？」

「そだね」

そんな女子たちのやりとりを聞いて、安心する一方でやはり、若干の居心地の悪さを感じてもいた。だが、この時点でもまだ、それに伴う不安は漠たるものでしかなかったと思う。

今年度の〈現象〉は終わり、〈災厄〉はもう止まったのだ。——という認識には、いささかの揺るぎもなかったから。七月のあの夜、夜見山川の濁流に身を投げた泉美の姿が今なお、鮮明に心に焼きついていたから。

〈赤沢泉美〉の〝死〟によって〈災厄〉は止まった。このことは間違いない。間違いであるはずがないのだ。だから……。

「……大丈夫」

独りごちて、気分を切り替えてぼくは、先日〈夜明けの森〉の図書館で借りてきた本に目を戻した。――エラリイ・クイーン『シャム双子の謎』。

5

九月五日、水曜日。

この日は朝から濃い霧が出ていた。

ぼくが住む飛井町のあたりは、さほどでもなかったのだ。それでもたぶん、仮にこの霧の中を自転車で走れと云われたなら、いくぶんためらいを覚えただろう。

霧の発生は夜見山市全域にわたり、地区によっては相当にひどい濃霧だったという。夜見北の周辺もそうだった。敷地一帯が蒼白《あおじろ》い霧にすっかり包み込まれてしまって、門の前まで来ても中の校舎がぼんやりした灰色の影にしか見えない。来る途中で道に迷いそうになったとか、信号がほとんど用をなしていなかったとか、小学生の子供が怖がって泣いていたとか、教室ではそんな声が飛び交っていた。

「こんな霧、何年ぶりかな」

会うなり、矢木沢がそう云った。

「小二か小三のころに一度、ものすごい霧の日があってさ、あのときは学校、確か休みになったなあ。——想は知らないか」

「比べれば、きょうのは大したことない？」

訊くと矢木沢は、

「そうとも思えないが」

と呟いて、校庭側の窓に目をやった。

「三階なのに霧しか見えないな」

「すごい、というか、異様だね」

「確かに。しかしまあ、午後には晴れるって予報だから……」

神林先生はこの日も休みで、それを知らされたときの教室は一瞬、不自然に静まり返った。続いて、小さなざわめきが。「どうしたんだろう」「大丈夫なのかな」というふうな声が聞こえてもきた。

きのう欠席だった島村も、連日の欠席だった。風邪がまだ治らないのか。

そして——。

この日はさらに一人、欠席の生徒が増えたのだ。

一限目には何人かの遅刻者がいたのだが、これはおおむね霧の影響だったんだろう。ところが、二限目が始まっても終わっても来ない生徒が一人いて——。

黒井《くろい》、という男子だった。

ぼくはほとんど話をしたことがないので、彼についてはよく知らない。小柄で無口で、あまり目立つ存在ではなくて……という程度の印象しかなかった。

その黒井がいっこうに姿を見せなかったのだけれど、同じ欠席でも、病欠の島村とは事情が違うらしい。というのも——。

二限目の終了後、三限目の終了後……と、授業が終わるたびに、学年主任だか生活指導だかの先生が教室を覗《のぞ》きにきては、こんな確認をするのだ。

「黒井くんは来ていないんだね？」

いったいどういう状況なのか。何が起こっているのか。——知ったのは昼休みだった。矢木沢が別件で職員室へ行って、ついでに情報を仕入れてきたのだ。

「黒井のお母さんから、学校に問い合わせがあったらしいな」

と、矢木沢は告げた。

「問い合わせ？」

ふつう逆じゃないのか、と思った。生徒が学校に来ないので、学校のほうから家に問い合わせを——というのなら分かるが。

ぼくが首をひねるのを見て、矢木沢はすぐに言葉をつないだ。

「用があって息子のケータイに電話しても、ぜんぜん反応がないっていうのさ。で、息子はちゃんと学校に来ているか、と」

ぼくは思わず「えっ」と声をもらして、

「それってつまり、黒井くんは今朝、家を出て学校へ向かったってこと？　休んでるんじゃなくて？」

「だよな」

「彼は学校へ向かった。なのに、学校には来ていない」

「ああ。黒井が家を出たのは、普段よりもだいぶ遅い時間だったらしい。寝坊でもしたんだろうな。あいつが大慌てで飛び出していったあと、お母さんが何か忘れものを見つけて、それでケータイに電話を……とまあ、そんな流れだったようだが」

「学校へは行かずにどこへ行ってしまったのか、か」

「そういうこと」

しかつめらしく頷いて、矢木沢は長髪をがりがりと掻《か》きまわした。

「霧で迷子になって辿《たど》り着けない？　——まさかな」

「親と喧嘩《けんか》して、家出したとか」

「黒井んちの家庭事情は知らないな」

「学校がいやで、たとえば急にどこか遠くへ行きたくなったとか」

「あいつ、そんな行動に出るタイプだったかなあ」

「ありえないタイプ？」

「いや、分からん。おれもあまり喋ったことないし」

ややもすると不穏な想像が持ち上がってきそうになるのを抑えて、ぼくは「うーん」と唸《うな》った。矢木沢は云った。

「とりあえず今は様子を見よう、っていう感じだったな。親御さんは親戚《しんせき》宅とか知人宅とか、当たってみてるんじゃないか」

「すんなり見つかるといいね」

「夜になっても黒井が家に帰らなかったら、そのときはけっこう騒ぎになるかもな」

「――かもね」

この昼休み、ぼくたちはC号館の屋上にいた。

霧はだいぶ薄らいできて、振り仰ぐと暗い曇り空が見えた。コンクリートの床は霧のせいで黒く濡《ぬ》れていて……腰を下ろす場所が見つからないので、二人とも屋上を取り囲む鉄《てっ》柵《さく》に軽くもたれかかった恰好《かっこう》で、立ったまま昼食をとった。ぼくはさゆり伯母《おば》さんが作ってくれたサンドウィッチを。矢木沢はコンビニで買ってきたというおにぎりを二つ。

「ところで、神林先生だけどな」

と、矢木沢が云いだした。

「月曜日から休んでいるのは確かなんだが、どうもその、理由がはっきりしないらしい」

聞いて、ぼくはまた「えっ」と声をもらしてしまった。

「何で、そんな」

「いや、先生たちが話してるのがふと耳に入って、それで……」

「立ち聞きを？」

「自然に聞こえてきただけ。わざわざ立ち止まったり、物陰《ものかげ》に隠れたりはしてない」

「まあ、どっちでもいいけど」

きのうから感じていた居心地の悪さ。漠然とした不安。——それらをまた、意識的に抑え込みながら、ぼくは「で？」と先を促した。

「連絡がつかないみたいなのさ、月曜からずっと。電話をかけても出ない。留守録にメッセージを入れておいても、反応がない」

矢木沢はふっ、と短い息をついて、

「体調が悪くて寝込んでいるんだろう、というのが当初の見解だったわけだが、次の日も神林先生は来なくて、なおかつやっぱり連絡がつかない」

「それが、きょうも？」

「ああ。さすがに変だから、とにかく家へ様子を見にいったほうがいいんじゃないかと。

そんな相談を……」

「立ち聞きしたんだね」

今度はぼくの言葉を否定することなく、矢木沢は身体の向きを変えて鉄柵に胸を寄せた。

生ぬるい風が吹きつけて、長髪が逆立つように乱れた。

「なあ、想」

乱れた髪を押さえもせず、矢木沢はこちらを振り向いた。

「どう思う、この……」

そう問われたときにはしかし、ぼくはその場を離れようとしていたのだ。問われても答えられない、と思ったから。答えたくない、とも思ったから。——けれど。

月曜日からのこの、一連の出来事。

神林先生。島村。そして黒井。——毎日一人、学校に来なくなる。毎日一人、教室からいなくなる。

これは何なのか。どういうことなのか。意味のない偶然なのか。それとも何か意味があるのか。もしもあるとすれば、いったいそれは……。

……ああ、違う。気にする必要はない。よけいな心配はいらない。

今年の〈現象〉はもう終わったのだから。〈災厄〉はもう止まったのだから。——この考えにはやはり揺るぎがなかった。揺るぎがあってはならない、という思いもおそらく、強くあった。

その夜は早くにベッドに入ったものの、なかなか寝つけなかった。久しぶりのことだった。碓氷先生に処方してもらっている薬を飲むべきかどうか、迷っているうちに落ちた浅い眠りの中で――。

ぼくは夢を見た。

……霧が。

あたり一面に、蒼白い霧が立ち込めている。霧は冷たくて、呼吸をするたびにぼくの肺の奥深くまで侵入してくる。冷たくて寒くて、ぼくは震えていて……ふと気づくと、霧の向こうから近づいてくるものが。――得体の知れない灰色の影が。

ヒトの形をしているのはかろうじて分かるが、本当にヒトなのかは分からない。それは一体から二体、二体から三体……と、見るまに数を増やしていく。恐ろしくなって、ぼくは逃げようとする。だが、そのときにはもう、増殖した影たちがすっかり周囲を埋め尽くしている。冷たくて寒くて、さらに恐怖も加わって、ぼくは震えている。ただ震えながら、そこから一歩も動けずにいる。――そんな、悪夢を。

6

九月六日、木曜日。

この日もまた神林先生は来なかった。

朝のSHRには例によって坪内先生がやってきて神林先生の休みを告げたが、その声はこれまでになく低くて重くて、言葉は歯切れが悪いように感じられた。

ぼくはきのう矢木沢から情報を得ていたから、もしかすると何か報告があるかも、と思っていたのだけれど、それはなくて。ただ、坪内先生がぼくたちのほうを窺いながらときおり見せる、何となく途方に暮れたような表情がとても気になって……。

島村はきょうも欠席。これで三日め、か。

黒井の姿も見えなかった。――彼の行方はきのう、分かったんだろうか。家には帰ったんだろうか。黒井家の家庭事情は矢木沢と同じで知らないが、もしも行方不明のままなんだったら普通、大騒ぎだろう。いや、実はもう騒ぎになっているのかもしれない。

「島村ちゃん、まだぐあいが悪いんだね」

「風邪、こじらせちゃったのかなぁ」

「大丈夫かなぁ」

――と、これは休み時間に耳にした日下部たち女子の会話。その場には葉住の姿もあったが、彼女の声は聞こえてこなかった。

「島村ちゃんって、ケータイ持ってないんだっけ」

「ゆうべわたし、おうちに電話してみたの。そしたらお母さんが出て、『心配かけてごめんなさいね』って。そのお母さんの声もね、あんまり元気がなくて」

「うーん。ほんと、大丈夫かなあ」

「お見舞い、行こっか」

「うーん。でも……」

……何だか居心地の悪い気分。漠然とした不安。

ぼくが一昨日あたりから抱いていた感覚が今や、教室全体に広がりつつある。そんなふうにも思えた。

黒井の件について語る生徒は誰もいなかったが、昼休みになって矢木沢が新情報を仕入れてきた。職員室方面でまた、立ち聞きでもしたんだろうか。

「黒井のやつ、いまだに居所が分からないんだってさ」

「家に帰ってないの？」

「そのようだな」

「警察に届けを出したりは？」

「どうだろう。さすがに届けたんじゃないか。家出ならともかく、ひょっとしたら誘拐の可能性だってあるだろうし」

「誘拐って……まさか」

「いずれにせよ、先生たちは何だかもう、あたふたしててさ。きのうよりもこう、殺気立ってるっつうか」

きのうの昼休みと同じく、ぼくたちはC号館の屋上にいた。ぼくはさゆり伯母さんが作ってくれた弁当を、矢木沢はコンビニで買ってきたというサンドウィッチを……と、これもまあ、きのうと同じようなもので。

「神林先生は？」

と、ぼくが訊いた。

「先生たちが様子を見にいくっていう話、してたよね。どうだったのかな」

「ああ、それな」

矢木沢は鋭く眉根《まゆね》を寄せて、

「はっきり聞いたわけじゃないんだが、どうもあまり平和な状況じゃないみたいだぞ」

「というと？」

「具体的なところは分からん」

「誰かに訊いてみなかったの？」

「いや、思いきって訊いてみたのさ。国語の和田《わだ》先生をつかまえて。ところがあの先生、おろおろして何にも答えてくれなくて……『その話はちょっと待ってくれ』って、困りきったような顔で」

「――変だね」

「まったく変な感じさ。あんなふうだと、いやでも最悪の事態を想像したくなる」

「最悪の……」

「ああ」

「それって……」

その先を、ぼくたちは二人とも口にできなかった。口にしたくない、という気持ちがきっとどちらにもあったんだろう。

きのうのような霧はもう出ていなくて、屋上からは付近の街並みが見渡せた。夜見山川の流れも見えたけれど、空は秋晴れというわけでもない。薄灰色の雲がどんよりと全体を覆い、太陽の位置も分からない。ときどき吹いてくる風はいやに生暖かくて、蒸し蒸しした体感は「残暑」と呼ぶにふさわしい。

ふいに頭上で、カラスが鳴いた。

アアアッ、カアアアッ……というその鳴き声に目を上げて、そのあとぼくたちは思わず顔を見合わせたのだが、二人とも何も云わなかった。云えなかった、というほうが正確なところかもしれない。

7

木曜日の六限目はＬＨＲ《ロングホームルーム》で――。

誰か代わりの先生が来るのだろう。坪内先生か、それとも……と思っていたら、本鈴から少し遅れて教室に入ってきたのは予想外の人物だった。

黒いシャツに黒いズボン、黒いジャケット……季節に関係なく黒ずくめの、第二図書室の司書。――千曳さんだったのだ。

なぜこの人が？ と、生徒の誰もが戸惑ったに違いない。ぼくも同様だったが、戸惑いはすぐさま緊張に変わり、まっすぐ教壇を見すえて身構えた。

「千曳です。だいたいの顔には見憶えがあるから、きみたちもだいたい、私のことは知っているだろう」

教卓に両手をついて立ち、ことさらのように時間をかけて教室を見渡す。そうしながら千曳さん自身、気持ちを整えているんじゃないか。ぼくにはそう感じられた。

「まず――」

と云って千曳さんは、眼鏡のフレームに指を当てた。そのまま二、三秒のあいだ口をつぐんで、それからおもむろにこう告げたのだ。

「残念な報告をしなければならない。月曜日から休んでおられる担任の神林先生だが、ご自宅で亡くなっていたことがきのう、分かった」

ショックではあっても、不思議と大きな驚きはない。それがこのときのぼくの、偽らざる心境だった。たぶんぼくは……そう、きのうからきょうにかけて、こういった事態をどこかで予感しつづけていたのだろうから。矢木沢に「最悪の事態を想像したくなる」と云われるまでもなく——。

教室の、ぼく以外の生徒たちの反応はさまざまだった。聞いたとたん、悲鳴のような声を上げる者も何人かいたし、両手で顔を覆ってしまう者もいた。前方に目を向けたまま呆《ぼう》然《ぜん》としている者も、黙って左右に首を振っている者も……やがて。

「何で？」

と、誰かが云った。

「どういうことなんですか」

「ちゃんと説明しよう」

落ち着いた声で、千曳さんは答えた。

「本来なら、今朝すぐに伝えるべきだったのかもしれないが……先生たちも大変でね。事態にどう対処したらいいのか、生徒たちにどう伝えればいいのか、そういった諸々《もろもろ》の話し合いをするのに時間が必要だった。結果として、こうして今、私がこの報告をする運びになったわけだが。──みんなにはありのままを伝えるのがいい、と思っている。いいかげんな噂が広まらないためにも」

今週に入ってから実は、神林先生とは連絡が取れない状態が続いていた。そこで昨夕、有志の先生たちが神林先生の様子を見にいくことになって……と、これはきのう矢木沢から聞いた話のとおり。そして──。

神林先生の家は朝見台《あさみだい》のほうにあって、古い一戸建てでの独り住まいなのだという。訪ねていった先生たちが玄関の呼び鈴を鳴らしても、誰も出てこない。電話をかけてみても応答がない。けれども家の窓からは明りがもれていて、「これはやはりおかしい」と判断せざるをえなかった。──で。

「警察に相談して、警官にも立ち会ってもらって家の中を調べてみることになった。踏み込んでみて、ほどなく神林先生の遺体が発見された。浴室で。浴槽の水の中で……」

身じろぎ一つする者もなく、静まり返った教室。よけいな感情を表に出さず、千曳さんは説明を続ける。

「現場と遺体の検分が行なわれた結果、死因は溺死と判明した。死亡はおそらく日曜日の夜。居間のテーブルに空になったワインのボトルとグラスが残っていたことから、先生はワインを飲んだあと入浴して、そこで眠り込んでしまったのではないか、と思われる。そして運悪く、溺れてしまったのだろうと」

いわゆる「変死」に該当する事案ではあったが、事件性はいっさい認められなかった。遺書のたぐいは何も発見されず、従って自殺の可能性も否定された。飲酒後の入浴における不慮の事故。――世間的には決して珍しくない話だという。

「神林先生がここのところ、あまり体調がすぐれないと云っておられたのは事実で、だから今週に入って何の連絡もなしに学校を休まれたとき、誰もがそのせいだろうと考えた。〈災厄〉が止まって、無事に二学期が始まって……たまっていた心身の疲れが一気に出たのだろう、とも。普段からどのくらいアルコールをたしなんでおられたのかは知らないが、思うに今回の事故も、そんな状況の中でついつい気持ちが緩んでしまったがための不幸だったのかもしれない。そう考えて、われわれとしてはただ、先生のご冥福《めいふく》をお祈りするしかない」

言葉を切ると、千曳さんは深々と溜息をついた。千曳さんにつられたように、教室のあちこちで溜息がもれた。女子の何人かが啜《すす》り泣く声も聞こえた。

そのまましばらくのあいだ、誰も口を開く者はいなかったのだが――。

「質問、いいですか」

と、やがて手を挙げた生徒がいた。江藤だった。

「あの……神林先生が亡くなられたのは、それは〈災厄〉なんでしょうか」

「もっともな質問だ」

と、千曳さんは応じた。眼鏡のフレームにまた指を当てながら若干の間をおいたが、うろたえた様子ではない。用意してあった答えを頭の中で確認している、というふうに見えた。

「現時点での私の考えを述べるなら」

と、ここでまた若干の間をおいて、千曳さんは云った。

「これは違う、と思う。〈災厄〉ではない」

「——本当に？」

と、江藤。

「本当にそうなんですか」

「七月のある時点で〈もう一人〉が消えて、今年の〈現象〉は終わった。そして〈災厄〉も止まった。八月に一人の犠牲者も出なかったのが、その何よりの証拠だ。そうである以上、今回の神林先生のご不幸は、〈災厄〉とは関係のない、単なる事故死だろう。でなければ、筋が通らない」

千曳さんは澱《よど》みなくそう語ったが、その視線は質問者の江藤ではなく、教室のこの空間の、中央あたりの一点に向けられている。それに気づいて、ぼくは思った。千曳さんは「でなければ、筋が通らない」という言葉で、ぼくたち生徒よりもむしろ自分自身を納得させようとしているんじゃないか、と。

しかし――。

このときのぼくの心の動きも、云ってしまえば千曳さんと同じだったのだ。〈現象〉は終わり、〈災厄〉は止まった。だから、神林先生の死は違う。悲しい出来事であることには変わりはないけれど、それはあくまでも、世界のどこででも起こりうる〝普通の死〟にすぎないのだ。そう考えるしかない。だから……。

8

「神林先生に代わって当面、私がこのクラスの担任を務めることになった。最初に云うべきかとも思ったんだが、話の順番を考えるとそういうわけにもいかず……」

このあと千曳さんは、口調を改めてぼくたちに、今さらながらの自己紹介をした。

「千曳辰治《たつじ》です。第二図書室の司書が本業だけれども、いちおう中学の教員免許も持っているものだから今回、校長から緊急の要請を受けてしまった。知っている者もいるだろうが、今から二十九年前――始まりの年に私は、この学校で社会科の教師をしていて、三年三組の担任でもあったんだよ。そんな立場でもあるから、断わるに断われなくてねえ」

さっきまでよりも少し砕けた話しぶりではあったが、千曳さんの様子は、0号館の図書室にいるときとはだいぶ違って感じられた。何と云えばいいだろうか。あからさまにではないにせよ、長年のブランクを経て「教師」として、しかも「三年三組の担任」として教壇に立つ千曳さん自身の緊張が、こちらにまで伝わってくるような……。

「あくまでも緊急事態に対応するための、臨時の『代行』なので、いろいろと至らぬ面もあるかと思う。そこはまあ、大目に見てほしいところだが……何か困った問題があれば遠慮なく相談にくるように。社会科の先生は足りているから、私が授業を受け持つ予定はない。神林先生が担当していた理科の授業については、遠からず応援の人材が招かれるはずで……」

そんなこんなの、「担任代行」就任に当たっての業務連絡をひととおり終えると、千曳さんは「さて」と云って教卓から離れ、黒板の横の壁にもたれかかった。手には出席簿を持っている。それを開いて、席についた生徒たちの顔を順番に見ていきながら、

「島村さんという子は病欠、か」

眉間《みけん》にしわを寄せて呟いた。

「きょうで三日め……ふむ」

黒井の件は？　と、ぼくは思った。千曳さんも当然、把握しているはずだが。

「きのうから来ていない黒井くんについては――」

まるでぼくの気持ちが伝わったかのように、千曳さんが云った。

「聞いているかもしれないが、黒井くんは昨夜、家に帰ってこなかったらしい。親御さん

が警察にも届けを出して、ちょっと騒ぎになっているようだが……そうだな、これはきっと大丈夫だろう。今夜にでもひょっこり帰ってくるんじゃないか。〈災厄〉はすでに止まっている。だから、そのレベルでの心配はいらないと思う」

でも——と、ここではつい声を上げそうになったのだが、自制した。

千曳さんの考え方や、この場での態度の取り方は充分に理解できるし、ぼくも基本的には同じでありたいと思う。思っているはずなのだ。——しかし。

いくら理屈では否定できても、どうしてもどこかから湧き出してくる不安が。いくら強く拒否しようと心に壁を巡らせてみても、その壁を越えて、あるいは壁に穴をあけて、押し寄せてこようとする何かが……。

ゆうべ見た悪夢の、霧の中の灰色の影たちがやおら脳裡《のうり》によみがえってきて、知らぬまにぼくは、おこりがついたように身を震わせていた。

「ん？　大丈夫か、比良塚くん」

ぼくの様子に気づいたのか、千曳さんが案じ顔でこちらを見た。

「——はい」

夜見山川の濁流に落ちた泉美の姿を、意識的に記憶から引き出す。脳裡で蠢《うごめ》く影たちを、そうすることでしゃにむに払いのけながら、やっとの思いでぼくは答えた。

「大丈夫です、千曳先生」

9

子供が一人、向こうからやってくる。

見た感じ小学校三年生か四年生くらいの、小柄な男の子。黄色いポロシャツにジーンズ、白い野球帽。かなり距離があるうえ、うつむきかげんで歩いてくるので、顔立ちは分からない。ランドセルは背負っていないようだから、下校して、いったん家に帰ったあと出てきたんだろうか。

時刻は午後四時半。

九月初旬のこの時期だから、まだ日没は遠い。けれど、午後から徐々に厚くなってきた雲のせいで、風景は何だか薄暗い。

先ほど学校から出て、ぼくは下校途中だった。矢木沢と、それから対策係の江藤と多治見も、教室からの流れでこのときは一緒だったのだが。

「千曳先生はああ云ってたけど、本当にそうなのかな。この時期に神林先生が死んじゃうなんて、やっぱり何か、こう……」

浮かない顔で云うのは多治見だった。

背はぼくよりもだいぶ高くて、体格もがっしりしている。いっけん強面《こわもて》。その実、気さくで人当たりのいい男なのだが、そのぶん少し頼りない印象もある。「対策係として」という観点で見ると、かつてその一人だった泉美はもちろん、女子の江藤のほうがしっかりしているようにも思える。

「千曳先生があぁ云うんだから、信用できると思うけど」

江藤が応えて云った。

「この学校でいちばん長く〈現象〉を見てきた人だし。もしもまだリスクがあるのなら、担任をやれって云われても断わったんじゃないかなあ。わざわざ『三年三組の成員』になるなんて……ね？」

と、江藤はぼくのほうを見る。

「まあ……うん。確かにそうかも」

ぼくは頷いたが、あまり歯切れが良くない答え方だな、と自覚していた。リスクがないから——安全だから引き受ける、という割りきった計算は、何となく千曳さんにはそぐわない気がして。

とはいえ、ぼく自身、現在の三年三組に〈災厄〉のリスクがあると考えたいわけじゃない。考えたくはないから——。

「大丈夫だよ」

と、ぼくは云った。

「神林先生が亡くなったのは、たまたま起こってしまった不運な事故のせい。島村さんが来ないのも、風邪をこじらせたんだったら、三日くらい休んでしまうのはべつに変な話じゃないしね」

実際、七月の終わりにはぼくも、夏風邪で何日か寝込んでしまったが、あれが〈災厄〉につながるなんてことはなかったんだし。

「風邪で休んでるのが心配っていうのなら、ずっと入院している牧瀬さんのほうが、もっと心配」

江藤がそう云って、ぼくは「うん、確かに」と頷いて。

「おれも、想に賛成したいな」

矢木沢がからりと云った。

「黒井の件は、それでもやっぱり気になるが。しかしまあ、ここでおれたちがやきもきしても仕方ない」

「――だね」

「千曳先生が云ったように、今夜にでもひょっこり戻ってくれれば問題なし、なんだがなあ。――ときに、多治見」

「なに？」

「クラス委員長の任期、今月末までだから。おれ、もうお務めは果たした気がするし、後期はおまえがやらない？」

というふうなやりとりを続けながらの帰り道、だった。正門から出て、普段の下校時とは違うバス通りを、ほかの三人につきあって歩いていた。両側に歩道が設けられた二車線道路の右側の歩道を、四人で並んで……と、そんなところで。

同じ歩道の前方から子供が一人、やってきたのだった。だからといって、初めは特に気にするようなことでもなかったのだが。

やがて距離が縮まってくると、子供は足を止め、ぼくたちのほうに目を上げた。その顔を見て、そのとき——。

ぼくはふと、奇妙な感覚に囚われたのだ。

いくぶん茶色がかった髪。色白の、おとなしそうな面立ち。どことなく寂しげな表情。

……ああ、何だかこれは。

この子の、この顔は。

ぼくに似ている？　と、そんな気がしてしまって。いや、それどころか——。

数年前の、小学生だったころの自分。緋波町の、あの〈湖畔の屋敷〉に出入りしていたころの自分。それが、なぜか今、とつぜん目の前に現われた。そんな、胡乱《うろん》な幻惑にさえ囚われてしまって……。

……いけない。

これは。この感覚は……。

自分が立つ〝現実〟の足場が急に軟化して、揺らぎはじめたような。〝世界〟の輪郭がゆっくりと溶けはじめたような。その中で、「ぼく」の意識がぬらりと二つに分裂してしまって、一つがぼくの肉体から離れていってしまいそうな……。

いけない——と、ぼくはかぶりを振る。

自分が自分でなくなってしまいそうな気さえする、この感覚には憶えがある。三年前の、あの夏の……ああそうだ、これはたぶん、あのときの異常な体験の、ある種の後遺症みたいなものなんじゃないか。

この子の顔は、本当はさほどぼくに似てなどいないのだ。ましてや、昔の自分が目の前に現われたなんて、そんな……。

……一方で。

子供はぼくたちのほうを見ると、ちょっと首を傾げて何か云いたげなそぶりを示した。けれども結局、何も云わずに顔をそむけ、そして——。

何を思ったのか、身体の向きを変えて車道へ飛び出していったのだ。

唐突な子供の動きに、ぼくたちは驚いて息を呑《の》んだ。ちょうどそのとき、前方から一台の黒い小型車が走ってきたからだ。子供にとっては後方からになるので、まったくそれに気づいていなかったようで——。

「危ないっ」

「危ない！」

同時に声を上げたのは、江藤と矢木沢だった。車がクラクションを長々と鳴らした。幸いにも間一髪のタイミングで接触を免れ、子供は道路を渡りきった。車は停止することなく走り去っていった。

「ふうぅ。きわどかったなあ」

と、矢木沢。ふう、と吐息を繰り返して、

「おーい。気をつけろよ」

向こう側の子供に声を投げる。

「中学生が四人、前からやってきた。歩道の幅いっぱいに並んでたから、とっさにあっちへ渡っちゃおうと思ったのかも」

多治見が考えを述べたが、

「ああ。それにしてもなあ」

と、矢木沢はしかめっ面。江藤はひたすら胸を撫《な》で下ろしている。

ぼくはといえば、さっきの奇妙な感覚から完全には抜けきれないまま、子供の様子を見ていた。「気をつけろよ」と矢木沢に云われて、子供はちらっとこちらを振り返ったが、それ以上の反応はなく、あちら側の歩道を進みはじめた。——ところが。

まさにその瞬間、だった。

とんでもないことが起こったのだ。

予兆のようなものは何もなかったと思う。少なくともぼくには感じられなかった。感じたのは、もはや「予兆」とは呼べないであろう、激しい〝音〟だった。どこかで突然、尋常じゃない物音が響いたのだ。何だ？　と思うまもなく――。

さらに激しい、文字どおり耳をつんざくような音とともに、子供の姿が一瞬にして消えた。――ように見えた。実際には「消えた」というよりも、掻き消されたのだ。そのときそこに落下してきた大きな物体によって。

それがいったい何なのか、いったい何が起きたのか。とっさには理解できなかった。ただ、何か大きくて重いものが歩道に落ちてきて、歩いていた子供がその下敷きになってしまったのだ、としか。

地響きまで伝わってくるような大音響に、矢木沢と多治見は両手で耳をふさいでいた。江藤は目を覆っていた。ぼくはどちらの反応もできず、呆然と立ち尽くすだけだった。

落ちてきたのはどうやら、コンクリートのかたまりのようなものらしい。加えて、鉄パイプや鉄板のたぐいも散乱しているのが、ひどい粉塵《ふんじん》が舞う中に見えた。コンクリートは落下の衝撃で形が崩れ、折れ曲がった赤黒い鉄筋が何本も突き出ている。これは……。

視線を上げてみて、そこが何かの工事現場の前だったのだと知った。何階建てかのビルの、これは改装あるいは解体工事だろうか。防護シートや防護パネルで建物全体が囲われているけれども、結果としてそれらは用をなさなかったことになる。

何が原因なのかは分からない。とにかくこのビルの、おそらく最上階に近いほどの場所で何らかのアクシデントが発生した。ビルの外壁か、もしかしたらヴェランダのような部分がごっそりと崩れてしまい、周囲に組んであった作業用の足場も巻き込んで落下してきたのだろう。そしてその落下地点に、たまたまあの子供が……。

「掻き消された」というよりも、押し潰《つぶ》されてしまったのだ、あの子は。異状に気づいて逃げるいとまもなく、悲鳴の一つも発することができず。

「どうなったの、あの子」

泣きだしそうな声で、江藤が云った。

「ね、どうなったの。何が起こったの」

「だめだろう、あれじゃあ」

震える声で、矢木沢が答えた。多治見は耳をふさいだまま、左右に首を振っていた。

「だめ、って？　死んじゃったの？」

「まだ分からないが……たぶん」

「助けなきゃ」

「ああ……いや、いま近づくのは危ない。まだ何か落ちてくるかも」

「でも」

「それより、警察と救急に電話！」

「あ、あ、うん」

落下物が車道にまで散乱したため、車の往来に支障が出はじめた。急ブレーキの音。クラクションの音。車を停めて降りてくる者もいた。事故の発生に気づいて付近から集まってくる人たちも。……そんな中。

ぼくは三人から離れて独り、道路を渡って現場へ近づいていったのだ。分裂して肉体から遊離しかけていた意識が、ぼくにその行動を取らせたのかも……いや、本当のところは分からない。

確かなのはこのとき、ぼくがまっとうな精神状態ではなかったということだ。何をしようと考えたのか、何をしたいと考えたのか、それすら定かではなかった。なかば夢遊病者のような動きだったんじゃないか、とさえ思う。

「おい想、だめだ」「危ないぞ」という矢木沢たちの声を後目《しりめ》に歩を進めてみて、悲惨な事実を目の当たりにした。完全にコンクリートに埋もれてしまったように見えた子供だったのだけれど、頭部と右手だけが下敷きになるのを免れていたのだ。脱げた野球帽が近くに落ちていた。路面に顔を伏せた恰好で、血まみれの右手を前方に投げ出して、しかも
――。

「う……う、う……」

という、今にも消え入りそうな、かすかな呻《うめ》き声が。

まだ息がある。——生きている。

そう見て取って、思わず駆け寄ろうとしたぼくだった。ところがその瞬間、悪魔の所業としか云いようのないことが眼前で起こったのだ。

時間差で落下してきた鉄パイプが、一本。

それがよりによって、まだかろうじて息のあった子供を襲ったのだ。瞬時にして後頭部に突き刺さって、たぶん貫通してしまって……おびただしい量の血が、歩道に広がった。

「うわあああっ！」

急激に生々しい恐怖が膨らんできて、ぼくはものすごい叫び声を上げていた。

「うわああああああっ！」

喉が裂けてしまうんじゃないかというくらい、大声で叫んだ。秩序立った思考は頭から消え失《う》せていた。ただただ恐ろしくて、おぞましくて……われを忘れて叫びつづけた。

10

田中優次《たなかゆうじ》。

夜になって、死んだ子供の名前を知った。九歳。夜見山第三小学校の三年生。――テレビのローカルニュースで報じられていたのだ。

テレビが置かれた居間にはそのとき、さゆり伯母さんもいた。悲惨な事故の報を見て、伯母さんは驚きと嘆きの声を上げた。

「これって、学校の近くなんじゃないの?」

訊かれても、ぼくは何とも答えられなかった。そっと椅子から立ち、部屋を出た。

夕方にあの事故を目撃したあと、ぼくは独り家に帰った。あの場所から、ほとんど逃げ出すようにして。

受けたショックがあまりにも大きすぎて、思考停止――というか、思考拒否のような状態に陥っていた。思考するための脳の機能が凍りついてしまったような、とも云える。

帰宅してからもずっと、そんな状態が続いていた。思考だけじゃなくて、感情を司《つかさど》る機能までが凍りついていた気がする。死んだあの子供が可哀想だとか何だとか、そういった当たり前な心の動きすら自分の中に感じられなかったから。

ぼくの様子をいぶかしんで、さゆり伯母さんは「どうかしたの」と心配そうだったけれど、「何も」としか答えられず。携帯にかかってくる矢木沢からの電話にも、出る気になれず。

ニュースであの子供の名前を知って、そこでようやく、少しではあるが脳の機能が回復しはじめた。そんな気もしつつ――。

タナカ・ユウジ。

その名前を心中で呟いてみた。

タナカ・ユウジ。タナカ……。

ちくりとひっかかるものがあったが、ぼくはまた思考を拒否した。

「田中」なんて、そう、よくある苗字《みょうじ》だから。――しかし。

深夜になって矢木沢から幾度めかの電話がかかってきて、さすがにもう無視できなくて、
恐る恐るぼくは応答ボタンを押したのだ。

「おう、やっと出た。――大丈夫か」

「ああ……うん」

「おまえ、ろくに喋《しゃべ》りもせず帰っちまうんだから。心配したぞぉ」

「――ごめん」

「ニュース、見たか。あの小学生、田中優次っていう名前で……」

「見た、それ」

「うちのクラスに田中ってやつ、いるよな」

「……………」

「田中」なんて、よくある苗字だから。だからきっと……。

「卓球部の田中慎一《しんいち》だ。やつとはほぼつきあいがないんだが、気になって調べてみた。そしたら――」

矢木沢は言葉を切った。ぼくの反応を待っているようだったが、何も返せなかった。心の中では「まさか」「まさか」と繰り返していたが、うまく声にならなくて。

「田中優次は田中慎一の弟、と分かった」

矢木沢は告げた。

「詳しいいきさつは不明だが、どうやら弟の優次はあのとき、部活で学校に残っていた兄貴に会いにいこうとして、夜見北へ向かう途中だったらしい」

「――まさか」

やっと声が、出た。弱々しく掠《かす》れた声が。

「そんな」

「三年三組の、〝関係者〟だったのさ、あの子は」

「そんな……でも」

「〈災厄〉は止まったんだよな」

「――うん」

「なら、あれはいったい何なんだ。神林先生のケースと同じで、単なる事故ってことか？」

矢木沢は強い調子で問いかけてきたが、その声は細かく震えていた。ぼくは答えに詰まった。思考拒否の状態にふたたび陥りそうになり、感情も凍りついたままで……何秒かの沈黙ののち、やっとの思いで返せたのは、

「分からない」

というひと言だけ、だった。

11

「まず、残念な報告をしなければならない」

九月七日、金曜日。

朝のSHRで千曳さんは、きのうのLHRのときと同じ言葉をぼくたちに投げかけた。

田中慎一の弟が事故死した件を告げるんだろう、と思ってぼくは身構えたのだけれど、その予想は外れて――。

「さっき学校に連絡があった。つい何時間か前のことだったというから、きみたちは知らないだろう」

つい何時間か前の？　いったい何が。

千曳さんはいつになく険しい表情だった。とてもいやな予感がして、ぼくは息が止まり

そうだった。教室内の空気が一瞬、さざなみが立ったように震えたが、すぐに静まり返った。そして――。

千曳さんはさらに険しい表情で、苦しげな声で、こう告げたのだ。

「病欠が続いていた島村さんがきょう未明、亡くなったそうだ」

静寂から一転、激しいざわめきが広がった。きのう神林先生の死が告げられたときよりも多くの、悲鳴のような声が上がった。ぼくも「ええっ」と声を発していた。

「嘘ぉっ！」

涙声で叫んだのは日下部だった。

「島村ちゃんが？　島村ちゃんが？」

重なり合うようにして、

「どうして？　どうして？」

途方に暮れたような問いかけが聞こえてきた。葉住の声だった。彼女は窓ぎわの列のいちばん後ろの席で、両手で頭を挟み込むようにしながらまっすぐ前を見つめている。見つめてはいても、その目には何も映っていないんじゃないか。そんな虚《うつ》ろさを、ぼくはふと感じた。

生徒たちの反応を見ながら、千曳さんは教卓に両肘《りょうひじ》をつき、額に手を当てた。

「病状が急変したのかもしれないが……ああいや、詳しいところはまだ分からない」

ゆるゆる首を横に振ってから、姿勢を正してこう続けた。

「動揺するなというのはむずかしい話だと思うが。みんな、できるだけ冷静になってほしい。いま私に云えるのは、それだけだ」

12

異変は前日の夜から見られたのだという。

火曜日から体調不良で学校を休んでいた島村だったが、普通の風邪と変わりのない症状だったので、家族もさほど心配はしていなかった。市販の風邪薬を飲んで安静にしていればすぐに治るだろう、と。

ところが症状は、特に悪化することはなかったものの、すんなり快方に向かうこともなかった。学校を休んで三日め、木曜日の昼間の時点でもまだ熱が下がりきらず、頭痛や全身の倦怠感《けんたい》といった不調が続いていたそうなのだが、その夜――。

ベッドから起き上がり、朦朧《もうろう》とした状態でしきりに何やら独り言を云いつづけている娘に、寝室を見にいったお母さんが気づいたのだという。「どうしたの」と訊いても、娘は朦朧としたままでまともな反応がない。熱に浮かされているのかと案じつつ寝かしつけて、しばらく様子を見守ってから部屋を離れた。

午前二時を過ぎたころ、お母さんがふたたび寝室を見にいったのは、物音が気になったからだった。

行ってみると、娘はベッドから出て造り付けのクローゼットの前に立っていた。そうしてクローゼットの扉を両手で叩いている。何度か叩いては扉を開け、すぐに閉めてはまた叩き……という意味のない動きを、今度もやはり朦朧とした状態で繰り返している。

さすがにこれはおかしい、と感じたものの、ベッドに連れ戻すと娘はおとなしく眠りについた。とりたててぐあいが悪そうにも見えなかった。それでもお母さんは、このときもしばらくは様子を見守ってから部屋を離れたというのだが——。

次の異変はその二時間後、夜明け前の午前四時過ぎに起こった。

島村の寝室は、一戸建ての家の二階にあった。部屋にはヴェランダが付属していた。彼女はそのヴェランダに出て、フェンスを乗り越えて空中へ飛び出した——飛びおりてしまったらしい。落下した先は敷地に巡らされた塀の上で、塀には侵入者よけの、鋭い尖端《せんたん》を持つステンレス製の忍び返しが植え込まれていた。そして不運にも、その忍び返しの一本が、落下した彼女の喉に突き刺さってしまう結果となったのだ。

落下のさいに発せられた悲鳴と異様な物音によって、親たちが事態に気がついたときにはすでに、彼女は大量の出血によって瀕死《ひんし》の状態だった。結局、救急搬送される途中の車内で息を引き取ったのだという。

――と、こういった事情は、のちに千曳さんから聞いて知った。この日の昼休みのことだ。朝の時点ではまだ、彼女が死亡したという事実しか学校には伝わっていなかったらしい。

「みずから飛びおりて……だとしたら、自殺だったんですか」

ぼくの素朴な質問に、千曳さんは「いや」と小さくかぶりを振った。

「自殺ではないだろう、という見解のほうが有力らしい。遺書のたぐいは見つかっていない。自殺が危ぶまれるような兆候もいっさいなかったというし……だから」

千曳さんは云って、ぼくたちの顔を交互に見た。――場所は第二図書室。ぼくの横には矢木沢がいた。昼休みに入ってすぐ、二人で千曳さんの居場所を探して、結局のところ0号館一階のこの部屋に行き着いたのだった。

「自殺ではない。もちろん病死でもない。これはある種の事故だったのだろう」

と、千曳さんは云った。

「事故、ですか」

矢木沢が呟いた。

「にしても……」

「原因として考えられるのは、ウィルス性急性脳症による異常行動。その結果としての転落事故だった。――という説だとか」

ウィルス性急性脳症。

聞き慣れない言葉に戸惑うぼくと矢木沢に、千曳さんは説明してくれた。

「インフルエンザ脳症というのが最近、問題視されているようだが、インフルエンザに限らず、その他のさまざまなウィルスの感染でも、それが契機となって急性脳症が引き起こされることがあるらしい。まだまだ不明な点が多いが、発現する症状は多岐にわたり、その中に『異常行動』がある。奇声を上げたり意味の分からない行動を取ったり、というね。今回のケースはこれに該当するのではないか、と見られているわけだが」

ぼくは黙って頷くしかなかった。矢木沢も同様だった。千曳さんはそこまでで口をつぐみ、長い溜息とともに白髪まじりの蓬髪《ほうはつ》を掻きまわした。

「あの……」

短い沈黙ののち、ぼくが云った。

「千曳さん……いえ、先生」

「これまでどおり『千曳さん』でいいよ」

「あ、はい」

「何かな」

「ええとですね、朝のホームルームでは千曳さん、島村さんのことしか報告されませんでしたけど、きょう休んでいる田中くんの件は当然、知ってますよね」

千曳さんは「うむ」と応じて、物憂げにまた髪を掻きまわす。

「小学生の弟くんがきのう、事故で亡くなった件だね。田中くんからは忌引きの連絡が入っている」

「今朝はなぜ、その話をしなかったんですか」

「どのみち知れ渡る話ではあるが、少しでもみんなが受けるショックを和らげたいと思って、だよ。いきなり全部、みんなに伝えたほうが良かったと思うか、きみは」

「ああ……そうですね」

昨夕のあの事故の光景が脳裡によみがえってきそうになるのを、ぼくは強く目をつぶって抑え込んだ。今のこの状況であれを生々しく思い出してしまうと、ぎりぎりの線で保っている精神のバランスが、あえなく崩れてしまいそうな気がしたから。

「じゃあ——」

と、そしてぼくは千曳さんに訊いた。

「千曳さんはどう思うんですか。田中くんの弟と島村さん、続けて二人の〝関係者〟が……いえ、神林先生も含めるともう三人になります。これは……」

「〈災厄〉ではないか、と?」

眉間に深い縦じわを刻みながら、千曳さんはこちらを見すえた。

「ぼくには分かりません」

　と、ぼくは答えた。

「今年の〈死者〉が七月に消えて、〈災厄〉はもう止まったはずです。だから……ああ、だけど……」

　カウンターの隅に置かれていた電話が、そのとき鳴りはじめた。千曳さんはぼくたちに背を向けてカウンターに向かい、受話器を取った。

「第二図書室。……はい。千曳です」

　どうやら校内から内線でかかってきた電話らしかった。誰だか分からないが、相手はこの学校の教師のようで——。

「……そうですか」

　応じる千曳さんの声は低くて、心なしか少し震えているようにも聞こえて。

「……了解です。ありがとうございます。とにかくすぐにそっちへ……はい。では」

　受話器を戻すと、千曳さんは背を向けたまま大きく肩で息をした。それからぼくたちのほうを振り返ると、

「職員室へ行かねばならないから、ここは閉めるよ」

　そう云ってまた、大きく肩で息をする。懸命に気持ちを落ち着かせようとしている、というふうに見えた。

「あの、何か……」

ぼくが訊こうとするのをさえぎって、千曳さんはそれを告げた。

「黒井くんの死体が発見された、という連絡だった。市のゴミ処理場で今朝、見つかったらしい」

Chapter 15

September II

1

「すごい霧の日がありましたよね。水曜日です。あの日から黒井くんは行方が分からなくなっていて、それがきのう……」

「死体が、見つかったのね。——ゴミ処理場で？」

「運ばれてきたゴミに埋もれているのを、きのうの朝になって職員が発見したそうです。服装や何かから中学生だと分かって、同じゴミの山の中から彼のカバンも見つかって。警察に届けが出されていたから、すぐに学校にも連絡が来たんだとか。ご両親が確認して、黒井くんに間違いないと。黒井くんは手に、壊れた携帯電話を握っていたらしくて」

ぼくの説明に耳を傾ける見崎鳴は、片眉《かたまゆ》をわずかにひそめていた。表情の動きはほとんどそれだけ、だった。——人形のような無表情。

「全身の骨が折れたり内臓が破裂したりという状態で、死後二日ほどは経っていたと。だからきっと、彼は水曜日のあの朝に……」

「………」

「水曜日は家庭ゴミの収集日で、黒井くんが住んでいるあたりもそうだったはずで。それであの、あまり想像したくはないんですけど……」

しかし、想像してみないわけにはいかなかったのだ。

九月五日、街を濃霧が覆った水曜日の、あの朝。黒井は普段よりもだいぶ遅い時間に慌てて家を出たというが、そうして学校へ向かう途中でゴミ収集のパッカー車と遭遇し、そこで不幸な事故が起きたのではないか。たとえば——。

ぼくは想像してしまう。

テールゲートが開いた状態で停車していたパッカー車。その車体後部にうっかり接触した黒井。はずみで、たとえば何か必要があって手に持っていた携帯電話を、ゴミ投入口の中に落としてしまう。驚き、焦る黒井の身体が操作パネルのスイッチに触れ、内部の回転板だかプレス板だかが動きだす。それに気づいてか気づかずか、とにかく大慌てで携帯を拾い出そうと手を伸ばす黒井。ところが目算が狂い、あるいは足を滑らせてバランスを崩し、中へ倒れ込んでしまう。そしてそのまま、作動する機械に巻き込まれて……。

普通はありえないような話だと思う。けれどもあの日は、あの濃霧だった。黒井がパッカー車に接触したのも、状況判断を誤って巻き込まれてしまったのも、そんな大きな異変に作業員たちが気づかなかったのも……すべてはあの霧のせいで。視覚ばかりじゃなくて、聴覚その他の知覚や注意力・判断力までが、濃霧に幻惑されて充分に機能していなかったのではないか。

車内に巻き込まれ、どうあがいても脱け出せないまま全身を押し潰《つぶ》され、黒井はその時点でもう息絶えたのかもしれない。助けを求める声を発することもできず。ただ、拾い取った携帯電話だけはしっかりと握りしめて離さず……そして。

作業員の誰もこの異常事態に気がつかないまま、パッカー車は仕事を終え、黒井の死体を積んでゴミ処理場へ向かった。収集したゴミを車から出すときに誰かが気づいても良さそうなものだが、そこでもやはり、あの日の濃霧のせいか、あるいはほかにも何か原因があったのか、信じられないような見落としが生じてしまって、あいだに木曜日を挟んだ昨朝になって、やっと……。

こんなことがいったい、起こりうるものなんだろうか。随所に疑問も感じる。けれども、それでも――。

結果として、黒井の死体はゴミ処理場で発見されている。あの異様な濃霧とあまりにも不運な偶然の連鎖のせいで、現実にこの悲惨な事故は起こってしまったのだ。そう受け止めるしかない。

「ひどい事故、ね」

呟《つぶや》いて、鳴はゆっくりと一度、目を閉じた。

「普通は起こりえないような、ひどい……」

九月八日、土曜日の午後。ぼくは〈夜見のたそがれの、うつろなる蒼《あお》き瞳《ひとみ》の。〉を訪れて、地階の例のスペースで見崎鳴と向き合っていた。

神林先生の、自宅の浴室での死。下校時に目撃してしまったあの事故——田中慎一の弟・優次の死。風邪で休んでいた島村の、異常行動の果ての死。そして、きのう明らかになった黒井の死。

一連の出来事の概要を、鳴には昨夜、電話で伝えてあった。それできょう、会おうということになったのだ。会って詳しい経緯や事情を話して、彼女の考えを聞こうと……。

「きのうの、クラスのみんなの様子は？」

訊《き》かれて、ぼくは少し言葉に詰まった。

「——やっぱりその、みんな混乱して」

朝一番に島村の死が知らされ、午後には黒井の死が知らされ、その間に前日の事故で死んだ子供が田中の弟だったという情報が広まり……教室は大混乱。取り乱したり泣きだしたりする生徒も少なくなくて、一時はパニックと云っていいような状況にもなった。

「千曳さんは、何て？」

と、鳴が訊いた。ぼくは答えた。

「千曳さんは……千曳さんも、すごく途方に暮れている感じで。どういうことなのか、これでは筋が通らない、って」

「…………」

「きのうは六限目が理科で、神林先生がいないから自習だったんですけど、その時間に千曳さんが教室に来て、事情を整理して説明したんです。情報が変に歪《ゆが》んで伝わったり暴走したりするのを防ぎたかったんだと思います。でも、それでみんなの気持ちをすっかりなだめられるはずもなくて、やっぱり教室は混乱状態になって……」

「…………」

「これは〈災厄〉だ、っていう声が上がりはじめて。九月に入ってたったの一週間で、続けざまに四人もクラスに関係のある人間が死んでしまうなんて、どう考えてもおかしい。異常だって、ふつう思いますよね。だから……」

「想くんも、そう？」

「見崎さんは、どう？」

問い返すと鳴は、わずかにまた片眉をひそめた。さっきと同じで、表情にはほかの動きがほとんどない。だが、さっきとは違って、このときはそれが「人形のような無表情」には見えなかった。

2

きのうはぼくも当然、激しいショックを受けて、動揺して混乱して……おとといはまだ「思考拒否のような状態」なんていう自己分析もできたが、そんな余裕さえ持てなかったのだ。立て続けに飛び込んできた〝死〟の知らせに驚いて、身体が震えて眩暈《めまい》がしそうになって、そのあと頭の中はさまざまな感情でぐるぐるしつづけていた。何を考え、誰とどんな言葉を交わしたのかも、はっきりと思い出せないくらいに。

帰宅して、鳴に連絡する決心をして、きょうの約束を取り付けたものの、夜が更けてもまるで眠れなかった。処方されている入眠剤を飲んでもなお寝つけなくて……短い眠りと不快な覚醒を繰り返すうち、朝が来た。

自分はいま生きているのか、死んでいるのか。そんな疑問が、目覚めるとともに強く湧き上がってきた。すると急に激烈な不安に囚《とら》われてしまって……思い余って午前中、市立病院の「クリニック」に電話してみたのだ。ところが碓氷先生の外来診察は、きょうはもう予約がいっぱいで。午後の遅い時間ならば対応できる、とは云われたのだけれど――。

「大丈夫です」

と、そのときはすぐに応《こた》えた。内心の不安を懸命に抑え込みながら。

大丈夫だ——と、同時に自分に云い聞かせていた。

午後には鳴と会う約束がある。碓氷先生のカウンセリングよりも、必要なのはまず鳴と会うことだ——と、迷いなく思ったから。

御先町の人形ギャラリーを訪れるのは、八月の恐竜映画鑑賞会のあとに立ち寄ったあのとき以来、だった。あれから三週間……いや、もう四週間近くになるのか。

入口横の細長いテーブルの向こうには、いつものように天根のおばあちゃんがいて、

「いらっしゃい、想くん」とぼくを迎えた。

「鳴なら地階《した》にいるよ」

七月に行なわれた改装で、館内一階の様子は以前とはいくぶん変わっている。飾り棚の数が減って配置が変更され、ソファセットが置かれたスペースも含めて、全体的にややゆったりとした感じに。そのぶん、これまで使われていなかった上方の空間に、ちょっと風変わりな造作が増えていた。透明な素材で作られたバルコニーのような棚が壁の高いところに張り出していたり、やはり透明な、大きな卵のようなケースが天井から吊《つ》り下がっていたり……と。棚の上にもケースの中にも、下からの視線を想定した姿勢で人形たちが置かれ、それに合わせてライティングも工夫されている。

昼間なのに黄昏《たそがれ》めいて仄暗《ほのぐら》い雰囲気には、けれども変わりがなかった。流れる音楽も変わらない。静かで薄暗い、人形たちの秘めやかな集会場にふさわしい調べが……。

「……おかしい、ね」

ぼくの「どう?」という問い返しに、ややあって鳴が答えた。

「〝関係者〟が四人、そんなに続けて死んでしまうなんて、確かに普通ありえない。尋常じゃない、と思う」

わずかに片眉をひそめたままの面持ちで、鳴は左右に小さく首を動かす。感情が欠けた無表情なのではない、ある種の感情に支配された結果としての無表情なのだ——と、ぼくは悟らざるをえなかった。

「クラスがパニックになるのも無理はない。いくらなだめられたって、不安が消えるはずもない」

「じゃあ見崎さんは、やっぱり……」

そう云う自分の声から、不自然なほどに抑揚が失《う》せているのが分かった。ある種の感情に支配された結果、として。

「〈災厄〉なんだと思う」

云って、鳴は低い吐息を重ねた。

「信じたくはないけれど」

「でも、見崎さん」

「筋が通らない？」

「それは千曳さんが……」

「想くんは、どう？」

「ぼくは……」

　答えようとしたが、声が詰まった。言葉に出して認めてしまうともう、取り返しがつかないような気がして。——しかし。

「……そう、ですね」

　認めないわけには、やはりいかなかったのだ。

「否定できない、と思います。〈災厄〉だとしか考えられない。——でも」

「でも？」

「なぜ、どうしてそんなことが、と」

「なぜ、どうして……か」

「だって、そうでしょう？」

　云われなくても、鳴にしてみれば重々承知している話だろう。そう思いつつもぼくは、語気を強めて訴えずにはいられなかった。

「七月のあの夜、今年の〈もう一人〉だった〈赤沢泉美〉は〝死〟に還《かえ》って、それで〈災厄〉は止まったはずです。今年の彼女に関する記憶を、見崎さんとぼく以外のみんなは失って、彼女に関する記録のたぐいも本来の形に戻った。そして八月には、〈災厄〉の犠牲者は一人も出なかったわけですよね。なのに」

「なのに、なぜ？　どうして今になってまた人が死ぬのか」

鳴は両の瞼《まぶた》を閉じて、自問するようにそう云うと、静かにかぶりを振った。

「そもそも〈災厄〉は、あれでは止まらなかったのか。それとも、いったん止まったもののふたたび始まってしまったのか。いずれにせよ、なぜ」

さらにそう云って、さらにまたかぶりを振って――。

「――分からない」

瞼を開いて、ぼくを見て。

「こんなケースは初めてに違いないから、千曳さんが途方に暮れるのも当然」

肩を落として、深々と溜息《ためいき》をつく。

鳴自身も途方に暮れる思いなのだということが痛いほどに伝わってきて、ぼくはたまらず、それまでずっと見つめていた彼女の顔から目をそらした。

3

しばらくのあいだぼくは口を開かず、鳴もまた沈黙し……流れつづけていた絃楽《げんがく》の調べもふいに消えた。一階《うえ》で天根のおばあちゃんが音楽を停めたのか、あるいは機材に何かトラブルでも生じたんだろうか。

仄暗い地階の展示室の、ひんやりと澱《よど》んだ空気を、ぼくは意識して深く吸い込んだ。穴蔵のような空間の、そこかしこに展示された人形たち。彼らの代わりに自分が呼吸をしてやらなければならないような気が、ふとしてきて……と、これはぼくが、この場所を訪れて初めて経験する感覚だったように思う。

そうしながらたぶん、鳴が何か云ってくれるのを、ぼくは待っていた。もしかしたら鳴は鳴で、ぼくが何か云うのを待っていたのかも……いや、そうじゃなくて彼女はこのとき、独り何かを考え込んでいるふうにも見えた。椅子に坐《すわ》ったままふたたび両の瞼を閉じ、微動だにせず……途方に暮れつつも、何かを。

さらにしばらくの沈黙。——やがて。

「あの……何か？」

瞼を開いた鳴に、ぼくはそろりと訊いた。鳴は「うん？」とかすかに首を傾げた。

「いえ、その、つまり……」

「分からない」

呟いて、鳴はさっきと同じように深々と溜息をつく。

「どうして〈災厄〉は止まらないのか。どうしてまた始まってしまったのか。——分からない、やっぱり」

さっきと同じようにかぶりを振って、けれどもそのあと——。

「ただ」

と、鳴は言葉を続けた。

「ちょっと気になることは、ある」

「気になる？　何ですか」

「どこかおかしい、っていう違和感、みたいな」

云って鳴は、右のこめかみに二本の指——中指と薬指——の先を当てた。

「五月の初めごろだったかな、葉住さんっていうあの子が〈二人めのいないもの〉をやめてしまったとき。あのときわたし、『大丈夫だと思う』って云ったよね。〈いないもの〉が一人減っても、想くんがしっかりしていれば大丈夫。残った一人がちゃんと役割を続ければ〈災厄〉は起こらないはず、って」

確かに——。

あのとき鳴はきっぱりとそのように云って、ぼくはそれを信じようとしたのだった。ところが実際には、五月の下旬になって継永があんな死に方をして、同じ日に小鳥遊のお母さんも亡くなってしまって、〈災厄〉の始まりが決定的になったのだ。

「あのときはわたし、ことさらに楽観的な見方をしていたわけじゃなかった。想くんを安心させるためとかじゃなくて、普通にそう考えて、云っただけだった。なのに……」

「…………」

「結果として、あれはわたしの間違いだったわけだけど、それでもやっぱり不思議だったの。どうして〈災厄〉は始まってしまったのか？」

どうして〈災厄〉は始まってしまったのか？――鳴の問いかけがぼくの心中に、今なおはっきりと記憶に残っている彼女の言葉を呼び出した。

――この問題ってね、云ってしまえば〝力〟のバランスが重要なのかなって、あたしにはそう思えるの。

彼女の。――泉美の。

――いるはずのない〈もう一人〉＝〈死者〉がクラスにまぎれこんで、〈災厄〉が招かれる。〈対策〉としてクラスに〈いないもの〉を設定すると、〈災厄〉が喰《く》い止められる。〝死〟を引き寄せる〈死者〉の〝力〟が、〈いないもの〉の〝力〟で相殺されてバランスが保たれる。そんなイメージなんだけど。

これはそう、確か継永たちが死んだ二日後の夜の。

――今年の〈対策〉としてあたしたちは、念のために〈いないもの〉を二人、設定した。それで四月は〈災厄〉が始まらなかったんだから、うまくバランスが保たれていたのよね。

ところが五月に入って葉住さんが役割を放棄したら、〈災厄〉が始まってしまった。これってつまり、今年はそういう力関係なんだってことでしょ。

「〈いないもの〉が一人だけじゃあ釣り合わないような？」と、あのときぼくは訊いて、すると泉美は。

——釣り合わない、バランスが取れない……そう、そんなイメージ。〈いないもの〉の〝力〟を増やさないと、今年の〈死者〉の〝力〟は打ち消せない。だから……ね。

葉住が脱落して崩れたバランスを、ふたたび〈いないもの〉を二人にして回復させる。そうすれば〈災厄〉は止まるはずだ。——という、そんな理屈で彼女は、新たな〈対策〉を講じようと云いだしたのだったが……。

「〝力〟のバランスの問題……うん、そんなふうに想くん、云ってたよね」

いつものように鳴は、ぼくの心中を見通しているかのようだった。

「そう考えて赤沢さんが、『〈いないもの〉をまた二人にする』っていう新たな〈対策〉を提案したんだ、って。——憶《おぼ》えてる。結局は、その〈追加対策〉も効果がなかったわけだけれど」

みずからの記憶を確認するようにゆっくりとそう云って、鳴はここでやっと、こめかみに当てていた指を離した。

「話を戻すね」

川文庫

脳裡《のうり》によみがえってきてしまった泉美の声と顔をそっと払いのけながら、

「あ……はい」

と、ぼくは応えた。鳴は云った。

「五月のあのときに感じた疑問と、止まったはずの〈災厄〉がまた始まったと聞いて感じた疑問。この二つは似てる、というか、どっちも『なぜ』『どうして』なんだけど……何て云うのかな、似たような違和感があって。どこかおかしい、どこか変だっていう、何だか……そう、似た響きの不協和音みたいな」

鳴自身、みずからのその感覚を持て余している。意味を明確に捉《とら》えきれずにいる。——そんなふうに見えた。

ぼくのほうも、彼女の云おうとしていることを充分に摑《つか》みきれないまま、単純な言葉で考えを述べるしかなくて——。

「理屈に合わない。ルールに反している。なのにどうして？　と、要はそういうことですか」

「ん。それはそう……なんだけど」

答える鳴の声は、いつになく悩ましげで。

「だったら——」

ぼくは云った。このとき急に膨れ上がってきた、黒いかたまりのような感情を制御できず、なかばそれに任せて。

「理屈ではやっぱり、どうしようもないんです。ルールなんていっても、科学的に証明された法則じゃない。〈現象〉とか〈災厄〉とか、そもそもがひどく理不尽なことばかりなんだから、いくらそれらしい理屈を考えて見定めようとしても、通用しないんです。もとから無理な話なんですよ」

〈フロイデン飛井〉から赤沢本家へ戻る引っ越しをした、七月下旬のあの日。矢木沢に云われて、あのときはぼくがむきになって否定したことを今、自分が云っている。その自覚はあった。——けれど。

「これまでに判明していたルールに従って〈対策〉を講じて、でもどれも失敗して。三年前の見崎さんたちの経験に従って〈死者〉を〝死〟に還して……そこまでしても、やっぱり〈災厄〉は止まらなかった」

投げやりな、ほとんど自虐的な気分で、ぼくは言葉を並べ立てていた。

「もうどうしようもない、っていう話ですよね。今までよりどころとしてきたものが、実は必ずしも正しくはなかった。もしかしたらまるで見当違いの考え方だったのかも……」

七月のあの夜、泉美を〝死〟に追いやったのも、あれはまったく無駄な行為だったのかもしれない。結果がこうなると分かっていたなら、彼女をあんなふうに追いつめる必要なんてなかったんじゃないか。小賢《こざか》しい抵抗など最初からせず、あきらめて運命に身を委ねるか、晃也さんのようにこの街から逃げ出してしまうかしていれば……。

思ううち、ふいに息が苦しくなってきて。

ぼくは何度も深呼吸をした。空気はいやに冷たくて酸素が薄くて、ひと呼吸ごとに体温がどこまでも下がっていく気がした。この空間にいる人形たちのすべてが、物云わぬはずの口で囁《ささや》き声を交わしている気もした。ぼくを憐《あわ》れむように。ぼくを嘲笑《あざわら》うように。ぼくをなじるように。ぼくを……。

助けを乞う思いで、鳴を見た。

義眼じゃない右の目に悲しげな色をたたえて、鳴はぼくを見つめていて……視線が合うとゆっくり瞬《まばた》きをしながら、軽く下唇を噛《か》んだ。

「想くん」

彼女は静かに云った。

「今の想くんには、ここはだめかもね。一階《うえ》へ行こっか。おばあちゃんに頼んで、お茶をいれてもらいましょ」

4

一階のソファに場を移して、天根のおばあちゃんが熱い緑茶を出してくれて。それを飲んで身体が温まって、少しは気を持ち直したぼくだった。このときには館内に流れる音楽も復活していて、普通の呼吸でも息苦しさはなくて……。

　鳴はお茶にはちょっと口をつけただけで、そのあとまた独り何かを考え込んでいるふうで。話しかけるのも気がひけて、というか、話す言葉が見つからなくて、ぼくはソファに坐ったまま周囲に視線を巡らした。

　そういえば――と、ぼくは思い出す。

　先月、映画を観にいったあとに立ち寄ったあのときも、はじめは地階のあの円卓を挟んで話をして、そのあと一階に上がってきて、そして……。

　フロアの奥、階段の降り口の脇に展示されている一体の人形に、目が引き寄せられた。深紅のシーツがかけられた古風な寝台があって、人形はその上に。等身大よりもいくらか小さな身体に蒼白いドレスをまとった、少女の人形。――長らく地階の片隅にしまわれていた作品らしい。一階の改装後、八月に入ってから、この場所にこの形で展示されるようになったのだという。

　人形はあおむけに寝かされている。両手を胸もとに置き、指を組み合わせている。――赤茶色の髪。白い肌。見開いた目には左右ともに「うつろなる蒼き瞳」が。わずかに開いた口。今にも何かを喋《しゃべ》りだそうとしているような。

　寝台に寝かされた少女――という設定から、おのずと連想してしまう光景があった。それはそう、八月上旬のあの日、夕見ヶ丘の市立病院で。泉美の幻影を追って院内をさまよった末に行き着いた、あの病室の……。

——比良塚、想くん？

これはあのときの、彼女の声。屈託のない感じの、けれどもどこか弱々しい響きの。

——来てくれて嬉《うれ》しいな。

「最初は棺《ひつぎ》に入っていたの、この子」

先月ここで、ぼくが初めてこの人形に目をとめたとき、鳴はそう云っていた。

「霧果はとても思い入れがあるみたい。わたしはあまり好きじゃないんだけど」

鳴が「あまり好きじゃない」のは、きっとこの人形の顔立ちが自分によく似ているからなんだろう。いつだったかそういう話を聞いたのを、もちろんぼくは憶えていた。

なるほどと合点がいく一方で、しかしあのときもそう、やはりあの病室の光景が心によみがえってきて……。

——うん、平気。このところ、わりあい調子がいいから。

殺風景な広い部屋に白いベッドが一台。そのベッドに横たわったまま、一緒に訪れた江藤とぼくを迎えた彼女の。

——結局わたし、何にも役に立てなくて。

寂しげにそう云ったのを聞いて、あのとき。

そんなことはないよ——と、ぼくは応えたように思う。

——でも、やっぱりわたしは何も……。

そんなことはないよ。それにもう、大丈夫だから。〈災厄〉の心配はもう、なくなったんだから。

——ほんとに？

ベッドサイドのテーブルの端で、銀色に光りながら揺れていた、あの……。

——ほんとに、もう？

〈災厄〉は止まったんだ——と、ぼくは云った。あのときはそう信じていたから。疑う余地はないと思っていたから。

——そうなのね。ありがとう。

ちょっと安心したような、それでもやはりどこか寂しげな微笑みが、今も心に残っている。

——ありがとうね。わたし……。

あの病室の、彼女の。——牧瀬の。

あの日のあのとき、ぼくは気づき、思い出し、納得し……結果として、ある答えを見出したのだ。そして、それを確かめるために四週間前、ここで……。

「ねえ、想くん」

と、鳴が口を開いた。ぼくは慌てて居住まいを正し、こちらに向けられている彼女の視線を受けた。

ひと呼吸あって、鳴は云った。

「想くんは、死ぬのが怖い?」

思わず「えっ」と声がもれた。いきなりそんなふうに訊かれても、と戸惑いつつ、

「怖い、です」

あまり間《ま》をおくことなく、ぼくはそう答えていた。

「死ぬのはいや? 死にたくない?」

「——死にたくない、と思います」

「ん。そうだよね」

なぜそんな質問をするのか、鳴の真意は測りかねた。一方で、同じ質問を鳴に返してみたいという気持ちが頭をもたげたのだけれど、すぐに思いとどまった。

もしかしたら彼女には、ぼくとは違う答えがあるのかもしれない。そんな気がふと、してしまったから。その答えを聞くのが何だか怖かったから。

「だったら想くん、前にも云ったことがあるけど、逃げちゃってもいいんだからね」

続けて、鳴は云った。

「この街にいる限り、〈災厄〉のリスクは消えない。賢木《さかき》さんが昔そうしたように、何も

かも放棄してもう、夜見山から逃げ出してしまえば……」

けれども鳴がそう語る途中から、ぼくはゆるゆると首を横に振っていたのだ。

「逃げるのは、いやです」

「でも、想くん」

「死ぬのも、いやです。だから」

だから？　と自問して考えても、出てくるのは何の解決にもつながらない虚《むな》しい言葉だけ、だった。

「気をつけるようにします。〈災厄〉につけこまれないように、いろいろなリスクに注意しながら」

「――そっか」

吐息まじりに鳴は呟いたが、そんな彼女自身の立ち位置が今や、以前とは異なってしまっている事実を、ぼくは知っている。だから――。

それからしばらくののち、そろそろ家に帰らなければというときになって、ぼくは鳴に向かってこう云わずにはいられなかったのだ。

「見崎さんも、気をつけて」

5

からん、というドアベルの音を背に外へ出て、建物の前に駐《と》めてあった自転車にまたがろうとしたとき——。

「あのね、想くん」

見送りに出てきてくれた鳴が、ふと思いついたように云った。

「葉住さんっていうあの子の様子は、どんな感じ？」

「どんな……って、きのうはひどく取り乱していたような。仲が良かった島村さんの訃報もあったんだから、あのくらいは当然だと思います」

「彼女の連絡先、分かる？」

「電話番号、ですか」

「できれば住所も」

なぜここで、葉住の住所を？

不思議に思いつつも、このときはさほど深く考えもしなかった。家に帰ってクラス名簿を調べれば——と答えると、

「じゃあそれ、知らせてくれる？」

いつもと同じ淡々とした口ぶりで、鳴はそう要請したのだ。

「ええと……何で急に、そんな？」

訊くと、鳴は「ちょっとね」と軽く受け流して、

「あとで、メールででも。――お願いね」

6

「なあ、本当なのか。本当にまた〈災厄〉が始まっちまったのか。七月で終わったんじゃなかったのか」

さゆり伯母《おば》さんが出してくれたアイスティーに口をつけもせず、部屋に二人きりになると矢木沢は、ぼくに訊いた。すごい剣幕で、というふうではなかったけれど、いつになく真剣な口調で、面持ちで。

「なあ想、どうなんだ。おまえはどう思うんだ」

九月九日、日曜日の午後のことだ。「今から行ってもいいか」と、いきなり矢木沢から電話があったのが一時間足らず前。拒否するわけにはもちろんいかず、ぼくは彼を迎えたのだったが――。

今月に入ってから相次いでいる〝死〟は、〈災厄〉のせいなのかどうか。

金曜日の昼休みに二人で千曳さんに会いにいって、そこへ黒井の死を知らせる電話がかかってきた——あのとき以来、矢木沢とはちゃんと話をしていなかった。本来ならば、対策係の江藤や多治見も交えて話し合うべき問題なのに……と頭では分かっていたが、とてもそんな対応はできなくて。

ぼくだけじゃない。

矢木沢も江藤たちも、きっと同じだったに違いない。

千曳さんにしてもそうだ。教室でクラスの混乱を目の当たりにしても、これまでのような冷静さで対処することはできず。かろうじて「落ち着きなさい」「取り乱さないで」とみんなを制しはしたものの、「やはり〈災厄〉なのか」「なぜなのか」「どうしたらいいのか」といった声にはっきりと答えることができず……。

「きのう、見崎さんと会ってきたんだ」

突き刺さってくる矢木沢の視線から、ぼくは少し目をそらした。そして云った。

「会って、事情をぜんぶ話した。これはやっぱり〈災厄〉だって、彼女も」

「そうか。——そうだよな」

矢木沢は長髪を掻《か》きまわし、「うぅん」と短く唸《うな》った。溜息のようにも聞こえた。

「ったくもう……」

場所はぼくの勉強部屋兼寝室。小ぶりな楕円《だえん》形のローテーブルを挟んで。

部屋はひどく散らかっていて、矢木沢といえども招き入れるのは気が進まなかったのだが、致し方ない。さゆり伯母さんには話を聞かれたくないから。ここに至ってもまだ、ぼくは伯母さんや伯父《おじ》さんに「三年三組の特殊事情」を打ち明けてはいなかったから。

といっても、伯母さんたちだって不審に思っていないはずがない。ぼくが打ち明けなくても、この春から夜見北でいくつもの〝事件〟が起こっている事実は知っているのだし（七月にはこの家でも、祖父があんな死に方をしたわけだし）。今月に入ってからのあれこれも耳に入っているだろうし、ぼくの様子が普通じゃないことにも当然、気づいているだろう。

実際、伯母さんは日々、「大丈夫？　想くん」と心配そうに声をかけてくれる。「困った問題があったら、何でも相談してね」とも云ってくれるのだけれど、それ以上は踏み込んでこない。問いつめたりもしない。——そんな距離の取り方に、ぼくはたぶん感謝している。いま伯母さんたちに詳しい事情を伝えたところで、何の解決にもならないから。いろんな意味で迷惑をかけるだけ、だから。

「……にしても、想」

髪を掻きまわす手を止めて、矢木沢は睨《にら》みつけるようにぼくを見た。

「いったいどうなってるんだよ。〈災厄〉は止まったはずだったんだろ。今年の〈死者〉は七月に消えたんだろ。理屈に合わない、だろう？」

「おかしいじゃないか。変じゃないか、こんなの。さんざんいろいろ考えて手を打って、結果として夏休みはぶじ過ぎたのに……なのに、こんな。結局こんな……」

「………」

「どういうことなんだよ。何がどうなってんだよ。えっ？　――って、おまえにつっかかっても仕方ないよな」

矢木沢は「うぅん」とまた短く唸って、続けて「はあぁ」と長い溜息をついて――。

それからしばらく、二人は黙った。

ほとんど氷が解けてしまったアイスティーを少しだけ飲んで、ぼくは立ち上がってエアコンのリモコンを探した。この数分で急に、部屋の蒸し暑さが増してきたように感じられたから。

エアコンをつけてもとの場所に坐ると、矢木沢が室内を見まわしながら、

「あの写真は？」

と訊いた。

「写真？」

「ほら、前の部屋に飾ってあっただろう。八七年の夏休みの」

「ああ……」

一九八七年――十四年前の、夏休みの。夜見山から脱出した晃也さんが、クラスの友だちを〈湖畔の屋敷〉に招いたときの、あの写真。〈災厄〉が続く夜見山から離れて、彼らが束の間の平和を過ごしたときの、あの……。

「どこかにしまってあるよ。机の引出しかな」

七月に泉美が消えたあと、あの写真をそれまでどおり飾っておくのが何となく心苦しくなって、という理由があった。晃也さんの形見としては大事な品だったが、同時にあれは、〈フロイデン飛井〉での泉美との思い出につながるものでもあったから。

矢木沢にとってはしかし、十四年前に命を落とした彼の叔母《おば》さん――理佐さんの楽しげな姿が写っている写真として、心に残っているのだろう。

「探そうか、写真」

「いや、べつにいい」

「矢木沢の叔母さんは、急な病気で亡くなったんだっけ」

「そう聞いてる。具体的にどんな病気だったのかは知らないが」

矢木沢は円眼鏡を外して、右手の指二本で両方の目頭を押さえた。涙をこらえている、というふうでもない。とても疲れているのだ、と見て取れた。

「黒井はひどい死に方だったんだな」

と、話題が現在に飛んだ。

「田中の弟も、ひどかったよな」

「——うん」

「どうせ死ぬのなら、あまりひどくない死に方がいいな」

「いや、待って。〈災厄〉が続いても、必ずきみが死ぬと決まったわけじゃないから」

「まあ、それはそうだが」

「楽観主義者なんだろう？」

「ああ、それはそうなんだが」

矢木沢は悩ましげに眉根を寄せる。

「しかしなあ……」

そう呟いて、そのあとしばらく真顔で沈黙してから「なあ」と口を開いて、

「どうにもならないのか、もう。何か〈災厄〉から逃れる方法はないのか」

やはり真顔で、そんな質問をした。

「それは……」

ぼくも真顔で答えた。

「ひょっとしたら何か、ぜんぜん別のアプローチがあるのかもしれないけど……分からない。これまで誰も、分かった人はいない」

「〈いないもの〉の〈対策〉は、〈災厄〉が始まらないようにするためのものだよな。そう

じゃなくてさ、〈現象〉の発生自体を無効化する方法とか、最初の『ミサキ』の〞呪い〟を解く方法とか」

「〝呪い〟という捉え方は違う、って聞くけどね」

「〈災厄〉を回避するための呪文《じゅもん》とか、そういうのはないのかな」

「呪文って……」

「呪文とは限らないな。〈災厄〉を寄せつけない、何かアイテムとか……歌とか」

「歌ぁ？」

突拍子もない、というか、ずいぶん場違いな言葉に思えたけれども、笑い飛ばすことはできなかった。

矢木沢は低く吐息して口をつぐみ、ぼくもまた口をつぐむ。そのままふたたび、部屋には沈黙が流れた。

「結局のところ、リスクをゼロにするには〝圏外〟へ逃げるしかないんだと思う」

先に口を開いたのはぼくだった。

「十四年前、晃也さんがそうしたように」

「夜見山から出る、か」

「晃也さんの年は、五月に大きな事故があって、一度に何人もが死んだから。晃也さんもそのとき大怪我をして、翌月には晃也さんのお母さんが亡くなって……それでもう、この街から逃げ出そうと決めたらしい」

「…………」

「でも、普通はなかなか、そうはいかないよね。親に事情を話して説得しようとしても、住む家のこととか仕事のこととか、現実的な問題がたくさんあって。中学生はまだ子供だから。いろいろ不自由だから」

「だよな」

矢木沢は神妙に頷《うなず》いて、

「逃げるっていっても、おれんちは家族、多いからな。上に姉貴が一人、下には弟が三人も。親父の仕事は地元に超密着してるし……簡単に引っ越しなんて、できっこない。うぅん……しかしなあ」

と、そこで矢木沢は言葉を切って、額にぐいぐいと掌を押しつけた。

「〈災厄〉はおれだけじゃなくて、家族にも降りかかる可能性があるんだよな。だったら……うぅん」

〈対策〉を講じたのに始まってしまった〈災厄〉。〈死者〉を〝死〟に還したのに完全に止まることなく、ふたたび始まってしまった〈災厄〉。——どうにかならないのか。何か対抗する方法はないのか。

いくら考えても答えの見つからない問題を、無力感のぬかるみに肩まで沈み込んだような心理状態でなお、のろのろと考えてみる。だが、やはり何も答えは見つからない、見つかるはずもなくて——。

「想は？　逃げないのか」

と、矢木沢が云った。

「おまえは緋波町の実家に帰れば……あ、悪い」

ぼくがなぜ夜見山の赤沢家の世話になっているのか。おおまかな事情はいつだったか、矢木沢には話したことがあったから。

「悪いな。何だかおれ……いや、しかしおれさ、こうなったらもう……」

矢木沢が言葉を続けようとするのをさえぎって、そのとき。

携帯電話の着信音が鳴りはじめたのだ。ぼくの携帯はマナーモードにしてあるから、これは矢木沢の。

ジーンズのポケットから携帯をひっぱりだし、眼鏡を外したままディスプレイに目を近づけて矢木沢が、

「多治見か」

と呟いた。「おう」と電話に出る。

「多治見だな。どうした……ん？　ええっ、なに？」

相手の声は聞こえない。けれども矢木沢の受け答えと表情の変化だけで、用件の性質が

察せられた。

「……そ、そんな。そんな……あ、うん。ああ、そうだな。何て云うかその……あっ」

「切れちまった」と低く云って矢木沢は、携帯をテーブルの上に投げ出した。かたわらに置いてあった眼鏡をかけなおすが、その手が小刻みに震えている。顔はひどくこわばっていて、引きつるように片方の端が上がった唇が、何だか泣き笑いみたいで。

どうしたのか、何の連絡だったのか、とぼくが訊く前に、矢木沢は呻《うめ》くような声で云った。

「多治見の姉さんがさっき、事故に遭ったらしい。友だちと〈夜見山遊園〉へ遊びにいって、そこで」

「遊園地で、事故……」

「詳しい状況は分からんが、それで多治見の姉さん……死んだらしい」

7

九月九日、日曜日の午後二時ごろ、その事故は起こったのだという。

場所は市内南西部にある〈夜見山遊園〉。遠からず閉園になるのではと噂されている古い小さな遊園地だが、この日の昼前から多治見の姉・美弥子《みやこ》（十九歳。専門学校生）は、高校時代の友人（女性）と一緒にこの遊園地を訪れた。そうして二人で「コーヒーカップ」に乗っていたとき――。

カップを回転させる中央のハンドルを、二人がかりで強くまわしすぎた、というのが事故の一因らしい。回転に勢いがつきすぎて、美弥子のほうがどういうはずみでか、カップの外へ投げ出されてしまったのだ。

結果、美弥子は作動中のほかのカップに頭部から激突。大量の出血とともに意識を失い、救急搬送されたものの、病院に着いてまもなく死亡が確認されたという。

〈夜見山遊園〉には昔――赤沢家に引き取られた年に一度、さゆり伯母さんたちに連れていってもらったことがある。当時のぼくは今の百倍も情緒不安定な子供だったのだけれども、遊園地に行くのはそれが初めての経験だったので、断片的にではあるが楽しかった記憶が残っている。コーヒーカップにも確か、そのとき乗ったはずで……。

それだけになおさら、その夜の報道で事故のもようを知ったときはショックだった。想像して、慄然《りつぜん》として……絶望的な気分に取り込まれそうにもなった。

8

九月十日、月曜日。朝から雨――。

ここ数日、どうしても眠れなかったり眠りが浅かったりして、この日もぼくは眠い目をこすりながら登校した。朝のＳＨＲ《ショートホームルーム》にはまにあわなくて、一限目の開始直前に何とか教室に辿《たど》り着いたのだが、入ってみて、空席の多さにちょっと驚いた。同時にしかし、「さもありなん」という気持ちにもなり……。

　ざっと見たところ、全体の三分の一以上の席に生徒の姿がなかったのだ。

　一学期に死んだ継永と幸田敬介。入院中の牧瀬。新たに命を落とした島村と黒井。加えて、きのう姉を亡くして忌引きの多治見。泉美が使っていた席はもうかたづけられていた。──島村と黒井の机には、誰が手配したんだろうか、白い菊の花を生けた花瓶が置いてあった。

　三分の一以上の席に生徒の姿がない、ということはつまり、この六人以外にも複数の欠席者がいる、ということで──。

　先週の木曜に弟を亡くした田中は、忌引き明けで出てきていた。来ていないのは、そのほかの数名。全員が病欠とは思えないから、これはきっと……。

「学校へ来るのが怖いのね、きっと」

　一限目の数学の授業のあと、江藤がぼくに話しかけてきた。

「こんなに次々〝関係者〟が死んじゃって、〈災厄〉は止まっていないって分かって……だからみんな、怖くて仕方ないんだよね。わたしだって、同じようなものだから」

「ああ……そうだね」

「〈災厄〉はいつどこで降りかかってくるか分からない。学校でも何人か死んでる。登下校の道も危ない。だったら学校には行かず、家に閉じこもっているほうが安全。——ってね、そんなふうに考えたくなるのも仕方ないでしょう」

「だけど、いくら家にいて外へ出なくても、〈災厄〉は……」

祖父の例もある。島村の例もある。前に鳴から聞いた話だが、自宅の二階にずっと引きこもっていた〝関係者〟が、工事用の大型車両が家に突っ込んできたせいで落命した例もあるらしい。——しかし。

二学期が始まってからの一週間余りで、すでに五件もの人死にが出ているのだ。〈災厄〉の性質について冷静に考えるどころではなく、「もう夜見北には行きたくない」という単純な感情に呑《の》み込まれてしまう生徒がいるのは、当然といえば当然の話だろう。

「学校をやめて夜見山から引っ越す人も、そのうち出てくるかも」

心持ち声をひそめて、江藤は云った。

「そういう例もこれまで、いくつもあったそうだし。いとこのおねえちゃんも三年前、どうしようかずいぶん悩んだって云ってた」

「どうするの、江藤さんは」

訊くと江藤は、意外にさっぱりした調子で「分からない」と答えた。

「せっかく四月からいろいろ頑張ってきたのに、ここで逃げ出すのは悔しい気もするし。わたしって、根がとても心配性なの。だから三月の〈対策会議〉のとき、念のために〈いないもの〉を二人にしようって、あんな提案をしちゃったんだけど」

「ああ、うん」

「なのにね、その〈対策〉がうまくいかなくて、いざ〈災厄〉が始まってしまったら、何だかもう、どうにでもなれってね、心の半分ではそんなふうに思ってたりもして」

心配性で、おそらくそのぶん完璧《かんぺき》主義的な面があって、というタイプの人間にありがちな、それは反応なのかもしれない。

「でもね、やっぱり自分が死ぬのはいやだし怖いし、悔しいし。——比良塚くんは？」

訊かれて、「ぼくは……」と少し言葉に詰まった。

「ぼくも、そりゃあいやだよ。怖いよ。だけど、もう……」

もう〈災厄〉は止まらない。もう〈災厄〉からは逃れられない。ある確率で、自分も〝死〟に引き込まれるかもしれない。かといって、夜見北から脱出するという選択肢はほぼくの場合、ない。だから、もう……。

「病院の牧瀬さんには？　今月に入ってからの状況を伝えた？」

ふと気になって、訊いてみた。すると、江藤は小さく首を横に振って、

「しばらくお見舞い、行ってないから」

「彼女、調子はどうなのかな」

と、さらに訊いた。あの病室のベッドに独り横たわった牧瀬の姿を思い出して、とても複雑な気分になりながら。

江藤はまた小さく首を振った。そして、なかば独り言のように呟いた。

「実は〈災厄〉は終わってないなんて、今さらそんなこと、あの子に……」

「云えない？」

江藤が口をつぐみ、今度は小さく頷くのを見て——。

ぼくはいよいよ複雑な気分になりながら、教室の天井を仰いだ。

9

二限目の終了後、矢木沢に声をかけた。

彼は椅子に坐ったまま、のろりと目を上げて「おう」と応えたが、その声はいやに弱々しくて。表情にもまるで覇気がなくて、視線が合ってもすぐに顔を伏せてしまって……。

どうしたんだろう。大丈夫だろうか。——と気にかかったが、そう尋ねるのも気がひけるような雰囲気だった。

きのうの多治見からの電話のあとも、こんな感じだったのだ。事故の件をぼくに伝えると、何だか思いつめたような表情で、それっきり口を閉ざして。電話がかかってくる直前に何か云いかけていたことも、そのままうやむやになってしまって……やがてひと言、「帰る」と云って立ち上がった。

よっぽど強いショックを受けたのだろう。ショックを受けたのはぼくも同じだったから、あのときはそんな矢木沢の様子にも、特に違和感は覚えなかった。

「おれ……」と、そのあと帰りぎわに何か、矢木沢は云おうとした。ぼくが「うん？」と目を向けると、しかし彼はすぐにかぶりを振って、

「いや、いいんだ。何でもない」

そう云ったきり、そそくさと帰っていったのだったが……。

「元気、ないね」

顔を伏せた矢木沢に向かってもう一度、声をかけてみた。

「ここで元気を出せって云うのも、違うかもしれないけど」

「ああ……まあ、そうだな」

こんな矢木沢は初めてだな——と、このときぼくは思ったが、それ以上の心配は無用だろうとも考えたのだ。矢木沢のことだから、あしたにはきっと自力で気持ちを立て直しているだろう、と。

結局この日、矢木沢と交わした言葉はこれだけ、だった。

10

昼休みには、一人で第二図書室へ行ってみた。千曳さんと話をするため、だったのだけれど(といっても、何をどう話したらいいのか分からずに、だったのだけれど)、部屋の入口には「CLOSED」の札が出ていて、ノックをしても返事はなくて——。

その足で、同じ0号館一階にある生物部の部室に立ち寄った。目的があっての行動ではなかった。ただ何となく……いや、昼休みに来ている部員はまずいない、という予想はしていたから、たぶんこのとき、ぼくは一人になりたかったんだろう。少なくとも三年三組の教室には戻りたくなかったんだろう。

予想どおり、部室には誰もいなかった。

八月下旬の会合で、「飼育していた動物たちを戻す」ことを当面の目標と決めた生物部だった。二学期に入ったらさっそく——という話でもあったのだが、その作業はほとんど進んでいない。今後、進む見込みもあまりないだろう。新部長の森下とぼく——三年生の二人が、とてもそれどころじゃない、というこの状況なのだから。

ストゥールを一つ、大机の下から引き出して坐った。

外で降りつづく雨の音。室内は薄暗くて、体感としては蒸し暑くて……けれどもなぜか、ぼくは汗ばまない。身体の中心に、ひどく冷たい何かが巣喰ってでもいるようで。

「……俊介」

六月の、幸田俊介の死。あの日、あのときのこの部屋の光景が、今さらのように脳裡によみがえってきて……けれどもなぜか、ぼくは動揺しない。相応の時間が経ったからなのか、それとも、ぼくの〝死〟に対する感覚がここに至って麻痺《まひ》しはじめたのか。

「俊介はあのとき死んで、今はどう……」

知らず知らずのうちにこぼれていた自分の声に、少しどきっ、とする。

――人は死ぬとどうなるの？

ああ……これはぼくの、幼いころの問いかけ。

――人は、死ぬとね、どこかでみんなとつながることができるんじゃないか。

これはそのときの、晃也さんの答え。

――「みんな」って、誰？

――先に死んじゃったみんな、だよ。

だったら、俊介もきっと今ごろは……。

そう考えている自分にふと気づいて、少しぞっとする。

違う。それは違う。そんなふうに考えちゃいけない。正しいか正しくないかの問題ではなくて、少なくとももう、ぼくは……。

——〝死〟はね、もっとどこまでも空っぽで、どこまでも独りぼっちで……。
これは鳴の言葉。三年前のあの夏の日の。そして、ぼくは……。
……どくん
に決まったんだったけど……ね、ほら、思い出して。その前に。
——トランプで籤引《くじび》きをしたよね。それで、葉住さんがジョーカーを引いて〈二人め〉
えっ？　と驚いた。何で唐突に、こんな記憶が。
——籤引きが始まる前に、「だったら、わたしが」って云いだした人がいたでしょう。
控えめな、何だか消え入るような声だったけど、みんなちょっとびっくりしちゃって。ど
うして急に？　って……。
これは泉美の言葉。五月の末、継永と小鳥遊のお母さんが死んで〈災厄〉の始まりが決
定的になった、あの二日後の、あの夜の。
なぜこんな？　といぶかしむあいだにも、記憶は再生されつづける。
あのときの、自分の心の動きが。あのときの、自分の受け答えが。あのときの……。
……どくん
——でも、結局それは認められなくて、籤引きが行なわれたんだったね。
——もうトランプは切りまぜられていて、あのときは確か……そう、葉住さんが「今か
らそんなの、だめ」とか、妙に慌てた感じで云って、すぐに籤引きが始まってしまったの。

——ああ……うん。そうだったっけ。

そういえば、このやりとりのあと、だったか。泉美が〈死者〉と〈いないもの〉の「〝力〟のバランス」の問題について、自説を語ったのは。

……にしても。

なぜ？　今ここで、なぜこんな？

けさ教室で江藤と喋ったとき、三月の〈対策会議〉の話が少し出たから、だろうか。それとも……。

……どくん
聴覚の守備領域外にあるような、低い響きをどこかに、かすかに感じる一方で——。

ハズミ・ユイカ。

その名前がふいに、気にかかりはじめた。

葉住結香。

きょう学校に来ていない生徒の中には、彼女も含まれていた。二学期になってようやく出てくるようになったかと思ったら、一週間でもう不登校に逆戻り、か。

先週の金曜、島村と黒井の死が続けて判明したときの、彼女の激しい取り乱しようが、連動して生々しく思い出された。

「どうして？」「何で？」……と、泣き叫ぶような声を上げていた。さらには「わたしは関係ないから」「わたしのせいじゃないから」……とも。以前よりも短くなった髪を振り乱しながら、何度も大きくかぶりを振りつづけていた。顔は最初、紅潮していたが、日下部が慌ててなだめに入ると、一転して血の気が引いて真っ青に……。

彼女はきょう、学校を休んでどうしているだろうか。

いったん気にかかりはじめると、このときはどうしても、それを抑えることができなくなって——。

ぼくはポケットから携帯電話を取り出し、登録してある葉住の番号を呼び出したのだ。

11

何度めかのコールで、電話はつながった。

着信表示を見てぼくからだと分かったのだろう、葉住はおずおずとした声で、「想くん？」と応答に出た。

「突然、ごめん」

「なに？　何か用なの」

「いや、ちょっとその……」

ぼくはなるべく口調を和らげて、

「きょう、来てないから。どうしたのかなって、ちょっと心配になって」

一瞬の沈黙。それから――。

「ふうん」

と、どこか警戒するように。

「心配、してくれてるんだ、わたしのこと」

「それは……うん、そりゃあ心配するよ。せっかく学校に来るようになったのに、また……」

「もう、行かないから」

と、ここで葉住はきっぱりと云った。

「もう学校には行かない。絶対、行かない」

取り付く島もない、か。

「今は、家に？」

「――そう」

「ずっと、家に？」

「そうよ。だって……」

「だって？」

「〈災厄〉は終わってなかったんでしょ。それどころか、こんないっぱい人が死んで。神林先生や島村ちゃんや……きのうは多治見くんのお姉さんも死んじゃったんでしょ」

明らかに彼女は怯《おび》えていた。

つい二、三ヵ月前には「仲川のおにいちゃん」の影響で、あれほど〈災厄〉なんて非科学的なものは……と否定していたのに。その後、二人のあいだに何があったのかは知らないが、今はもう、彼の引力圏からは脱したということか。

「外に出ると、何があるか分からないから。だから学校にも行かない、行きたくない。死ぬのはいやだから。ずっと家に閉じこもっていれば、安全だから」

かたくなにそう思い込んでしまうのも、無理はなかった。家に閉じこもって外へ出なくても〈災厄〉に見舞われるリスクはあるのだ――と、ここで話してみても、聞く耳を持ってはくれないだろう。そう思えた。

「うん。――そっか」

と、ぼくは応えるしかなくて。

「無理して出てこなくてもいい、と思うよ。ただ、あまり度が過ぎるのも良くない気がして。恐れる気持ちはよく分かるけど、やみくもに恐れてばかりいたら、何て云うかな、精神《こころ》がもたないような気も……」

さしでがましい物云いだろうか、とも思ったけれど、たぶんこのときの言葉は、今の自分自身への戒めでもあったのだろう。

これでもう、この電話は終わり。——というつもりで、「じゃあ」と云いかけたぼくだったのだが、そこで。

「ちょっと待って、想くん」

葉住のほうが、そう云ってぼくを引き止めたのだ。

「何か？」

「あの人は、いったい何なの？」

聞こえてくる声のニュアンスが、さっきまでとは違っていた。おずおずとした感じはもうなくて、むしろ積極的に言葉をぶつけてくるような。

「『あの人』って？」

意味が分からず、ぼくは問い返した。

「誰のこと？　何があったの」

ふたたび一瞬の沈黙。そののち葉住は、こんな事実を語ったのだ。

「きのうの夜、いきなりインターフォンが鳴ったの。出てみたら、『葉住結香さん？』って確認された。知らない女の人の声で、家にはママもパパもいなかったから、だからわたし、玄関には出なかったの。夜も遅かったし、何となく怖かったから」

ああ、それは……もしかして。

「それでもわたし、『あなたは誰？』って訊いてみたのよ。そしたらその人、『ミサキです』って答えて、『比良塚想くんの友だちなんですけど』って」

やはり、そうなのか。

「だけどね、そんなのすんなり信用できなかったから結局、インターフォンのやりとりだけで帰ってもらったの。だいたいミサキだなんて、不吉な名前だし。想くんの友だちだっていうのは気になったけど、でたらめかもしれないでしょ。とにかく急だったし、何だか不気味だったし」

土曜日の別れぎわ、鳴が葉住の連絡先を知らせてほしいと云いだしたのは、このためだったのか。しかしどうして、彼女は……。

「でね、きのうのそのミサキっていう人、きょうもうちに来たの」

鳴の真意を測ろうとぼくが思案するのをよそに、葉住は訴えを続けた。

「午前中の早い時間で、だからママも家にいたし、あまり警戒せずについ、インターフォンにも出ずに玄関のドア、開けちゃったのよね。そうしたらあの人がいて……」

葉住と鳴は五月に一度、遭遇している。場所は夜見山川に架かった、あのイザナ橋。

――ぼくを追って橋を渡ってきた葉住と、おりしもそのとき橋の向こうを通りかかった鳴。あのとき二人は、ちょっと距離はあったが、お互いの姿を見たはずで。

鳴はそれを憶えていた。けれども葉住のほうは、あの短時間の遭遇で鳴の顔を認識できたとは思えない。だから……。

「あの人、高校の制服を着てたけど。想くんの先輩か何か？」

問われて、

「まあ、そのようなものかな」

と、ぼくは答えた。

「決してその、怪しい人じゃなくて」

「怪しかったよ」

葉住はばっさりと断じた。

「気味が悪いくらい白い顔で、左目に眼帯をしてて……で、『葉住さんね』って、まるで感情がないみたいな声で」

……左目に、眼帯を？

「どんな話をしたの」

恐る恐るぼくが訊くと葉住は、何か忌まわしいものについてのコメントでもするように、

「何も」

と答えた。

「何も云わないで、玄関の外に立ったままじっとわたしの顔を見て。それだけで帰っていったんだけど」

「――そう」

「ねえ想くん、いったいあの人、何なの？　どうしてわたしの家に来たの？　何をしたかったの？」

電話に出たときよりもずいぶん高いテンションで、葉住は問いを重ねた。何と答えたらいいのか、ぼくも分からなくておろおろするうち――。

昼休みの終わりを告げるチャイムの音が、部室の古いスピーカーから流れはじめた。

12

翌日。――九月十一日、火曜日。

ずいぶん寝坊をしてしまって、起きたのは午前十時過ぎ。もう二限目の授業が始まっている時間、だった。

「慌てないで、想くん」

朝食はパスして出かけようとすると、さゆり伯母さんに呼び止められた。

「身体は大丈夫？　熱があったりは？」

「ええと……大丈夫、です」

「起きてこないから部屋、見にいったんだけどね、よく寝てたから。何だか起こすの、可哀想で。いろいろ大変そうだし、疲れてるんだなって」

「――ごめんなさい。気を遣わせちゃって」

「調子が良くないときは休んじゃっていいのよ、学校」

「いえ……大丈夫です、ぼく」

伯母さんたちには本当にもう、これ以上の迷惑をかけたくなかったから。だからそう応えて家を出たものの――。

本音を云えばもちろん、決して「大丈夫」な気分ではなかったのだ。

昨夜もちゃんと眠れなかった。少し眠れたかと思っても、いやな夢にうなされて目が覚めて……の繰り返しで。このところ毎夜、ろくに眠れていない。考えてみれば先週の水曜日――黒井が行方不明になったあの霧の日の夜以来、ずっと。

肉体《からだ》も精神《こころ》もずいぶん消耗している、という自覚があった。睡眠不足が続いていて、眠いのはとても眠かった。だから、昨夜は早々にベッドに入ったのだ。しかしそうすると、どうしてもさまざまな想いが頭にまとわりついてきて……。

空席が目立つ三年三組の教室。重苦しい空気。覇気のない矢木沢の顔。電話での葉住とのやりとり。授業中の教師たちはおおむね、なるべく生徒と目を合わせようとはせず、何だか腫《は》れものに触るような話し方だったりもして……。

……六限目のあと教室にやってきた担任代行の千曳さんは、いつになく厳しい面持ちで。けれども、ぼくたちに向かって発する言葉は歯切れが悪くて、力がなくて。

「正直なところ私は、〈災厄〉がふたたび始まってしまった、とは考えたくない。だが、今月に入ってから何人もの〝関係者〟が命を落とした事実は否定できない。では、この事態にどう対処すべきか」

千曳さんがそんなふうに告げても、嘆いたり騒いだりする者は誰一人いなかった。ひどく虚《うつ》ろな反応……いや、無反応。まるで〝死〟そのものが、その場の成分と化してしまったかのような沈黙、静寂。途切れなく続く外の雨音だけが、無機質な雑音《ノイズ》めいて……。

「どう対処すべきか」

と、千曳さんは繰り返し、

「――私にも分からない」

自答して、首を横に振った。

「ただ、そうだな、不安や恐れに囚われすぎないように――とだけは、ここで云っておこうと思う。一ヵ月に一人以上の〝関係者〟が死ぬ、というのが〈災厄〉の法則《ルール》だが、きみたち――このクラスの生徒は〝関係者〟の部分集合にすぎない。次は自分の番か、と思い込んだりしてはいけない。こんなときだからこそ、できるだけ冷静になってほしい。

それからもう一つ、この一週間のこれは異常だ、ということ。私の知る限り、こんなに短期間でここまで多くの〈災厄〉が続くのは初めてで……だから、むしろこのあとは、そうそう続けては来ないんじゃないか。そんなふうにも思える」

生徒を安心させるために適当な嘘をつくことはできない――というのが、千曳さんの性格であり、方針なんだろう。そう理解しようとしたが、それにしても……。

「今回のこれは余震のようなもの、という考え方もできるかもしれない」

と、さらに千曳さんは語った。このときの千曳さんは、眼鏡のレンズの向こうでぎりぎりまで目を細めながら、自分自身にそう説き聞かせているようにも見えた。

「七月のある時点で〈もう一人〉が消えて〈現象〉が終わって、結果として〈災厄〉も止まった。これでもう、今年は〝終了〟したはずだったんだ。ここでまた〈災厄〉が、というのは理屈に合わない。筋が通らない」

ああ、だから――と、ぼくはもはや考えざるをえなかった。

今年のこれはきっと〝特殊例〟なのだ。今までのルールは通用しない。理屈では説明できない。かつて一度も例のない、イレギュラーな、突発的な、どうにも手の打ちようのない異常事態……とでも考えるしかないではないか。

「余震」という言葉を千曳さんが持ち出したのは、どうにかしてこの事態の意味を説明するための、きっと苦肉の策だったのだろう。

「〈災厄〉を〝超自然的な自然災害〟と捉えて、地震という自然災害になぞらえてみるなら、大きな地震の余震に相当するものが〈災厄〉についてもありうるのでは、という想像も可能だろう。過去にそんな例はないが、今年は何かのはずみで、それが……」

いかにも無理のある説だった。千曳さん自身も充分に承知のうえ、だったに違いない。

思い返すと、あのときの千曳さんの表情はとてもつらそうで、苦しげで……そしてどこか、わずかではあるが投げやりな感じも伝わってきて。

……千曳さんはもう、覚悟を決めているのかもしれない。

眠れない夜の物思いの中でぼくは、そんなふうにも考えていた。

神林先生が亡くなって担任代行を引き受けた千曳さんは、今や「三年三組の成員」だ。〈災厄〉に見舞われる可能性のある〝関係者〟の一人なのだ。〝部外者〟として〈現象〉を観察しつづけてきたこれまでとは、まったく立場が違う。だから……。

つらそうで、苦しげで、そしてそう、見ようによってはとても悲しげにも感じられた千曳さんの表情。――思い返すうち、三年前にこの世を去った晃也さんの顔が、なぜかふと重なって浮かんだ。

13

携帯電話の着信履歴に、学校へ向かう途中で気づいた。確かめてみると、それは月穂からの着信で――。

二ヵ月半ぶり、くらいになるだろうか。

留守録の表示が一件。月穂がメッセージを残したんだろう。どういう内容なのかは想像がついた。わざわざきょう——九月十一日の朝にかけてきた電話、だから。

去年もおととしも、この日の朝にはあの人から電話があった。お誕生日、おめでとう——という。

きょうはぼくの、十五歳の誕生日だから。

母親としてはやはり、この日に「おめでとう」を告げたくなるものなのか。三年前からのこんな状況であっても……。

六月末のあの日、市立病院の屋上で（鳴の見ている前で）決別を宣言して以来、それまでのような彼女に対するわだかまりは若干、薄まっていた。あのとき、鳴には「好き、なのね。想くんはやっぱり、月穂さんのこと」と云われたけれど、本当にそうなのかどうかは自分でもいまだに分からない。ただ——。

このメッセージは聞きたくない。

と、きょうは強く思った。思って、未再生のままメッセージを消去した。

雨は夜どおし降りつづいたようだった。家を出たときにはやんでいたが、いつまた崩れてもおかしくないような曇天《どんてん》で。学校に着くころには案の定、細かな雨が降りはじめた。

傘を差すほどではない小雨だった。急ぎ足で裏門から校内に入ったのが午前十一時前。二限目も終わり、三限目が始まったばかりという時刻で——。

水たまりだらけのグラウンドで体育の授業を行なっているクラスはなくて、広大な無人の空間がひどく荒涼としたものに見えた。その上空を飛んでいくカラスの真っ黒な影が、いくつか。ちょっと足を止めて、何気なくそれを目で追って……と、そのときだった。

携帯電話に、着信の振動が。

月穂がまた？　と思ったが、時間を考えるとその可能性はない。そう思い直して、携帯を取り出した。ディスプレイに表示されている名前は「矢木沢」だった。

「はい。矢木沢？」

「想……いま家か？」

足を止めたまま、応答に出た。

と、矢木沢の声が返ってきた。

「違うよ。遅刻して、やっと学校に着いたところ」

「何だ。てっきりおれ、きょうはおまえ、学校は休むのかと」

「ゆうべうまく眠れなくて、ちゃんと起きられなかっただけ。——そっちこそ、いま授業中だろう。それとも学校に来てないの？」

訊くと、わずかに間があって、

「来てるが、三限目は出てない」

「って……どうしたの」

「まあ、ちょっとな」

　矢木沢は言葉を濁したが、すぐにこう訊き返した。

「学校に着いたところ、って云ったよな。どこにいる」

「裏門から入って……」

「ん？　――ああ、あれか」

「『あれ』って？」

　ぼくは驚いて、思わず周囲を見まわした。矢木沢からは今、ぼくの姿が見えているんだろうか。

「矢木沢、どこに……」

「想は休んで家にいると思って、だから電話したんだが」

「なに？　どういう意味？」

「それは……」

　云いかけて、矢木沢は言葉を止めた。何だか荒い息づかいが、そのあと聞こえてきて……やがて。

「最後におまえと話したくて、な」

「ええっ？」

　何を云ってるんだ、彼は。「最後に……」って、いったい何を。

胸騒ぎが急激に膨らんでくる。慌てて、ふたたび周囲を見まわす。

あちらからぼくの姿が見えている場所。こちらを指して、「あれか」と認識できるような場所。——どこだろう。

「おれは、ここだよ」

電話から声が聞こえた。

「C号館の屋上」

「え？　え？」

誰もいないグラウンドの向こう。鉄筋三階建ての灰色の校舎。いちばん手前のC号館。

その屋上に……。

……いる。あれか。

雨が少し強くなってくる中、ぼくは目を凝らす。

鈍《にび》色の曇り空を背景に人影が一つ、見える。距離があってはっきりとは見て取れないが、屋上を取り囲んだ鉄柵《てっさく》の、たぶん外側に立っている。あれが……。

「見えるか」

と、矢木沢の声。

「手を振ろうか」

人影の片手が上がった。

「こんなタイミングになるなんて、不思議なもんだな」

「ちょっと矢木沢、何を……」

携帯を耳に押し当てたまま、ぼくはグラウンドに踏み込んで小走りになった。このグラウンドをまっすぐに突っ切るのが、あの校舎までの最短コースだからだ。

「悪いが想、おれはもう」

矢木沢が云った。

「おれはもう、おりる――逃げるよ」

「おりる？　逃げる？　な、何を」

雨でぬかるんだグラウンドを駆けながら、ぼくはあえぐような声を返す。

「何を云ってるんだよ。何を……」

「ここんところずっと考えてたんだ」

矢木沢は答えた。

「このまま夜見北にいて、三年三組の一員である限り、おれは〈災厄〉のリスクから逃れられない。そしてこれは、おれだけの問題じゃない。親や姉弟《きょうだい》たちまで巻き込んでしまいかねないんだ。田中の弟みたいに。多治見の姉さんみたいに。だったら――」

決して激したふうではなく、むしろ淡々と、矢木沢はこう告げたのだ。

「だったらいっそ、おれが今いなくなってしまえば、ってな。そうしたら家族は三年三組から切り離されて〝関係者〟じゃなくなるから、〈災厄〉に見舞われる可能性も消えるわけだろ。な？」

「そ、そんな……」

あと少しでグラウンドを抜ける、というあたりで足を止めて、ぼくは校舎を見上げた。屋上の端に立って雨に濡《ぬ》れている人影が、「誰かの」ではなくて「矢木沢の」として視認できた。

「だめだ、矢木沢」

息を切らしながらも、ぼくは声を絞り出した。

矢木沢は、そうだ、あそこから飛びおりる気なのだ。飛びおりて、みずからの命を絶って、それによって家族を……。

「だめだよ、そんなの」

矢木沢は知らないのか。その考えが必ずしも正しくはないことを。

「止めるな」

「だめだ！」

たとえば三年前、件《くだん》のクラス合宿のときに命を落とした〝関係者〟の中には、同じ年の〈災厄〉で先に死んだ生徒の祖父母が含まれていたという。彼はそれを知らないのか。

——だが、状況的にそんな説明をしている余裕はとてもなくて。

「だめだ、矢木沢」

ぼくはひたすら、制止の言葉を繰り返すしかなかった。

「だめだよ」

「決めたんだ、もう」

「だめだ！　やめて！」

最後は電話ではなく、屋上の彼に向かって直接、大声で叫んだ。

「やめてっ！」

この叫びは、授業中の教師や生徒たちの耳にまで届いたに違いない。教室の窓は半数以上、開いていたから。

C号館各階の窓から、いくつかの顔が覗《のぞ》いた。胡乱《うろん》なものを見る視線が、自分に集まってくるのを感じた。

「やめろっ！」

と、ぼくはさらに叫んだ。

「やめるんだ、矢木沢！」

——けれど。

「すまない、想」

携帯電話からは、吐息まじりの矢木沢の声が。

「じゃあな。おまえは生き残れよ」

通話が切れた。そして、まさにその次の瞬間。

屋上の鉄柵の外に立っていた矢木沢の身体が、宙に飛び出した。どんな声を上げるいとまもなく、それは地上に――グラウンドと校舎のあいだにある植え込みの向こう側に落ちて、ぼくの視界から消えた。

14

この騒動から何時間か後にはもう、ぼくは家に帰っていたのだ。事情を知ったさゆり伯母さんがしきりに気づかってくれるのに対しては「大丈夫です」とだけ応えて、部屋に閉じこもって茫然《ぼうぜん》としつづけていた。

矢木沢の飛びおりをリアルタイムで目撃してしまったぼくだったが、直後はショックのあまり、文字どおり金縛りに遭ったように身体が動かなかった。墜落した彼のもとまで駆け寄ることもできず、雨に濡れながら立ち尽くすしかなかったのだが、その間に誰かが110番と119番に通報して、まもなく警察と救急隊が駆けつけて……学校全体が大騒ぎになった。

矢木沢がストレッチャーに乗せられて救急車に運び込まれる様子を、離れた場所から見ていたのを憶えている。落下地点が芝生の上だったため、即死は免れたようだった。雨で地面が軟らかくなっていたのも一因だろう。

病院へ追いかけていきたい気持ちも強くあったのだけれど、千曳さんがそんなぼくを見つけて、どこまで前後の状況を察してくれたのか、「病院には私が行くから」と声をかけてきた。

「比良塚くんは、きょうはもう早くに帰りなさい。そのほうがいいだろう」

「ああ……でも」

「ひどい顔色だ。声も、身体も震えている。気分は？」

「――分かりません」

「矢木沢くんが飛びおりるところを、見たんだね」

「――はい。遅刻して学校に来たら、ちょうど彼が……」

「うむ。とにかく保健室で少し休むか、大丈夫ならばまっすぐ家に帰るか」

「でも、矢木沢が……矢木沢は……」

「どういう状態なのか、分かったら私から連絡する」

「…………」

「警察は目撃者を探して話を聞きたがるだろうが、とりあえず私がうまく取りなしておくから。いいね？」

「——ありがとうございます」

「帰り道は気をつけるんだよ。〈災厄〉につけこまれないように」

「——はい」

結局、午後二時ごろには独り帰宅して、千曳さんからの連絡を待った。そのころになってやっと、断続的に続いていた身体の震えが収まってきた。不思議と涙はひとしずくもこぼれていなかった。まるで感情が麻痺してしまったかのように。

千曳さんから連絡があったのは確か、午後四時過ぎだったと思う。搬送先の市立病院からぼくの携帯電話に、だった。

「頭蓋骨《とうがいこつ》骨折と脳の出血が原因で、意識不明の重体。かろうじて命は取り留めたが、予断を許さない状態だそうだ」

千曳さんは低く押し殺した声で、病院での矢木沢の容態を告げた。

「家族以外は面会謝絶。きみがここに駆けつけたとしても、どうしようもない」

「——そうですか」

「しかし、どうして矢木沢くんは急にこんなまねを」

と、これは自問するように千曳さんが云った。屋上から飛びおりる直前の電話でのやりとりについて、このとき話そうかと迷ったのだけれど、やめにした。思い出すのが、とてもつらかったから。

「あの、千曳さん」

　ぼくは訊いた。

「矢木沢の……これも〈災厄〉、なんでしょうか」

「〈災厄〉によってもたらされる〝死〟は、事故死や病死だけじゃない。自殺や他殺も含まれる」

「そう、ですね」

「いろいろなケースを私は見てきたよ。場合によっては当然、〝関係者〟以外の人間が巻き込まれてしまうこともあって……」

「矢木沢は、助かるんでしょうか」

　と、さらにぼくは訊いたが、千曳さんの答えは厳しかった。

「重体というのは深刻な状態だからね。〈災厄〉の一環であればなおさら、希望は持てないだろう。非常に残念だが……」

　病院の集中治療室で生死の境をさまよっている矢木沢の姿を想像して、ぼくは苦しいほどに胸が痛くなる。それでも涙は出てくれなかった。感情が、やはり麻痺してしまっているのか。

　悲しいはずなのに、つらいはずなのに。不安で恐ろしいはずなのに。絶望的な気分ですらあるはずなのに。――なのに、そういった諸々《もろもろ》の感情につながる回線がどこかで切れてしまっている。そんな感覚があった。

ひどいダメージを受けて気持ちが激しく乱れる一方で、意識の一部はどんどんと〝現実〟から遊離していく。そんな、異様な感覚も。

心が壊れはじめているのかもしれない、という気もした。三年前の夏のあの出来事を、どうしてもまた思い出してしまいながら。

もともと大して強くもないぼくの心が、今のこの〝現実〟にもはや耐えられなくなってしまって、それで……。

壊れはじめて、壊れていって、壊れきった先には何があるんだろう。「ぼく」は、そしてどうなってしまうんだろう。「ぼく」はいったい……と、そんな詮《せん》ない想いに囚われたりもしつつ——。

ぼくは部屋で独り、ひたすら茫然としつづけていたのだった。

15

夕食に呼ばれたときだけは部屋を出て、何も喋らずに少しだけ食べて、そのあとはすぐにまた部屋に戻った。

心配なこと。不安なこと。恐怖。不審。疑問。無力感。絶望感。……頭の中には無数の問題や想いが散乱していたが、どの一つともまともに向き合うことができなくて。壊れはじめているのかもしれないみずからの心を、どこか他人事《ひとごと》のように感じもしながら、やはりそう、ぼくは茫然と時間を過ごしていたように思う。

薬にでも何にでも頼って、今夜は本当にもう、できるだけ早く眠ってしまいたかった。そして実際、手もとにあった入眠剤と鎮静剤を規定の倍量、飲んでしまって……それでも深い眠りは得られなくて。

不安定な眠りの中で、脳のどこかに部分的な覚醒が生じて、勝手に思案を続けていたような。そんな気もするのだが……。

…………

……なぜ？

のしかかってくる大きな疑問。

……なぜ？　なぜなのか。

今年の〈死者〉＝〈赤沢泉美〉は〝死〟に還って消えたのに、なぜまだ〈災厄〉が？　いったんは止まったはずだったのに、今月に入ってまた、こんな……ああ、なぜ？　なぜなんだろうか。

今回のこれは、法則《ルール》から外れた〝特殊例〟であり、千曳さんも経験のない〝異常事態〟だから？　けれど、もしも——。

もしもこれが、そのような〃特殊例〃ではないとしたら？　だとしたら、それは何を意味するのか。

——この問題ってね、云ってしまえば〃力〃のバランスが重要なのかなって……。

ふいによみがえってくる、これは泉美の言葉。……なぜ？

——〃死〃を引き寄せる〈死者〉の〃力〃が、〈いないもの〉の〃力〃で相殺されてバランスが保たれる……。

……なぜ？

——これってつまり、今年はそういう力関係なんだってことでしょ。

……なぜ？　今になって彼女の、こんな言葉が……なぜ？　なぜ？　なぜ？

たくさんの「なぜ？」が入り乱れて、ぼくを翻弄する。いや、それともこれは、ぼくに何かを示そうとしているのか。何か……答えを？　そんなものはない、あるはずがない——と、もはやあきらめているのに……なのに？

……なぜ？

と、そしてさらに一つの疑問が。

なぜ……そう、今ごろになって見崎鳴は、葉住結香に会いにいったのか。

——怪しかったよ。

これは葉住の言葉。

――気味が悪いくらい白い顔で、左目に眼帯をしてて……。

…………どくん

……何かが見えてきそうで、

うまく見えない。何かが掴めそうで、

…………どくん

うまく掴めない。何かが……何か、もしかしたらとても大事な……。

…………

…………

……はっ、と目が覚めた。

強い尿意が原因だった。

薬のせいか、ひどくふらふらする足でトイレに行こうとしたとき――。

ベッドサイドの床に放り出されていた自分の携帯電話に、まず気づいた。拾い上げて見てみると、バッテリーが切れていた。そういえばきのうもきょうも、充電をしていなかった気がする。これも薬のせいか、ひどく朦朧《もうろう》とした頭でのろのろとそう思い至って、携帯を充電器にセットして……。

トイレに行って小用を済ませて、ふらふらとまた部屋へ戻ろうとして……そのとき。

妙な声が、聞こえてきたのだ。

妙な……何だか普通じゃない感じの声が、会話が。あれはたぶん、春彦伯父さんとさゆり伯母さんの。それがたぶん、居間のほうから。テレビがついているんだろうか、そのような音も聞こえる。

起きて動いてはいても、頭の半分以上が目覚めていないような。そんな状態でありながらもぼくは、居間の様子を窺《うかが》いにいった。

洗面所にあった時計で、時刻を見たような気もする。もう午前零時を過ぎていたと思う。こんな時間に……と、不審を感じたんだろうとも思う。

居間にはやはり、伯父さんと伯母さんがいた。二人はソファに坐って、喰い入るようにテレビを観ていた。猫のクロスケもいて、何だかそわそわと二人のそばを歩きまわっていた。

「想くん？」

さゆり伯母さんが、ぼくに気づいた。

「ああ、想くん。大変なことに」

と云って、テレビのほうを示す。春彦伯父さんはこちらをちらりとだけ見て、すぐに目を戻した。ぼくもテレビに目をやった。

テレビの画面には、どこか異国の街の、著しく非日常的な光景が映し出されていた。

何だろう、これは。

何かの映画？　いや、そうじゃない。どうやらこれは、現在進行形の〝事件〟を伝えるニュースの……。

「ニューヨークの、世界貿易センタービルに旅客機が突っ込んだの。立て続けに二機。それでビルが二つ、完全に崩れ落ちて、それでもう、大変なことに……」

ニューヨーク？

世界貿易センタービル？

いまテレビに映っているのは、その崩落直後の映像なんだろうか。晴れ渡った青い空の下、火山噴火の火砕流を思わせるような、ものすごい煙のかたまりが、刻々と形を変えながら押し寄せてくる。まるで意志を持つ怪物みたいに。

「ひかりに電話しても、なかなか回線がつながらなくて」

伯母さんが心配顔で云った。

「住んでるのはクイーンズだから、無事だとは思うんだけど」

ひかりさんは春彦・さゆり夫妻の、ニューヨーク在住の長女で――。

「ワシントンのペンタゴンも炎上している。まだ全貌《ぜんぼう》は分からないが、大規模なテロ攻撃らしい」

伯父さんが云うのを聞いても、ぼくはほとんど何も反応できなかった。頭の半分以上が目覚めていないような状態が、まだずっと続いていたから。

このあと自分がさらに何を見て、何を聞いて、何を話したかはよく憶えていない。いつ、どんなタイミングで部屋に戻って眠ったのかもよく憶えていない。ただ、いくらニュースの映像を見ても、いくら具体的な説明や解説を聞いても、すべてがひどく現実味の薄いものにしか感じられなかったのは憶えていて――。

朝になって眠りから覚めたときには、あれは現実だったのか夢だったのか、しばらく自問しつづけなければならなかった。

Interlude V

想くん
さっき電話をしたんだけれど、通じなかったのでメールを出します。

十五歳の誕生日、おめでとう。

初めて会ったのは、想くんが九歳のときだったはずだけど、あのころに比べてすっかり成長して、強くなったね。強くて、そして想くんは優しい。わたしなんかより、ずっとね。

ところで、今月に入ってからの〈災厄〉について、一つ思うところがあります。

もしかしたら、わたしにできることがあるかもしれない。それを伝えようかどうしようか、迷っていて……でも、やっぱりもう、いいか。想くんは気にしないで。

Chapter 16

September Ⅲ

1

ご、ごご……と、かすかな地響きが直前に聞こえた気もする。何だろう、と思うまもなく、

ずんっ

音と震動が、同時に来た。

真下から突き上げられたような衝撃が、一瞬。一瞬後には足もとが揺れはじめて、机や椅子がかたかたと鳴って、黒板に立てかけてあったチョークが倒れて……地震？　と気づいてもぼくは、身が固まってしまってとっさの行動が取れなかった。

三限目の、数学の授業中。――みんなの反応はさまざまだった。

大小の悲鳴が上がった。

腰を浮かせて身構える者もいれば、机にしがみつく者もいた。机の下にもぐりこもうとする者もいた。ぼくと同じでまったく動けない者も多かったが、反応は違っても、そこに共通するのは驚きと怯《おび》え、だった。

「みなさん、落ち着いて」

ちょうど板書をしていた数学の稲垣先生が、チョークを握ったまま振り返って云った。

「大した地震ではなさそうです。大丈夫。すぐに収まります」

先生の言葉どおり、揺れはそのときもう収まりつつあったのだが――。

机に出してあった鉛筆が一本、床に転がり落ちていた。見上げると、天井から吊《つ》り下がった照明が揺れていたが、さほど大きな動きでもない。確かに大した地震ではなかったようで、安堵《あんど》とともに身体から力が抜けた。――ところが、そのとき。

がちゃんっ！

ものが割れる派手な音が、いきなり。

緊張が緩んだところだったせいで、驚きも強かった。いくつかの悲鳴がまた、教室の空気を震わせた。

割れたのは花瓶、だった。

月曜日から島村と黒井の机に置かれていた花瓶。その両方が、生けてあった白い菊の花もろとも、床に落ちて割れたのだ。

花を生けた花瓶自体がそもそも不安定な状態だったのかもしれないし、置き場所が机の端に寄っていたのかもしれない。今の地震が原因で転倒・落下したのは間違いないだろうが、それにしても、そんなものがこのタイミングで割れるというのは何だか不吉で、いやな感じのする出来事だった。

三年三組の教室でこののちに発生する異常な事態の、これもおそらく一つの引き金だったのだろう。

2

九月十二日、水曜日。

学校に出てきた三年三組の生徒は前日よりもさらに減って、本来の半数ほど。ぼくは登校組の一人で、この日は遅刻することもなく、朝のＳＨＲ《ショートホームルーム》にもまにあうよう教室に入ったのだったが――。

きょうは学校へ行かない、という選択肢もあったのだ。さゆり伯母《おば》さんにも「休んじゃっていいのよ」と云われた。けれど、休んで家にいても、部屋に閉じこもって鬱々《うつうつ》としているだけだろうし、そうなると伯母さんたちによけい心配をかけてしまうし……と思って。

居間のテレビはきっと、夜どおしつけっぱなしだったに違いない。ぼくが起床して家を出るまでの時間も、アメリカの大惨事のもようをえんえんと伝えていた。

さゆり伯母さんによれば、クイーンズ在住の長女・ひかりさんとは今朝やっと連絡が取れたとのこと。伯母さんも伯父《おじ》さんも、それでずいぶんほっとした様子ではあったが、現地の混乱はこれからまだまだ続きそうだから、心労は尽きないだろうと察せられた。

のちに「9・11アメリカ同時多発テロ」と呼ばれるこの事件の深刻さは、テレビのニュースから入ってくる情報だけでも十二分に理解できた。これからアメリカは、そして世界は、ものすごく大変な事態に突入していくのかもしれない、という想像もできた。――しかし。

しっかりと目が覚めたあとも依然、ぼくにとってその出来事はどこか現実味が薄くて。非常にショッキングではあったが、どうしても他人事《ひとごと》のようにしか感じられなくて……。

それよりもやはり、ぼくは矢木沢の容態のほうが気になったし、当面の〈災厄〉の問題が気になった。いくら気になってももはや、何も打つ手はないのだけれど。

登校してきたクラスメイトたちも、多かれ少なかれ似たような気持ちだっただろうと思う。

「ゆうべのニュース、見たか」

「見た。たまたまテレビがついてて、急にあの画面になって」

「初めは何が何だか、分かんなかったよな」

「映画の一場面？　みたいな」

「一緒に見てた親父が、『こりゃあ大ごとだなあ』って、何度も」

「ずっとテレビで特番、やってるけど。どうなるのかな」

「いっぱい人、死んでるみたいだし」

「死んでるよな、いっぱい」

「どうなっちゃうんだろう」

「テロ、なんだよね」

「そう云ってたな」

「戦争になる？」

「さあ……」

朝の教室では当然のこととして、生徒たちのそんな会話が聞こえてきたが、その一方で
――。

「矢木沢くん、ずっと意識不明だって」

「助からないのかなぁ」

「どうなんだろう」

「これも〈災厄〉なんだったら、むずかしいのかも」

「でも、自殺だったんだよね。何で矢木沢くん、自殺なんて」

「〈災厄〉が怖くなったとか」

「自殺するのだって怖いのに。わたしはぜったい無理」

「にしても、よりによって矢木沢くんが」

「遺書とか、なかったのかな」

「さあ……」

　と、そんな会話も。

　ぼくは誰とも何も話す気になれず、窓辺に立って外を見ていた。

　昨夜まで雨が降ったりやんだりを繰り返していたが、天気はもう回復している。けれど、さわやかな秋晴れというわけでもなくて。青空が広がってはいるものの、山のほうには大きな入道雲の隆起が見える。何だか真夏に逆戻りしたような空の様子だったが、吹いてくる風は気のせいか、この季節にはそぐわないような強い冷気を含んでいて……。

「……いやだ」

　教室内の会話を、また耳が拾った。

「もういやだ、わたし」

「あたしだって、もう……」

「学校に来るのも、いや。いやなんだけど、家にいても一人であれこれ考えちゃうし……頭、おかしくなりそう」

「だよね。何で、こんな……」

「ああもう、ほんとにいやだよ。怖いよ」

「ニューヨークのテロに比べたらまし……なんて、思えないか」

「思えるわけない」

「死ぬの、いやだよね」

「やだ。怖い。──死にたくない」

「死にたくないよね」

……ぼくも。

死にたくはない、と思った。けれども〈災厄〉が続いている以上、もしかしたら自分がその犠牲者になるかもしれない、というリスクは消えないのだ。今のぼくたちにできるのはただ、日々みずからの無事を祈ることだけ、なのか。

SHRでの千曳さんの様子は、ぼくの目にも痛々しく映った。教師としてなるべく毅然《きぜん》とふるまおうとしているのは分かったが、表情からも口調からも疲れが隠せない。

矢木沢の容態を知らせる声はとても苦しげで、生徒たちに対して「悲観的にならないように」「事故や病気には充分に気をつけるように」などと告げる声にも、まるで力がなくて。ほかにどうしようもない、という千曳さん自身のあきらめの気持ちが、ぼくにはひしひしと伝わってきた。

「この状況で、不安や恐れを抱かない人間はいない。必要を感じたら、ささいなことでも遠慮なく私に相談してほしい。事態の解決は無理でも、自分の経験をもとに何らかのアドバイスはできると思う。

きのうの件については警察が調べに入っているが、きみたちは気にしなくていい。すぐに落ち着くだろう。それから――」

このときはいくぶん声を強くして、千曳さんは云った。

「マスコミ関係者の姿もきのうからちらほら見かけるが、何か訊《き》かれても相手にしないように。彼らに〈災厄〉のことを話したとしても、無責任な記事をおもしろおかしく書かれるだけだ。何の益もない。それに――」

と、千曳さんはさらにいくぶん声を強くして、こう続けた。

「彼らは、いっとき騒ぎ立てたとしても、すぐに忘れる。世間一般の関心も同じで、たとえ夜見山に住む人間であっても、夜見北の〈現象〉や〈災厄〉と直接かかわりのない人たちはおおむね、〈災厄〉関係の出来事に対する関心や記憶が長続きしない。不自然なくらいに、不思議なくらいに、ね。だから、いくら騒ぎになっても一時的なもので、すぐに収まってしまう。この三十年近くのあいだ、いつもそうだったから。思うにこれも、〈現象〉

がもたらす〝改変〟や〝改竄《かいざん》〟に関係のあることなのかもしれない」

3

一限目の授業が終わって二限目が始まる前になって、遅刻してやってきた生徒が一人いた。それが葉住だったものだから、ぼくはちょっとびっくりしてしまった。月曜日に電話で話したときには、「もう学校には行かない。絶対、行かない」と、あんなにきっぱり云っていたのに……なぜ？

二限目が終わったとき、葉住のほうを窺《うかが》ってみて視線が合った。彼女は気まずそうに目をそらしたが、席を立とうとはしない。

「もう来ないんじゃなかったの？」

窓ぎわの彼女の席まで行って、ぼくは声をかけてみた。

「どういう心境の変化が？」

葉住は黙って窓の外へ目を向け、ややあってから、

「怖くて」

と答えた。

「家に一人でいるのも、何だか怖くて。テレビをつけたら、どのチャンネルもアメリカの

事件ばかりだし……怖くて」

彼女の顔はひどく蒼《あお》ざめて見えた。こうして近くで話すと、以前よりずいぶんやつれても見えた。——のだが。

「おとといの電話で云ってたけど、見崎さんが訪ねてきたんだよね」

気になっていた問題を、ここでぼくは訊かずにはいられなかった。葉住は窓の外へ目を向けたまま、無言で頷《うなず》いた。ぼくは重ねて訊いた。

「見崎さんはそのとき、眼帯をしてたって云ったよね。きみが玄関に出たとき、彼女はその眼帯を外したりはしなかった？」

「——外したよ」

ちらりとぼくのほうに目を上げて、葉住は答えた。

「外して、じっとわたしを見て」

「——それで？」

「——それだけ」

「何も云わずに？」

「『そっか』ってひと言、呟《つぶや》いたのが聞こえたけど」

状況を想像すると、葉住が気味悪く感じたのも無理はない、か。——にしても。

ぼくは考え込まざるをえなかった。

鳴が左目に眼帯をしていた、ということはつまり、左の眼窩《がんか》には例の〈人形の目〉を装着していたと考えられる。さらにその眼帯を外して葉住を「見た」のだとすれば、いったいそれは何を意味するのか。

まさか……と、このときおのずと心中に湧き出してきた疑念。

まさか……いや、しかし……。

どう考えたらいいのか、ぼくにはまだ分からなかったのだ。激しく戸惑い、混乱するうちに始業のチャイムが鳴り、三限目の授業が始まって……。

4

大した揺れでもなかったのに、机から落ちて割れてしまった二つの花瓶。床に散らばった破片と花、飛び散った水。——それらをかたづけるため、生徒が幾人か立ち上がった。誰に命じられたわけでもなく、ではあったが、みんなどこかおっかなびっくりの動きで。

箒《ほうき》とちりとりで破片を集める者がいて、濡《ぬ》れた床をモップで拭く者がいて、散らばった花を束ねて机に置き直す者がいて……と、一見それはたいそう真面目な、秩序立った行動に見えたのだが。

黙々と作業を行なう彼らと、その様子を見守るほかの者たち。──全員の表情が、ひどくこわばっているように見えた。地震の驚きや怯えからは脱したものの、今度はもっと得体の知れないものに接する緊張と、そしてやはり怯えに近い感情が、このときの教室には広がっていたように思う。

そんな中──。

最初の小さな異変に気づいたのは、ほかならぬぼくだった。

ふと何か耳障りな音を感じて、何だろうと思いつつ視線を向けた先。床から拾い上げられ、机に置かれた白い菊の花弁に──。

黒い昆虫が一匹、とまっている。

あれは？

目を凝らしてみて、分かった。

「蠅《はえ》が……」

思わず口を衝《つ》いて出た言葉に、かたづけをしていた女子（クラス委員長の福知だった）が「いやだ」と声をもらした。

蠅の一匹くらい教室にまぎれこんでいても、普段ならばさほどの騒ぎにもならなかっただろう。けれど、今のこの状況だ。死者に手向けられた花に蠅が、というのはいかにも不吉で、いかにも不穏な……。

「いやだ」

と、福知が繰り返した。

「いつのまに、こんな」

蝿を、忌まわしげに手で払う。花弁から離れる蝿の羽音が、ぼくの耳までかすかに届いた。――すると、直後。

その羽音を何十倍にも増幅したような音が突然、どこかから聞こえてきたのだ。

誰かが「わっ」と声を上げた。窓ぎわの席の男子だった。見ると――。

開け放たれていた窓のすぐ外に、何やら黒い、形の定まらない大きなかたまりが……と思った次の瞬間には、その正体を理解した。蝿なのだ、あれも。何十匹、いや何百匹もの蝿が、群れをなして飛んでいるのだ。それが今しも、窓から室内へ飛び込んでこようとしているのだ。

教室は大騒ぎになった。

その中にいて、ぼくの脳裡《のうり》ではふいに、
んん――、んんんん――ん
甲高い羽音が渦巻きはじめる。現実に聞こえてくるそれとは別に、それに覆いかぶさるようにして……。

んん――、んんんん――ん

……これは。

これは三年前の、あの。〈湖畔の屋敷〉の地下室での、あのおぞましい経験のフラッシュバック？　この一、二年でやっと、思い出すことも少なくなってきていたのに。

んん——、んんんん——ん

全身にまといつき、脳髄にまで響き込んでくるような、甲高い羽音。〝死〟の生々しさを、恐ろしさを、いやおうなく想起させられてしまう、この……。

慌てふためく生徒たち。廊下側の窓もすべて開放し、飛び込んできた蠅の群れを追い出そうと躍起になる。結果、飛び去っていく蠅もいれば、出ていかない蠅もいて——。

「いやあっ」

という悲鳴が聞こえて振り向くと、声の主は葉住だった。立ち上がって、自分の髪の毛や服を両手ではたきつづけている。蠅がまとわりついて離れない、と見える。

「もう……何でよ。勘弁してよぉ」

ほとんど泣き声の彼女のもとに、日下部が駆け寄った。二人がかりで蠅を追い払い、そのうち葉住の動揺も鎮まったのだが。

んん——、んんんん——ん

教室の騒ぎがようやく収まってきても、ぼくの脳裡では依然、甲高い羽音が鳴りつづけていた。強くかぶりを振っても目を閉じても、それはなかなか消えてくれなくて——。

椅子に腰を落とし、机に両肘《りょうひじ》をついて頭を抱え込んだ。鳴りやまない羽音はやがて、今ここにあるはずのない〝死〟のにおいまで脳裡に呼び出してしまい、ぼくはなかば目の前の〝現実〟を見失いそうになりながら、片手で鼻を押さえる。

「あの……先生、わたし……」

と、誰かが苦しげに訴える声が聞こえたのはそのとき、だった。

5

「わたし、あの、気分が……」

そう訴えたのは、市柳《いちやなぎ》という女子生徒だった。校庭側から二列めの、いちばん前の席の。ぼくの席からは後ろ姿だけが見える。

「おや」

稲垣先生が応《こた》えた。

「気分が悪いのなら、保健室へ……」

と、その言葉が終わらないうちに、市柳の姿がぼくの視界から消えた。ごとっ、という鈍い音とともに。立ち上がろうとしたものの足に力が入らなかったのか、椅子を倒して床にくずおれてしまったらしい。

「あっ。大丈夫ですか」

先生が慌てた顔で駆け寄ろうとした。ところが、そこで。

「わたしも」「ぼくも」「おれも」……と、みずからの不調を訴える生徒が次々に現われたのだ。そうして教室では、先の蠅騒動どころではない混乱が始まった。

「息が苦しくて」

そう云って実際、全力疾走の直後のように激しく肩を上下させている男子がいた。

「苦しくて、もう……」

「変なにおいがします」

そう云って、ハンカチで鼻と口を押さえる女子がいた。あれは小鳥遊か。

「ね、するでしょ、変なにおい。何だかどんどん胸が悪くなってきて」

「ぼくも、それ……」

そう云って立ち上がったのは、生物部の新部長・森下で。

「さっきから、急に」

よろよろと何歩か、窓のほうへ向かって歩いたかと思うと、途中で上腹部に両手を当てて膝《ひざ》を折った。そしてその場で、いきなり嘔吐《おうと》を……。

同じように席を立ってよろよろと教室の出入口へ向かい、倒れ伏してしまう者もいた。席についたまま机に顔を伏せて、「頭が痛い」と苦しみはじめる者もいた。

葉住は？　と気になって目をやった。すると彼女も、机に突っ伏してぐったりしている。日下部は、彼女も何か異臭を感じるのだろうか、ハンカチを口もとに当てていた。江藤は席を離れて廊下側の窓ぎわまで行ったところで、窓から上半身を出した恰好《かっこう》で動きを止めている。日曜日に姉を失ったばかりなのにもう登校してきていた多治見も、席を立ってすぐの場所で力尽きたようにうずくまっている。

明らかに異常事態、だった。

教室にいる生徒のほぼ全員が今、そのようなありさまなのだ。それを見て、稲垣先生はひたすらおろおろするばかりで……。

きっとこのとき教室は、いわゆる集団ヒステリーのような状態に陥っていたのだろう。二学期が始まってからの短期間で相次いだ死。いったんは止まったのに、まだ終わっていなかった〈災厄〉。それぞれに不安や恐れに囚《とら》われ、心的なストレスがいよいよ膨らんでいたところへ、さっきの地震。さらには花瓶が割れ、蠅の大群が現われ……といった不吉な出来事の連続で、ストレスが限界を超えて一気に溢《あふ》れ出して、身体症状を引き起こした。それが同時多発的に発生したか、あるいは伝染するように広がったか。

——と、そんなふうに分析できたのは、のちになってからで。このときはぼくも、教室のこの病的な混乱に完全に巻き込まれ、吞《の》み込まれてしまっていたのだ。

「何なの、これ」

誰かの叫ぶような声が聞こえた。

「どうしたの。わたしたちみんな、ここで死んじゃうの?」

そんな、莫迦《ばか》な。――と思いつつも、ぼくはさっきから、机に両手をついて椅子から立ち上がろうとした姿勢のまま、それ以上はほとんど身動きできずにいた。脳裡では甲高い羽音がまだ響きつづけていた。おぞましい〝死〟のにおいもまったく消えてくれず、眩暈《めまい》と吐き気が同時に襲ってきた。そのうち「ぼく」という存在が、どんどんと〝現実〟から引き剝《は》がされていくような感覚に囚われはじめ……。

その後のある時点以降、ぼくの記憶は途切れてしまっている。たぶん、気を失って倒れたんだろう。救急車のサイレンの音がいくつも重なって聞こえてきたことを、それだけはうっすらと憶《おぼ》えている。

6

「……想くん」

名を呼ばれて目を開くと、赤沢泉美がいた。見憶えのある場所だった。ここは〈フロイデン飛井〉の、彼女が私室として使っていたあの部屋、か。

「だからね、重要なのはやっぱり、〝力〟のバランスなの」

ちょっと怒ったような顔をして、泉美はそう云った。

「〝力〟の、バランス」

と、みずからの声でその言葉を繰り返してみたところで、ぼくは気づく。彼女は――泉美は今年の〈死者〉で、七月のあの夜〝死〟に還《かえ》ったのだから、もちろんそう、今ここにいる彼女は現実の彼女ではないのだ。これはもちろん、ぼくが自分の脳内に再現しているだけの……。

「よみがえった〈死者〉と、〈対策〉として設定した〈いないもの〉。二つの〝力〟のバランスが、きっと」

「きっと？」

これは現実ではない、夢に類したものだと分かっていながらも、何か焦燥感めいたものを覚えて、ぼくは問いかける。

「きっと、何なの？」

表情を悲しげな微笑に変えて、彼女はぼくに背を向けて、

「考えて、想くん」

そう云った。

「そして、思い出して」

「……想くん」

名を呼ばれて目を開くと、見崎鳴がいた。見憶えのある場所だった。ここはまた〈フロイデン飛井〉の、ぼくが四ヵ月近く暮らしたあの部屋、か。

「わたしにはね、同じ年の同じ日に生まれた妹が――双子の妹が、いたの。二卵性だったんだけど、二人はとてもよく似ていて……」

鳴は静かに語る。

「でもね、あの子はさきおととしの四月、先に死んじゃったの。病気で」

ああ、これは……これも、今の現実ではない。現在ではなくて、過去の現実。確かそう、六月に一度、彼女がぼくの部屋を訪ねてきたときの。――夢というよりもこれは、あのときの記憶が脳内で再生されているのだ。

鳴はあのとき、それまでほとんど語ったことのない自分の「身の上話」をして。それでぼくは、彼女と霧果さんの本当の間柄を知ったりもして、そして……。

「あーあ」

両手の指を組み合わせて腕をまっすぐ上方へ突き出しながら、鳴は云う。

「家族とか血のつながりとか、そういうの、いっそ何にもなければいいのに。でも、子供は逃げられないし。逃げたくても逃げられないでいるうちに、いやおうなく自分も大人になっちゃうし」

大人になんかなりたくない。小学生のころ——少なくとも三年前の夏までぼくは、切実にそう願っていた。けれども今は……どうだろうか。どうなんだろうか。——という、このぼくの思考もやはり、あのときの忠実な再生で。それから……。

「あのね、見崎さん。一つだけ、訊いてもいいですか」

それからぼくは、彼女に質問する。

「さっき話してくれたその、双子の妹さん。何ていう名前だったんですか」

「あの子の……」

鳴の唇が動く。

「あの子は……」

途切れ途切れに、その名前を。

「あの子は……■……■■。……■■■」

ぼくにはそれがうまく聞き取れない。唇の動きを読み取ることもできない。

狼狽《ろうばい》するぼくを残して、鳴の姿がとつぜん闇に溶ける。さらに狼狽するぼくの耳に——。

「考えて、想くん」

声だけが聞こえた。これは泉美の……いや、それとも鳴の？

「そして、思い出して、」

7

ベッドの上で目覚めた。

意味が分からなかったのは一瞬で、すぐにここは病室なのだと悟った。意識が途切れる寸前に聞いた救急車のサイレンの音を、思い出すことができたから。きっとそう、教室のあの混乱に気がついた誰かが１１９番通報してくれて、それで……。

ゆっくりと上体を起こしてみるが、頭がちょっとぼんやりしている程度で、特に不調は……いや、右手の甲から手首のあたりに鈍い痛みを感じた。見ると、包帯が巻いてある。気を失って倒れたとき、すりむきでもしたのか。左腕には点滴の針が刺さっていて、動かすとこちらも少し痛みが走った。

「気分はどうですか」

と訊かれた。ちょうど病室に入ってきたナースがいたのだ。さゆり伯母さんよりいくつか下かな、という年配の女性だった。

「あ……はい。大丈夫だと思います」

ネームプレートに「車田《くるまだ》」とあるのが目に入った。

「手の傷は痛みますか」

「いえ、それほどでも」

車田さんはベッドのそばまで来て、点滴の状態をチェックして、それから幼い子供をあやすような声で、

「もうすぐ終わりますからね。そしたら先生をお呼びしてきますね」

この場合の「先生」は当然、教師じゃなくて医師のことだろう。

「あの……ここは」

「市立病院ですよ。生徒さんが大勢、気分が悪くなったり倒れたりしていると連絡があって」

「それでみんな、ここへ?」

「ええ」

ぼくは室内を見まわした。

一人用の狭い部屋。ベッドサイドに椅子が一脚あり、坐面《ざめん》にぼくのカバンが置いてあった。搬送時に誰かが持ってきてくれたのか。

時計が見当たらなかったので、現在の時刻を尋ねた。午後一時四十分——と、車田さんは教えてくれた。

「ほかのみんなは今、どこに?」

「症状の軽かった生徒さんたちは、六階の大部屋で休んでもらっています。倒れたり怪我

があったりした人は、空いていた個室に入ってもらって、それぞれに手当てを」

「無事なんですね、みんな」

と、訊かずにはいられなかった。

「命にかかわるような、その……」

「大丈夫ですよ、それは」

車田さんは優しげに微笑した。

「異臭騒ぎがあって、というふうにも聞きましたけど、そうだったんですか」

問われても、何とも答えられなかった。実際このときは、どのように語ればいいのかよく分からなくて——。

「あ、もう終わりですね」

と云って車田さんが、手慣れた動きで点滴を外してくれた。

「それじゃあ、このまま安静にしていてください」

ナースが去り、独り病室に残されたぼくの耳にそのとき、長々と続く轟音《ごうおん》が聞こえてきた。あれは、雷鳴？　きょうは晴れていたのに……といぶかしみつつ、窓の外を窺う。

青空はまったく見えなかった。それどころか、昼間とは思えないほどに薄暗い。

何だかぎょっとしてしまって、次にはぞっとした。——無性にいやな予感。不穏な胸騒ぎが広がってきて、身体が震えた。

8

「安静に……」と云われたけれど、じっと寝ている気持ちにはなれず――。

ぼくはベッドを離れ、椅子に置いてあったカバンから携帯電話を取り出した。

二件の着信履歴があって、どちらもさゆり伯母さんからだった。きっと学校から家に連絡が行ったんだろう。それで心配して、直接ぼくの携帯に。

無事を知らせなければ、と思って発信ボタンを押した。ところが、電波状況のせいなのかどうか、何だかひどい雑音《ノイズ》が聞こえるばかりで、電話はつながってくれなくて……。

携帯をズボンのポケットに突っ込んで、ぼくは病室を出た。トイレに行きたくて、だった。最初は多少ふらふらしたが、すぐにそれも消えた。――もう大丈夫だろう。

病室の番号が「5」で始まる数字だったのと廊下にあった表示とで、ここが病棟の五階であると分かった。その中の小児科のエリアらしい、とも分かった。

自分がいた病室からはだいぶ離れた場所にトイレを見つけて、用を済ませて。その場でもう一度、さゆり伯母さんに電話しようとしたのだけれども、携帯はやはりノイズばかりで役に立たず。――で、おとなしく部屋に戻ろうとしたぼくだったのだが。

「あれ?」

と声をもらし、足を止めた。

廊下とのあいだに仕切りの壁がない、談話室のようなスペースの前だった。教室の半分くらいの広さがあって、テーブルと椅子が何セットか置かれていて。

スペースの一角に大型テレビが一台。画面にはアメリカの現況を伝える報道特別番組が映っていたが、音声は消してある。そのテレビの前に——。

年端もいかぬ女の子が一人、ぽつんと立っていたのだ。テレビには背を向けて、小首を傾げるようにしてこちらを見ている。

「こんにちは」

気になって、ぼくは声をかけてみた。顔に見憶えがあったからだ。

「希羽ちゃん、だよね」

確かそう、この子の名前は希羽。「クリニック」の担当医・碓氷先生の、小学校二年生の娘さんで……しかし。

彼女は今、レモンイエローのパジャマ姿なのだった。学校帰りの服装じゃない。ということは——。

「入院、してるの？」

思わずそう、訊いてしまった。

「どこかぐあいが？」

彼女——希羽はその質問を無視して、

「パパが、心配」

小さな声で云った。

「えっ」

ぼくは意味を取りかねて、

「お父さんが、って——」

どういうことなの？　と問う前に、希羽は黙って身体の向きを変えた。そしてスペースの奥に並んだ窓のほうへ、静かに歩いていく。やはり気になって、ぼくはそのあとを追ったのだ。

複雑な平面構造を持つ病棟の、いったいここがどこに位置するのか、ぼくにはまるで把握できていなかった。だから、希羽が歩み寄っていくその窓が、建物のどのあたりの、どの方角を向いて並んでいるものなのかも分からなかったのだが——。

一箇所だけ開いていた窓の前で、希羽は歩みを止めた。

すぐ後ろまで追いついてぼくは、そんな彼女の視線を追った。

さっき病室の窓から窺ったときよりも、外はいっそう薄暗くなっていて、日没も間近かと思えるほどだった。雷鳴とおぼしき轟音は聞こえないが、代わりに甲高い風の音が絶え間なく響いている。さらにはそれにまじって、風音とはまったく異質な騒音も。自然界の音じゃない。ひどく無遠慮な、ひどく耳障りな……これは何かの爆音？　ヘリコプター、だろうか。

希羽はまっすぐに窓の外を見ている。何も云わず、微動だにせず。

「ねえ、どうしたの」

ぼくはそろりと問いかけた。

「何か……」

「かぜが」

と、希羽が口を開いた。

「えっ。何て？」

「かぜが」

そう繰り返して、右腕を前方に伸ばした。ぼくは希羽の横へ進み出て、示された薄暗い空を見やり、それから彼女の表情を窺う。そして、はっと息を呑んだ。

大きく見開いた両の目。その黒眼の色がさっきまでと違って、濃紺に銀を何滴か垂らしたような、不思議な色に変わっている。――そう見えたのだ。

――あの子は。

いつだったか碓氷先生が、娘について語った言葉。それがふと、耳によみがえって。

――昔から少し、変わったところがありましてね。

「かぜが、くる」

と、希羽は云った。何かに取り憑《つ》かれたような面持ちで。自分の意思で発しているのではないような、抑揚の失《う》せた声で。

かぜが、くる。――風が、来る？

その直後、だった。

風音が急激に変化した。甲高く響きつづけていた音のすべてが一瞬、消えた――と思うやいなや、あたかもそれらが寄り集まって大きな一つのかたまりが生まれたかのように、ごうごうという凄《すさ》まじい音が轟《とどろ》きはじめたのだ。

予感だの胸騒ぎだののレベルではなく、とっさに恐怖を感じた。

外の光の量にも急激な変化が生じていた。「薄暗い」という言葉がもはや当てはまらない、夜のような暗さに見る見る変じていく。どこかから濃密な闇が、一気に流れ込んできたかのように。――そして。

風が、来た。

ひときわ凄まじい、巨大な何かが吼《ほ》えるような音とともに。

開いていた窓からそれが――ものすごい強風が吹き込んできて、窓辺に立っていた希羽を直撃した。短い悲鳴。小さな身体が文字どおり吹き飛ばされて、床に転がった。

風の直撃を受けたのはぼくも同じだった。吹き飛ばされこそしなかったものの何歩かあとじさり、とても立っていられなくて片膝を折った。それだけでは済まず、両手両膝を床についで風の力から逃れなければならなかった。

このとき同じスペースにいたほかの人たち（大人が何人かと子供が二、三人）の口からも、悲鳴が上がった。テーブルの上などに置かれていたパンフレットや何かの紙類が、乱雑に宙を舞っていた。

ぼくはどうにかこうにか身を起こし、風を避けながら窓のほうへ向かった。開いているあの窓をとにかく閉めなければ、と思ったのだ。ところが――。

ごんっ

何か鈍い、けれども激しい音が間近で響いた。誰かの口からまた悲鳴が上がった。ぼくも驚いて、声を上げそうになった。すると、

ごんっ

と、続けて同じような音が。

何だ？　今度はいったい何が？　という疑問で頭が混乱するあいだにも、

ごんっ、どんっ、ごごんっ……

さらに音は続く。

すべてが、目の前に並んでいる窓の外から、だった。何かが次々と窓にぶつかってきているのだ。その音なのだ。

窓辺まで進んでみて、「何か」の正体が分かった。——鳥だ。色や大きさからして、これはハトだろう。

突然の強風に煽《あお》られて、なのか。風から逃げようとして、なのか。急激な天候の変化に驚いて、なのか。——いずれにせよ、猛烈な恐慌状態に陥ったハトの群れが、この病棟の窓めがけて突進してきて、激突して、そしてこんな……。

激突したあと、そのまま窓にへばりつくような恰好で蠢《うごめ》いているハト。力尽きて落ちていくハト。立ち直って飛び去るハト。……さまざまな個体がいるようだったが、多かれ少なかれハトたちは傷ついて血を流して、その血に染まった窓のガラスはおぞましいありさまだった。ひびわれが走っている部分もある。このまま続けば、いずれ衝撃に耐えきれなくて割れてしまうガラスもあるだろう。

ああ、いったい外では——この病棟のまわりでは今、何が起きているのか。起きようとしているのか。

五月上旬の、突然の降雹《こうひょう》に見舞われたあの日の記憶が、今さらのようによみがえってきた。亡くなった神林先生の、理科の授業中だった。葉住が〈いないもの〉の役割を放棄して自分の存在を訴えた、あのとき。弾丸のように降りかかる雹で窓が割れて、傷ついたカラスが教室に飛び込んできて……。

あのときと違って今は、降雹はない。降雨もない。しかし、吹く風の激しさはあのときの比じゃない。

ひときわまた凄まじい風音が響いた。強風とともにハトの一羽が、開いている窓から飛び込んできた。騒動に気づいて、このときには何人かの職員がやってきていた。人々の悲鳴が交錯する中、ハトは廊下に飛び出し、飛び去っていった。

ナースの一人が、倒れていた希羽の手を取って立ち上がらせるのが見えた。

「どうしたの、希羽ちゃん」

話しかける声も聞こえた。

「大丈夫？　びっくりしたよね。さあ、お部屋に戻りましょうね」

おとなしくそれに従う少女の様子にほっとしつつ、ぼくは逃げるように窓辺を離れる。

膝が震えていた。室温が急に下がったように感じたが、そう感じている自分が「ぼく」ではないような気が、ふとしてくる。ああ、何だかこの感覚は……そうか。

最初にあの風の直撃を受けたときから、すでに「ぼく」の半分がこの肉体《からだ》の〝内〟から〝外〟へと吹き飛ばされてしまっていて、だから――。

だから、きっとこのままぼくは……という胡乱《うろん》な思考に囚われはじめた、そのとき。

またしても人々の悲鳴が交錯した。

フロアの照明がとつぜん不安定に明滅しはじめ、消えてしまったのだ。

9

この停電はほんの数秒だけで、すぐに復旧したのだが、照明の不安定な明滅はその後も続いた。確かな原因は知るすべもないけれど、あるいはいま建物のまわりで吹き荒れている強風のせいで、電気系統に何らかのトラブルが発生しているのかもしれない。

その場の騒ぎにはもう背を向けて、廊下に出た。「ぼく」の半分が自分の〝内〟ではなくて〝外〟にあるような、奇妙な感覚を抱いたまま——。

病室に戻ろうか。それとも、六階の大部屋にいるというみんなの様子を見にいこうか。

ぼんやりと思いつつ、廊下を進んだ。

恐ろしいような天候の激変と照明の異常のせいだろう、あちこちの部屋から人が出てきて右往左往している。携帯電話の着信音がいくつも聞こえる。子供の泣き声や喚《わめ》き声も聞こえてくる。職員をつかまえて状況を問いただす大人もいる。——つい何分か前まではおおむね静かだった午後の病棟が、打って変わってすっかり騒々しくなっている。

ハトが窓に激突してきたのは、さっきの場所だけではなかったのかもしれない。廊下を歩いていても、すごい風の音に包まれているように感じるのは、どこか別の場所で窓が割れてしまっているから、なのかもしれない。——とにかく異様な状況、だった。このフロアだけの問題ではないだろう。おそらく病棟全体が今、ただならぬ事態に直面しつつあるのだ。

それにしても——と、「ぼく」の半分は考える。

希羽というあの子の、さっきのあれは何だったんだろう。

単に強風の到来を察知して、あのタイミングで告げただけなのか。それとも……。

「パパが、心配」とも云っていた。それであの子は、何か健康上の問題があってあの子自身が入院している病室を勝手に抜け出して、あのとき、あそこに？　けれど、「パパ」である碓氷先生は……。

ああそうか、と思いついた。

もしかすると碓氷先生は今、この病棟に来ているんじゃないか。救急搬送されてきた大勢の中学生たち。その容態を診るため、精神神経科からの助っ人として。

もしもそうだとして、では「心配」とは？

何が心配なのか。どう心配なのか。あの子は、碓氷希羽はいったい、何を……。

病室には戻らず、やはり六階へ行ってみよう。行けば、碓氷先生に会えるかもしれない。会えたら、さっきの希羽の様子を伝えればいい。

ちょうどフロアの案内図があった。「中央エレヴェーター」という表示を見つけて、現在地との位置関係を把握して——。

相変わらず照明の明滅が続く廊下を、あまり急ぎ足になりすぎないよう進んだ。いくつかの角を折れた先に、エレヴェーターホールがあった。ところが、二基あるエレヴェーターが二基とも動いていない。さっきの停電の影響だろうか。

エレヴェーターホールには大人たちが幾人も集まっていて、「何だ」「どうなってるんだ」というような声が飛び交っていた。ひどく苛立《いらだ》たしげに、あるいは不満げに、あるいは不安げに……。

「比良塚くん」

と、そのとき呼びかけられた。ホールを挟んで向こう側の廊下に、よく知った黒ずくめの人影が見えた。——千曳さんだ。

「きみはこの階の病室にいる、と聞いてね。ぐあいは？　もういいのかな」

「はい。もう」

「そうか。良かった」

「六階のみんなは？」

「だいたい落ち着いたようだ。心配して駆けつけた親御さんもいて、対応が大変だが」

「三限目の教室で何があったか、千曳さんは？」

「稲垣先生からいきさつを聞いたよ。異臭騒ぎ、という話もあったようだが、実際には異臭の発生はなくて、だからたぶん、集団ヒステリーとか集団パニックとか、そのような現象が起きてしまったんだろう。生徒たちを診た医師の意見も同じだ」

「――はい」

教室で気を失う前の一連の出来事を思い返しながら、ぼくは頷いた。包帯を巻かれた右手の傷が、鈍く痛んだ。

「みんな無事で済んで、良かったです」

千曳さんは「うむ」と頷き返したが、

「しかし、ここも穏やかじゃないね」

鋭く眉根《まゆね》を寄せて云った。明滅する天井の照明を見上げながら、

「どうも、この……」

「ハトが」

と、そこでぼくは訴えた。

「さっきあっちで、ハトがたくさん窓にぶつかってきて、大騒ぎに」

「病院の窓にバードストライク、か」

千曳さんはさらに鋭く眉根を寄せて、

「ちょっと前から天候も異常だしね。外は猛烈な風だ。雨は降っていないが、まるでここ――病院のある夕見ヶ丘一帯がいきなり、嵐のただなかに呑み込まれてしまったみたいな」

〈災厄〉が続く三年三組の生徒たちが搬送されてきたのが原因で、病院にまでこんな異常

事態が？

まさか、と思いたいが、今月に入ってからの、暴走を始めたような〈災厄〉の猛威を考えると、今ここで何が起こっても不思議はない。そんな気がして、慄然《りつぜん》とした。

「千曳さんはこれから、どう？」

「上階《うえ》に戻るつもりだが」

「じゃあ、ぼくも一緒に」

病室に置いてあるカバンは、あとで取りに戻ればいい。

「エレヴェーターは当面、使えそうにないね。階段はこっちだ」

と、千曳さんが誘導してくれて、ぼくたちは六階へ向かったのだ。

10

階段の途中で、上階から降りてくる女子生徒と遭遇した。葉住だった。

「あっ」

と、同時に声を発したのは彼女とぼくの二人。千曳さんは落ち着いた口調で、

「どうしたのかな」

と、彼女に訊いた。

「あの……わたし、怖くて」

葉住は千曳さんの顔を見て答えた。

「気分が悪いのはもう治りましたから」

「いや、しかし葉住くん」

「あの部屋にみんなで一緒にいたら、何かまた怖いことが起こりそうで。さっきから、電気が消えたり、ものすごい風で窓が割れたりするし……わたしもう、怖くて」

「外は強風で危険だぞ」

「一階《した》のロビーにいますから。そのほうが怖くないから」

それ以上は聞く耳を持たず、葉住は階段を駆けおりていった。その姿にぼくは、何とも云えない危うさを感じざるをえなかったのだけれど、いや――と、すぐに思い直す。

危ういのは今や、彼女だけじゃない。

三限目のあの教室で、あのような崩れ方をしてしまった生徒たちの全員がすでに、ぼく自身も含めて、ひどく危うい精神状態にあったのだから。ここに運ばれてきて処置を受けて、あのときの症状はとりあえず治まったものの、各々の心に内在する危うさが消えたわけではないのだから――。

六階の廊下に出て、千曳さんのあとについて進んだ。照明はここも五階と同じ不安定さで、あちこちの騒々しさも変わらない。

いくつかの角を曲がったところで、千曳さんがいったん歩みを止めて、

「あっちだよ」

長く延びた廊下の奥を示した。

「使っていない大部屋があるからと、病院が……」

その言葉を断ち切って、そのとき突然。

異常な衝撃が、来た。

衝撃。——凄まじい力で何かが破壊されたような、激烈な音響。建物全体を揺るがすような、激烈な震動。

また地震が？　とも思ったのだが、すぐさま否定した。地震ではない。むしろこれは、先週木曜日に目撃したあの事故のような。解体工事中のビルからコンクリートのかたまりが落下してきた、あのときの……。

廊下にいた人々の何割かが、両手で頭を抱えて床にうずくまっていた。とっさにそんな行動を取らせてしまうほどの、それは激しい衝撃だったのだ。

「何だ、今のは」

千曳さんが呟いた。

「何だか、まるで……」

その声を掻《か》き消すようにして、人々が叫びはじめた。悲鳴。泣き声。そして怒号も。

「まずいな」

千曳さんが駆けだした。

いったい何が起こったのか、分からないままにそのあとを追う。進むにつれて見えてきたのは、足がすくんでしまいそうな惨状だった。

天井に並んだ照明のカバーが外れ落ちていたり、いろいろな備品が倒れていたり。割れたガラスが散乱していたりもする。前方の視界がひどく霞《かす》んでいるのは、粉塵《ふんじん》が舞い上がってでもいるのか。においもする。埃《ほこり》くさいにおい。化学物質のようなにおい。さらには何か、焦げくさいようなにおいも……。

千曳さんが、急に足を止めた。

ぼくは目を見張った。

泣き喚くような声と慌ただしい足音が、前方から。霞んだ視界の向こうから、そして次々に飛び出してくる人影が。

夜見北の制服を着た生徒たち、だった。男子がまず一人、続いて女子が三人、さらに男子がまた一人……。

「あっ、先生。た、大変なんです！」

千曳さんに向かって、最初の男子——生物部の森下が叫んだ。顔も髪もシャツもズボンも、どろどろに汚れている。ほかの生徒たちも皆、同様だった。

「どうした」

千曳さんが訊いた。

「何があった？」

答えようとして歩を緩めた森下を、後続の女子三人が押しのけ、千曳さんとぼくの横をすりぬけて、まろぶように駆けていった。「もういやだ」「勘弁してよ」「逃げなきゃ」「早く逃げなきゃ」……と、そんな言葉を口々に発しながら。

「ヘリが、いきなり」

と、森下が必死の形相で訴えた。

「たぶん、となりの部屋の窓に突っ込んできて。壁や天井が崩れて、それでぼくたちのいる部屋まで……」

ヘリ？

ヘリコプターが？

あまりの驚きに、ぼくは言葉を失った。

強風に巻き込まれて、操縦不能になったんだろうか。しかしそれが、よりによってこの病棟のこの階の、クラスのみんながいた部屋のそばに突っ込んでくるなんて……。

「……ヘリはもう、めちゃくちゃで。折れたローターの羽根が飛んだりして、あの部屋ももう、めちゃくちゃになって。めちゃくちゃで、とんでもないんです。とんでもなくて、もうわけが分からなくて」

「怪我人は？」

「いると思います。でも、とにかく逃げなきゃって、みんな必死で、もうどうしようもなくて……」

このやりとりのあいだにも、一人また一人と逃げてくる者たちがいた。クラスの生徒もいれば、そうじゃない大人たちもいた。森下のように必死の形相の者もいれば、ショックで呆然《ぼうぜん》としている者もいて……やがて。

耳をつんざくような爆発音が、建物を揺るがした。大破したヘリの燃料に火がついてしまったのか。

霞んだ視界の向こうに、燃え上がる炎が見えた。熱気も押し寄せてきた。

「だめだ。逃げろ！」

千曳さんが大声で命じ、ぼくは大慌てで踵《きびす》を返す。

明滅を続けていた照明がこのとき完全に消えてしまい、窓のない廊下には闇が降りた。火災報知器が作動し、警報ベルがけたたましく鳴りはじめる。

もともと廊下にいた者たちに加え、警報に驚いて、あたふたと病室から出てきた患者や見舞い客たち。医師やナースもいる。こんな状況での、全員の秩序立った行動は望むべくもなくて——。

ほどなく病棟は、制御不能の恐慌と混沌《こんとん》に落ち込んでいったのだ。

11

このあとのぼくの意識はいよいよ胡乱で、現実は奇妙に断片化されている。

「逃げなきゃ」と思って踵を返し、廊下を駆けだしたのは確かだが、そうやって身体を動かしているのは「ぼく」の半分で。残りの半分はやはり〝外〟に吹き飛ばされたまま、刻々と激化していく場の混乱を、その中でもみくしゃになっていく自分自身を、ちょっと離れたところからぼんやりと眺めているような感覚があった。

暗い廊下を、口々に何か声を発しながら逃げ惑う人々。自家発電装置が作動して、まもなく非常電源に切り替わったものの、光を発したのは少数の非常灯だけ。そんなところへ追い討ちをかけるように、フロアの奥で発生した火災の煙が広がってきて――。

場はますます混乱し、まさにパニックの様相を帯びはじめる。

人々が向かうのはエレヴェーターホールだが、おそらくエレヴェーターは止まったままだろう。すると、みんなが大挙して階段に押し寄せることになる。人々の中には動くのが不自由な入院患者たちもいる。いったいどうなってしまうんだろう。――というふうに状況を眺めている「ぼく」がいて。同時に、煙を吸い込まないよう上体を低くして、人々の動きに合わせながらその場から逃げようとしている「ぼく」がいて……。

千曳さんの姿はとうに見失っていた。

非常灯の光は弱々しくて不安定で、視界は悪い。緊急を告げる院内放送が流れたが、場があまりにも騒然としているため、何を云っているのか聞き取れない。

そうこうするうち——。

われ先にとエレヴェーターホールをめざす人々の流れから、ぼくははじきだされてしまう。

誰かに押されて大きく体勢を崩して、別の誰かにぶつかってさらに大きく体勢を崩して……あえなく倒れ伏した。誰かに背中を踏まれて、誰かの足が腕や肩や脇腹に当たって……たまらず身を横転させ、人波から逃げるように床を転がっていって——。

転がりながら「ぼく」の半分は、激しい恐怖に憑かれている。

昨夜から幾度もテレビで目にしたアメリカのテロ事件のニュース映像が、いやでも頭にちらつくのだ。航空機がビルに突っ込んで爆発して、火災が発生して広がって、ついにはビルが崩落……あまりにもショッキングなあの光景が、現在のこの状況に重なり合う。ニューヨークのあのビルと同じように、この病棟も崩れ落ちてしまうんじゃないか。そう想像して生じる恐怖は、現況の冷静な分析や判断を寄せつけてくれない。——しかし、その一方で。

きっと自分だけじゃないんだろう、と「ぼく」の半分はぼんやり考えている。この場にいるほぼすべての者がきっと今、同じような想像をしてパニックを起こしつつあるのだろう。だから、こんな……。

逃げなければ。逃げよう。逃げろ。逃げろ。早く逃げろ。——と、彼らは(ぼくは)焦る。もたもたしていると、もうすぐにでもこの建物は崩れ落ちて、みんな死んでしまう。死んでしまう。死んでしまう！

床を転がって、どこかで強く胸を打って一瞬、息ができなくなって……短い意識の暗転が、ここで。

……あちこちの痛みに耐えて、やっと身を起こす。

煙のにおいが、さっきよりも鋭く鼻をついた。慌てて頭を低くしながら廊下を駆けるが、この時点でぼくには自分の現在地や方向がよく分からなくなっている。

「非常口」の標示が、ふと目に入る。

付近に人影は見当たらなかったが、一も二もなくそれをめざして進んで、その下にあった灰色の鉄扉に飛びついた。両手でノブを摑《つか》んで、肩をぶつけるようにして押し開けて——。

扉の向こう側へ倒れ込んだ。

短い意識の暗転が、ここでまた。

……ひどく暗い空間だった。

窓はどこにもない。電灯は天井に一つ、弱々しい明滅があるだけ。屋内に設けられた非常用の階段が階下《した》へ延びていることが、そのおかげでかろうじて分かった。

階段の先には光が見えない。地の底に呑み込まれていくかのようだが、ここでもとの廊下へ引き返すのは危険だ。足を止めるわけにはいかない。

腹を決めて、階段を降りはじめる。

人の気配はなかった。

たまたまこの階段が今、みんなの盲点に入っていたのか。あるいは、もしかしてこの階段には何か問題でもあって……？

今さら考えても仕方がない。とにかくこれを降りて、降りきって、建物の外へ逃げ出さなければ。

気持ちはひたすら焦るが、降りるに従って光が失せていき、闇が深まってくる。コンクリートの壁に片手をつきながら一歩一歩、段を降りる。一階ぶんを降りたときにはもう、視界がすっかり闇に覆われてしまう。

この時点で、五階で「風」を受けたときから続いていた意識の分裂感はなくなっていた気がする。〝外〟へ吹き飛ばされた「ぼく」の半分はもとに戻って一つの自分になったが、代わりに視覚を完全に奪われてしまった、という感じで——。

文字どおりの真っ暗闇、だった。

前後左右、見えるものは何もない。足もともちろん見えない。それでも手探り足探りで、階段を降りていかなければならない。

不思議と外の音は伝わってこなかった。上の鉄扉に遮断されて、煙のにおいも追ってこない。けれど、だからといってここで足を止めるわけにはいかず……。

暗闇の中、ぼくは階段を降りる。

降りるうち、奇妙な感覚が芽生えてくる。

ここは確かに病棟の内部なのに、なぜかこの非常階段の暗闇だけが、実は現実世界から切り離されているんじゃないか。一段また一段、この階段を降りるに従ってぼくは、よりいっそう深い闇に閉ざされた異界へと沈み込んでいくんじゃないか。

そんな感覚に囚われた時間はしかし、そう長くはなかった。

どれくらい進んだところでだったろうか、ぼくはうっかり階段を踏み外してしまう。慌てて踏みとどまろうとしたが、かなわず……転落。

どのように転がり落ちていったのか、どこでどうやって止まったのか、自分でも分からない。途中で強く頭を打ったような気もするが、その痛みを痛みとして感じるいとまもなく――。

意識がまたしても暗転する。

12

「考えて、想くん」

声が聞こえた。

「そして、思い出して」

これは……ああ、またか。この声はまた、赤沢泉美の？

夢か――と思って目を開けたが、開けてもそこには暗闇だけが。泉美の姿は見えず、

「考えて、想くん」

声のみが、同じ言葉を繰り返す。

「そして、思い出して」

考えろと云われても――。

なかば途方に暮れつつ、ぼくは深い闇を見つめる。

思い出せと云われても――。

いったい何を？

いったいどうやって？

ぼくは深い闇を見つめつづける。すると――。

どこかからすっと淡い光が射し込み、その光がおもむろにあるものを照らし出した。大きな天秤《てんびん》ばかり、だった。長い竿《さお》と、その左右にぶらさがった二枚の皿。――それだけが、闇に浮かぶようにしてそこにあるのだ。

「だからね、重要なのはやっぱり、〝力〟のバランスなの」

泉美の声が、そのときまた。

バランス。〈死者〉と〈いないもの〉の、〝力〟のバランス。――それをこの天秤ばかりで視覚化してみろ、とでも？

思ううち、向かって左手の空間にスポットライトのような光が射し、そこに一体の人形が現われた。何も着せられていない球体関節人形。性別不明だが、むきだしの白い肌はどこか艶《なま》めかしくて、頭部にはなぜか黒い頭巾がかぶせられている。

続いて、向かって右手の空間に光が射す。そして今度はそこに、二体の同じような人形が。どちらもやはり、頭部に頭巾がかぶせられていて……。

何者かの見えざる手が、このとき動いた。左の一体、右の二体をそれぞれ持ち上げて、天秤ばかりの左右の皿にのせたのだ。

少しのあいだゆっくりと揺れ動いたのち、天秤は水平の状態で止まる。これは――。

左が〈死者〉。

右が〈いないもの〉。

そういうことか。

今年度の三年三組にまぎれこんだ〈死者〉＝赤沢泉美が、左の人形。〈対策〉として用意された〈いないもの〉が、右の人形。二体のうちの一体はぼくこと比良塚想で、もう一体は葉住結香。

〈死者〉と〈いないもの〉の〝力〟が、こうして釣り合った状態。これが四月から五月の初めにかけて続いた「バランス」だったわけだ。両者の均衡によって、〈災厄〉の発生が喰《く》い止められていた。

ところが、五月に入って一週間が経ったあの日、葉住が〈いないもの〉の役割を放棄してしまって――。

見えざる手が動いて、右の皿から人形の一体を取り去った。結果、天秤は大きく左に傾く。――〝力〟のバランスが崩れ、〈災厄〉が始まった。まず神林先生のお兄さんが死に、次に継永が死んで、小鳥遊のお母さんが死んで……。

崩れたバランスをもとに戻そうとして、泉美が〈追加対策〉を提案したのが、五月の終わりごろ――。

新たな人形が一体、現われる。これは、葉住に代わって〈二人めのいないもの〉を引き受けてくれた牧瀬だ。見えざる手がこの人形を持ち上げて、右の皿にのせた。――が、天秤の傾きは変わらない。

〈災厄〉は止まらず、六月下旬には幸田俊介・敬介の兄弟と彼らの両親が死んだ。いったん始まってしまった〈災厄〉は、あとづけの〈対策〉では止められない。――いったん崩れたバランスはもとには戻らなかった、ということだ。そして――。

〈対策〉は中止となった。

見えざる手が、右の皿の人形を二体とも取り去る。左の皿の一体だけが残り、当然ながら天秤は左に傾きつづける。〈災厄〉は止まらない。しかし――。

見えざる手がここでまた動き、左の皿に残った人形の頭巾を取った。頭巾の下からは精巧に作られた泉美の顔が現われる。

さらに手が動き、人形を持ち上げる。胴体を鷲摑《わしづか》みにするような力が、さらには四肢を引きちぎるような力が加わって、やがて人形はばらばらに壊れて闇に溶けた。

七月初めのあの夜。泉美＝〈死者〉が〝死〟に還って消えて、これでバランスは戻ったはずだったのだ。なのに――。

暗闇に浮かんだ天秤ばかりを、ぼくは見つめる。

左右の皿の上にはもう、何もない。何もない状態での釣り合いがこのまま続くはず、なのに――。

九月に入って相次ぐ〝関係者〟の死。〈災厄〉は止まっていない。ということは……。

天秤が左に傾く。左右の皿の上には何もないのに。なのに……なぜ？

なぜ？　と問いつづけながら、ぼくは天秤ばかりを凝視する。

なぜ？　なぜ？　なぜ？　なぜ？……

――想くんさえ〈いないもの〉の役割をまっとうすれば、ね。

いつだったかの鳴の言葉が、このときふいに耳によみがえってきた。確かこれは、四月のなかばごろの。

――〈死者〉が一人まじって増えてしまったクラスの人数を、〈いないもの〉を一人作ることによって本来の数に戻す。そうやって崩れたバランスを正す。っていうのがそもそも、このおまじない――〈対策〉の意味だから。だからね、想くん一人がちゃんとやりさえすれば、〈災厄〉の始まりを防ぐ効果は変わらないはず。

あのとき、鳴はそう云いきってはばからなかった。たとえ葉住が〈いないもの〉をやめたとしても、バランスは〈死者〉1：〈いないもの〉1で保たれると考えていたのだ。ところが、実際には違った。葉住が役割を放棄したことがきっかけで、〈災厄〉は始まってしまったのだった。

――今年はそういう力関係なんだってことでしょ。

と、この件について泉美は見解を述べた。

――〈いないもの〉が一人だけじゃあ釣り合わないような?

と、ぼくは訊いた。

――釣り合わない、バランスが取れない……そう、そんなイメージ。〈いないもの〉の〝力〟を増やさないと、今年の〈死者〉の〝力〟は打ち消せない。

泉美はそう答えて、あのときは納得したぼくだったけれど……「そういう力関係」の意味を今、改めて考えてみる必要があるんだろうか。

なぜ? と問いつづけながら、ぼくは天秤ばかりを凝視しつづける。

なぜ、鳴の予測は外れたのか。

なぜ、今年はそういう力関係なのか。

なぜ? なぜ? なぜ? ……問いつづけ、凝視しつづけるうちに、やがて。

左の皿の上に、闇から染み出すように現われたものが。――これまで見えていなかったものが。全身を真っ黒に塗られた、一体の人形が。

……まさか。

思うと同時に、冷たい震えが走った。

13

「考えて、想くん」

どこから泉美の声が、また。

「そして、思い出して」

暗闇に浮かんでいた天秤ばかりが姿を消して、するとたん、

……どくん

脳裡に再生される、ある光景。

C号館三階の、三年三組の教室。何も記されていない黒板。整然と並んだ机と椅子。けれども生徒たちは、誰も椅子に坐《すわ》ろうとしない。これは——。

これはそう、四月九日の、一学期の始業式のあとの。

神林先生に命じられて、ぼく以外の全員が席についた。用意されていた机と椅子のすべてに一人ずつ、生徒が収まった。数はそれでちょうどだった。つまり、ぼくが坐るべき場所がなかった。——机と椅子がひと組、足りなかった。

「考えて、想くん」

繰り返される声に、ぼくはゆるゆると首を振る。

「そして、思い出して」

……どくん

机と椅子がひと組、足りない——と、あのときは思った。誰もがそう思った。だから

……いや、待て。ああ、何だろう。ふいに今、何か……。

……どくん

……違和感が。

何だか居心地の悪い、この……。

……本当にそうだったのか？

本当にあのとき、机と椅子はひと組、足りなかったのか？

あの日、教室にいたのはクラスの全員で、その中には〈もう一人〉＝〈死者〉＝泉美も含まれていて、だから……ああ、いや。

違う。

それは違う。違った。――全員ではなかったのだ。四月から病気の治療のため入院が決まっていたという牧瀬が、あの日はもう来ていなかったのだから。――すると。

彼女が欠席だったぶん、教室の机と椅子はひと組、余っていたはず。〈死者〉＝泉美が加わって生徒が一人増えても、差し引きゼロで机と椅子はちょうど足りたはず、ではないのか。なのに……。

……どういうことだろう。

どうしてこんなあからさまな不整合に、これまで気づかなかったのか。

……どくん

聴覚の守備領域の外で、さっきから低い響きが、断続的に。それをかすかに感じ取りつつ、ぼくは大いに戸惑う。

〈現象〉によってさまざまな記録や記憶が改竄・改変されてしまう、この特殊な〝世界〟の中にいて、いったいぼくは何をどう考えればいいのか。何をどう思い出せばいいのか。

「考えて、想くん」

と、それでもまた泉美の声は繰り返す。

「そして、思い出して」

14

携帯電話の振動を感じ取って、はっと目が覚めた。

階段を踏み外して転落したあと、ぼくはやはり気を失っていたらしい。どのくらい時間が経ったのかは分からない。

目を開けてもしかし、周囲が暗闇であることに変わりはなかった。ひんやりとした硬い床にうつぶせに倒れている。それだけが分かった。

ズボンのポケットから携帯を探り出して、ディスプレイを見た。「着信」の表示。振動は続いている。発信者は——。

見崎鳴。

慌てて応答ボタンを押し、携帯を耳に当てた。ざざざ……という雑音《ノイズ》にまじって、
鳴の声が聞こえてきた。

「……想くん？」

「無事？」

集団搬送騒ぎや病院の今の惨状を、彼女は知っているのか。何かで情報を得て、安否を確かめるために電話を？

彼女には今、訊きたいことがいくつもあった。けれど、ゆっくり訊いていられるような状況ではない。——それでも。

「見崎さん」

と、ぼくは声を絞り出した。

「見崎さんにはもう、分かっているんですか」

答えは返ってこない。ぼくは続けて、

「どうして見崎さんはわざわざ、葉住さんに会いに」

ががが、ざざざざざ……と、ひどいノイズが割り込んでくる。ぼくの言葉が鳴に届いたのかどうかも分からないまま、つながっていた電波が切れた。

溜息《ためいき》をついて、ぼくは耳から離した携帯に視線を落とす。ディスプレイが発する光のお

かげで、周囲の闇が少し薄らいでいた。

ぼくが倒れていたのは、階段の途中の踊り場だった。見まわすと、すぐそばに灰色の扉があった。「3F」という表示があるのも見て取れた。

このままこの階段を降りていくべきか。それとも……。

逡巡《しゅんじゅん》の末、ぼくは扉に手を伸ばす。

15

病棟三階の廊下は、ここもまた非常灯だけが不安定に光を発しているだけの薄暗さで、見る限り人の姿はまったくなかった。みんなもう、階下へ逃げおりてしまったのか。

火災報知器の警報音は聞こえない。煙のにおいもない。だが、六階の緊急事態に収拾がついたとはまだ考えられないから、ここにとどまるのは危険だろう。

膝に肘に、肩に背中に……鈍い痛みがあった。階段を転がり落ちたとき打った頭も、左側頭部の上のほうがずきずきと痛む。右手に巻かれていた包帯はほどけてしまい、手の甲に負った傷が開いて血が出ていた。思っていたよりも傷は大きくて、出血も多い。

不気味な静けさの中に独り立ち、息を呑んであたりの様子を窺うぼくの視界の隅で、そのとき——。

仄白《ほのじろ》い人影が動いた。

誰？　と思ったのは一瞬で、次の瞬間には「そうか」とそれを受け入れていた。

仄白い……あれはそう、夜見北の夏制服だ。スカートがひるがえるのが見えたから、女子生徒の。

人影はぼくに背を向け、廊下の曲がり角で少し立ち止まる。そして、すうっと一度、ぼくのほうを振り返る。薄暗いうえにかなり距離があって、はっきりとその顔が見て取れたわけではないのだが、

「ああ……やっぱり」

と、ぼくは呟いていた。

あれはきっと、彼女だ。――泉美だ。

この世にいるはずのない赤沢泉美の亡霊……いや、幻影を今、ぼくは見ているのだ。八月の、あれは確か八日だったか、この病院の一階ロビーで彼女を見かけてあとを追った、あのときと同じように。

曲がり角を折れて、彼女が消える。ぼくはそれを追って、同じ曲がり角を折れる。何メートルか先の薄暗がりに、彼女の背中がぼんやりと見える。ぼくは小走りになって、それを追う。彼女はまた廊下を折れる。ぼくはさらにそれを追う。

そんな、何だか悪夢めいた繰り返しがひとしきり続いた。ぼくはどうにかして彼女に追

いっこうとするが、いくら走ってみてもいっこうに距離は縮まらなくて、そのうちとうとう、彼女の影を見失ってしまって……。

どこをどう走ってきたのか、自分でもまるで分からなくなっていた。八月のあのときと同じで、何やら異界の巨大迷路に迷い込んだような心地になりながらも、やがて——。

気がつくとぼくは、見憶えのある長い廊下の真ん中に立っていたのだ。

泉美の〝霊〟に導かれて、という話にはしたくない。あれはあくまでもぼくの心が作り出した幻影にすぎなくて、自分ではそれと意識しないままにぼくは、病棟三階のどこかからつながっているはずのその廊下を探しつづけ、探し当てたのだろう。そう考えるほうが、まだしも納得がいくではないか。

いずれにせよ——。

ぼくはここを知っている。

以前——八月八日のあのときも、泉美の幻影を追いかけた結果として、ここに来たことがある。ここは、この廊下は……。

診療棟・入院病棟を合わせたこの病院の〈本館〉と、精神神経科がある〈別館〉。離れた二つの建物をつないだ、あの渡り廊下。一階と三階に設けられたそれらのうちの、これは三階の廊下で……。

この先にあの病室があることを、もちろんぼくは知っている。

これからぼくは、そこへ行こうとしている。

いまだに思考は混乱していて、ぼんやりとした輪郭が見えてはいても確信を持つには至っていない。けれど、それでもぼくは……。

廊下には両側に窓が並んでいるが、射し込んでくる光はないに等しい。外は相変わらず夜のような暗さで、なおかつ照明もほとんどが消えていて――。

風がまだ、吹き荒れている。途切れなく続く、甲高いその音。聞きようによっては、無数の人間の悲鳴を成分としてでもいるような。

風音に加えて、雨の音もする。いつ降りだしたんだろうか、かなりの強さで雨が、屋根や壁や窓を打ち鳴らしている。――けれど。

ぼくの耳には今、それらのすべてがひどく遠くに感じられるのだった。まるでこの廊下が、現実から隔てられた異界のトンネルででもあるかのように。

乱れていた呼吸を整えて、ぼくは歩を進める。進めるうち、頭の中で声が響く。泉美の、ではなくて、

「考えて、想くん」

今度は鳴の――。

「そして、思い出して」

ぼくは歩を進める。進めるうち、

……どくん

閃光《せんこう》に照らされるようにしていきなり、脳裡によみがえる光景が、場面が。そのときどきの自分の心の動きが。――ああ、これはそう、七月初めのあの夜、逃げる泉美を追いかけるうちに降りかかってきた、あの奇妙な感覚に似た……。

……どくん

……四月二十一日、土曜日。

三年生になって初めて、この病院の「クリニック」を訪れたあの日。診察のあと、会計窓口のある診療棟一階のロビーへ向かう途中の廊下で――。

どくん、という低い響きとともに一瞬、視界が暗転したのだ。しかしそれは本当に、ほんの一瞬のことで……そして直後、記憶から迫《せ》り出してきた事実があった。

四月の初めから、病気が理由で学校を休みつづけている生徒が一人、そういえば三組にはいる――と。詳しい事情は分からないが、しばらくは入院が必要で登校はむずかしいらしい。その生徒がつまり、牧瀬だったわけだが……。

……これは、何なのか？

心中で急激に膨らむ違和感。

……どくん

あのときの、この記憶は、もしかしたら……。

……五月二十七日、日曜日。

あの夜、泉美がぼくの部屋にやってきたときの、一連の会話がよみがえってくる。

――三月末の〈対策会議〉のときのこと、憶えてるよね。今年が〈ある年〉だった場合、誰が〈いないもの〉になるかを決めたときの。

そう云われてぼくは、そのときの記憶を探ったのだった。

この中の誰が〈いないもの〉の役割を担うか、という話になって、ぼくが手を挙げた。ところが直後、江藤から「それだけでいいんでしょうか」という意見が出て、今年は〈二人め〉が決められる運びになって。そしてそのあと、例のトランプを使った籤引《くじび》きが。

――トランプで籤引きをしたよね。それで、葉住さんがジョーカーを引いて〈二人め〉に決まったんだったけど……ね、ほら、思い出して。その前に。

泉美は切れ長の目を、遠くを望むように細くしていた。

――籤引きが始まる前に、『だったら、わたしが』って云いだした人がいたでしょう。控えめな、何だか消え入るような声だったけど、みんなちょっとびっくりしちゃって。どうして急に？　って……。

そう聞いて、その時点から見て二ヵ月と少し前のその日の、そのときの場面が、闇から滲《にじ》み出てくるようにして脳裡に広がったのだった。確かにそう、そんな一幕があった――と、あのときぼくは思い出していた。自分以外に〈いないもの〉を引き受けようと云いだす者がいたことに、ちょっとびっくりしたという憶えも……。

結局その申し出は却下されて、当初の手はずどおり籤引きが行なわれる運びになった。そして、〈二人め〉は葉住が引き当てたのだったが……あのとき「だったら、わたしが」と云いだしたのが、そう、牧瀬だったのだ。

牧瀬という名前を聞いても、そういえばぼくは、〈対策会議〉で一度は会っている彼女の顔立ちを、うまく思い出せなかった気がする。何だか線が細くて影の薄い女の子で……としか。

ああ……これも、い、い、い、なのか、か？

あのときのこの記憶も、もしかしたら……いや、たぶん……。

16

歩を進めながら、ぼくは思い返す。

八月八日のあのとき、この廊下の先にあるあの病室の前に、ささやかな花束を持った江藤が立っていたのだ。

——わたしはお見舞いに、ね。

と、彼女は云った。

──前は本館の病棟だったんだけど、部屋が変わったって聞いて。何だかこここって構造がややこしいから、辿《たど》り着くまでにずいぶん迷っちゃった。

その病室の、見憶えのあるドアが目前に迫っている。

本館からの渡り廊下を抜けたところ。かつては精神神経科の患者用に使われていたという、別館三階にある病室。そこに彼女が……。

──どうぞ。

と、あのとき室内から聞こえてきた彼女の声を思い出す。これは確かに聞き憶えがある……と、あのときは感じた。三月の〈対策会議〉で会ったあの女子生徒の……と。

──比良塚、想くん？　来てくれて嬉《うれ》しいな。

屈託のない感じの、けれどもどこか弱々しい響きのその声に引かれて、ぼくは江藤に続いて病室に入ったのだったが──。

……どくん

どくん、という低い響きが、そうだ、あのときもどこかで。同時に〝世界〟が暗転して、ほんの一瞬後にはもとどおりになって……。

……どくん

病室の前に辿り着く。

くすんだクリーム色のドアを見すえながら、ぼくは考える。考えようとする。

この部屋に今、彼女はいるだろうか。本館の騒ぎのせいで避難して、もうここにはいないだろうか。――いや。

彼女は、いる。

確かな理由もなく、ぼくにはそう思えた。

彼女はいる。きっとまだ、ここにいる。

だったら、ぼくは。――ぼくは、どうすればいい？

ぼくはしばし、その場に立ち尽くす。何度も目を閉じて開いて、何度も深呼吸をして

……それから、携帯電話を取り出した。

――考えて、想くん。

――そして、思い出して。

ぼくは考えて、そしてたぶん、思い出しつつある。要《かなめ》となる問題の、ぼんやりとした輪郭は見えてきている。――しかし。

その輪郭が真か偽か、確かめるすべがぼくにはないのだ。だから……。

みずからの血がこびりついた右手で、ぼくは携帯を握りしめる。

ここに鳴がいてくれれば、と思う。が、それは無理な話だ。さっきの電話をどこからかけてきたのかは不明だけれど、平日のこの時間、普通に考えて彼女がいる場所は高校だろう。仮に今、ぼくが電話でＳＯＳを発したとしても、来てくれるのは三十分後か、一時間

後か。

「だめだ」

呟いて、ぼくは携帯を握り直す。するとそのとき、思いついたのだ。

榊原恒一に電話を、と。

彼ならば、もしかすると……。

アドレス帳から恒一の電話番号を探し出すと、祈る気持ちで発信ボタンを押した。幸いにもこのときの電波状態は悪くなかった。幾度かの呼び出し音ののち——。

「はい。想くんか？」

恒一が出てくれた。

「どうしたんだい。何か……」

「突然すみません」

ぼくは語気を強めて、

「何も訊き返さないで、ぼくの質問に答えてください。お願いします」

「何……かな」

恒一は驚き、戸惑っている様子だった。当然だろう。

「見崎から聞いたけど、そっちはまた大変なんだって？」

「榊原さん。とにかく今からする質問に答えてください。お願いします」

「三年前のことです」

ややもすると声がうわずりそうになるのを懸命に抑え、なるべく淡々とした口調になるように努めつつ、ぼくはその質問をした。

「三年前――一九九八年の四月に亡くなった、見崎さんの双子の妹の名前を、榊原さんは憶えていますか。思い出せますか」

「ん？ ――うん。分かった」

ぼくには今、それが思い出せないのだった。

六月に鳴がぼくの部屋を訪れ、自分の「身の上話」を語ってくれたあのとき、確かに聞いたはずなのに。聞いたこと自体は憶えているのに。――なのに、いくら集中して記憶を探ってみても、どうしてもその名前が思い出せない。いつのまにか、思い出せなくなってしまっていたのだ。確かめてはいないが、おそらくは鳴本人も、ぼくと同じように……。

けれども、彼ならばもしかしたら憶えているのではないか。

夜見山からは遠く離れた〝圏外〟に長くいて、しかも「三年前に〈死者〉を〝死〟に還した人間」という意味での特殊性を、「ほかのみんなはすぐに忘れてしまう『その年の〈もう一人〉』の記憶がずっと残っている」という意味での特権性を持つ、彼ならば。三年前の〈現象〉や〈災厄〉全般についても、通常より強度の高い記憶を保持しているかもしれない彼ならば。――榊原恒一ならば。

「もともとは藤岡家の娘だった見崎鳴の、双子の妹。あの年の四月に病院で死んだ……憶えているよ、想くん」

こちらのただならぬ気配を感じ取ったのだろう。事情を問いただすこともせず、恒一は答えてくれた。

「名前はミサキ、だ」

「ああ……」

「未来の『未』に花が咲くの『咲』で、未咲。藤岡未咲」

携帯を耳から離して、ぼくは「ああ……」とまた声を落とす。病室のドア、その横に掛けられたネームプレートを見つめながら。

入院患者の氏名が、そこには角張った手書きの文字で記されている。

「牧瀬未咲」——と。

17

——比良塚、想くん？ 来てくれて嬉しいな。

八月八日の午後、たまたま遭遇した江藤に促されてこの病室に入った、あのときの記憶が脳裡に再生される。

殺風景な広い部屋に、白いベッドが一台。そのベッドに横たわったまま、ぼくたちを迎えた彼女――牧瀬未咲。

見舞いに持ってきた花束を江藤が、窓ぎわの花瓶台に置いた。もとが精神神経科の病室であったなごりなのか、窓に頑丈そうな鉄格子がはまっていたのが印象的で……というか、あのときはそれを見てやっと、ここが渡り廊下でつながった別館内の一室だと悟ったぼくだったのだ。

――結局わたし、何にも役に立てなくて。

寂しげにそう云った彼女。泉美の提案に従って、葉住に代わる〈二人めのいないもの〉を引き受けたものの、効果がなかったから……。

そんなことはないよ――と、ぼくは応えたように思う。

――でも、やっぱりわたしは何も……。

――そんなことはないよ。

と、ぼくは繰り返したように思う。

――それにもう、大丈夫だから。〈災厄〉の心配はもう、なくなったんだから。

――ほんとに？

いくぶん声を高くして彼女は訊いたが、このときも彼女はベッドに横たわったままで。

――ほんとに、もう？

ぼくはベッドから少し離れたところに立っていたので、そんな彼女の顔がちゃんと見えていなかった。ただ——。

ベッドサイドのテーブルの端で、銀色に光りながら揺れていたものが、あのとき目にとまったのだ。

携帯電話のストラップ、だった。そこに置かれていた彼女の携帯のストラップが、テーブルの端から垂れていて……その、シルバーのマスコットには見憶えがあった。有名な沖縄の伝説獣をもとにデザインされた、あれは——。

鳴がぼくにくれたのと同じ、修学旅行みやげの、シーサーの……と、あのときぼくは気づいたのだった。

えっ、と声を上げそうになって、それからぼくはそっとベッドに歩み寄って。

——〈災厄〉は止まったんだ。

そう云って、こちらに目を向けた彼女の顔をちゃんと見てみて——。

驚いた。ずいぶんやつれている感じがあって、髪型も違っていたけれど、彼女の顔立ちが基本、鳴にとてもよく似ていたから。まるで血のつながった姉妹のように。

ただし、これはこのとき初めて気づいたことではないはずで……三月の〈対策会議〉でも、ぼくは彼女と会っているから。その場でもそう、ぼくは彼女の顔を見て、やはり「鳴に似ている」と感じた。——という経験を、あのときぼくは思い出したのだった。

同時に思い出したのは、病院で何度か見かけた霧果さんのこと。実は霧果さんではなくて、あの女の人は鳴の産みの母である美都代さんだったということ。美都代さんはもともと藤岡姓だったが、二年前に離婚して、そのあと再婚したこと。再婚に伴って家も「こっちのほう」に越してきて、そのせいもあってこの春からときどき直接、鳴に連絡が来るようになった、ということも。

もしかしたら——と、そこで思いついた。

もしかしたら、美都代さんが再婚した相手の苗字《みょうじ》は「牧瀬」だったんじゃないか。そして……だから、この病室にいるこの女子生徒は「牧瀬未咲」なんじゃないか。母親の再婚を機に、彼女もまた苗字を「藤岡」から「牧瀬」に変更していた。住む家も「こっちのほう」に移って、中学も夜見北に転校する運びになって……。

その娘が四月から入院しているからこそ、美都代さんはしばしば、この病院を訪れていたのだ。彼女自身が診察を受けるためではなくて、娘の見舞いのために。——そういうことなんじゃないか。

鳴には、三年前に死んだ双子の妹のほかにもう一人、三つ年下の妹がいる。——という話を聞いたことがある。——という記憶も、あの時点でぼくは持っていた。それで、あのときぼくは納得したのだった。

この女子生徒——牧瀬未咲はきっとその、鳴の「三つ年下の妹」なのだ。鳴からもらったのと同じシーサーのストラップがある、という事実を傍証として、ぼくはほぼそう確信したのだけれども、その場でそれを、牧瀬本人に云って確かめようとはしなかった。初めて病室を訪れてそんな話を持ち出すのが、何となくはばかられたから。

しかし一方で、ぼくはこの事実をもとに考えを巡らせてもいたのだった。七月のあの日の、鳴の言動の不自然さについて。泉美が〝死〟に還って消えたあともずっと気にかかりつづけていた、その問題について。

七月のあの日。日付は五日、だった。

激しい雨が降りつづいたあの日の日没近くになって、鳴から電話がかかってきた。その声を聞いた瞬間に覚えた、強い違和感。——ぼくが知っている、それまでの彼女とは違う感じ。いつもどこか淡々としていて感情をあまり前に出さない、という彼女の基本的なスタンスが、まるで維持できていない感じで……あのとき、鳴はこう云った。

——急がなきゃいけない。そう思えてきて、わたし……。

そして彼女は、「クラスのみんなが、なるべくたくさん写っている写真」はないか、と訊いたのだ。入学式の日に撮った集合写真がある、と答えると、

——それ、今から見せてくれるわけにはいかない？

そう云われてぼくは、すぐにその写真を持って、彼女が待つ〈夜見のたそがれの、うつろなる蒼き瞳《ひとみ》の。〉へと向かったのだったが……。

思いつめたような、切羽詰まっているようにさえ聞こえた、あのときの彼女の声や口ぶり。――あんな鳴は初めて、だった。

前日までは、そんな気配はなかった。メキシコにいた恒一と電話で話したあともなお、〈人形の目〉の〝力〟を使うべきかどうか、そうして〈死者〉を〝死〟に還すべきかどうか、確信が持てなくて考えあぐねているふうで。それがなぜ、翌日になってあんなに急に……？

結果としてはあの夜、〈人形の目〉によって〈死者〉は泉美であると判明し、ぼくたちは彼女を追いつめ、彼女は〝死〟に還った。それによって今年の〈災厄〉は止まった――と、あのときは信じた。――けれど。

その後もずっと、ぼくは気になりつづけていたのだった。七月のあの日、どうして鳴はあんなにぼくを急がせたのか。どうして彼女自身があんなに焦っていたのか、と。

――何で今夜になって急に、だったんですか。

あの夜、鳴に直接そう訊いてもみた。けれども彼女の答えは「――何となく」で。

――何となく……気持ちが焦ってきた？

続けて問うと、答えは「いやな、予感がして……」だった。

彼女は何かを隠している――と、あのとき感じた。受け答えの言葉のいちいちが、ぼくの知っている鳴らしくない、と思えたからだった。

もしかしたら——と、そこでまた思いついた。

もしかしたら、鳴はあの日——七月五日の時点で初めて、妹の牧瀬未咲が夜見北の三年三組の一員であるという事実を知ったのではないか。——それまでは知らなかったのだ。母親の美都代さんから近況を聞かされたり、入院中の未咲に会いにいったりする機会はあっても、そこでは学校やクラスの話題はいっさい出なかった。夜見北への転校についても、三年三組の特殊事情についても、まったく。

ところが、あの日になってようやく、鳴は知ったんじゃないか。どういう流れがあったのかは分からないが、おそらくは未咲の口から、それを知らされたのだろう。

だから、だったのだ。だから、鳴はあんな……という、それまでひそかに抱きつづけてきた疑問に対するありうべき答えを、こうしてあのときぼくは見出したのだった。

この答えが正しいかどうかを確かめることができたのは、八月なかばのあの恐竜映画鑑賞会のあと、だった。一緒に行った矢木沢を置いてけぼりにして、帰りに立ち寄った人形ギャラリーの、おなじみのあの地下のスペースで——。

ぼくは意を決して、鳴にその話をした。目にした事実と自分の考えを話して、鳴から説明を聞いて、さまざまな辻褄《つじつま》がそれで合うことを確かめて……。

ぼくが想像したとおり、七月のあの日、鳴は三つ年下の妹・牧瀬未咲が夜見北に転校してきていて、なおかつ今年の三年三組の一員であると知って、とても驚き、狼狽したのだという。そうなると鳴自身も、今年の〈災厄〉に見舞われる可能性がある。そんな恐れもむろんあっただろう。だが、それより何より、第一に妹の未咲が、さらに実母の美都代さんまでが、〝関係者〟として命の危険にさらされつづけているということ、そのことを今まで自分が知らなかったという事実に強いショックを受けた。そして、焦った。だからあの夜、一刻も早く〈災厄〉を止めなければ、と思いつめて、ぼくにあの電話を……。

「……ああ」

知らないうちにまた声がもれた。「牧瀬未咲」と記されたネームプレートを見つめたまま、ぼくは病室のドアに手を伸ばそうとしていた。

八月八日にこの部屋を訪れたあのとき、彼女と会って気づき、思い出し、納得した――一連の事実や記憶、それらのつながり。そのすべてが実は、〈現象〉のせいで改竄・改変された〝偽りの現実〟だった。――そういうことなのか。本当にそうなのか。

ノブに手が届く。いやに冷たい感触。

ノックはせずに、ぼくはドアを開ける。

18

病室の中は廊下よりもさらに薄暗かった。

照明はすべて消えている。が、夜のような暗さとはいっても、窓からの自然光がまったくないわけではない。それでかろうじて、室内の様子が窺えた。そして、そこに横たわっている彼女の影も。

薄闇に仄白く浮かび上がるようにして、ベッドが見えた。そして、そこに横たわっている彼女の影も。

ぼくが入ってきても、ベッドの上の影は少しも動かない。眠っているんだろうか。それとも……。

病院はいま大変な騒ぎの渦中にあるのに、いくら本館から離れたこの場所とはいえ、入院中の患者がこうして独り放置されている。

その不自然な状況が、考えてみればたいそう気味悪くもあった。何だかこれは、この〝世界〟の外側にいる何者かの、冷ややかな作為めいた……。

悲鳴のような風音も、地を打つ雨音も、外では変わらず続いている。にもかかわらず、ぼくにはやはり、それらが遠いものに感じられる。異界のトンネルを通り抜けて辿り着いたこの病室が、まるで〝現実〟の上位に属する特殊空間であるかのようにも。

ベッドに向かって二歩三歩、足音を殺して歩を進める。

彼女はあおむけの姿勢で目を閉じている。胸がゆっくりと上下しているのが見える。やはり眠っているのか。――ぼくは。

ぼくはここでこれから、どのような行動を……。

「想くん」

と、声が聞こえたのはそのとき、だった。

ベッドの上の彼女が発したのではない。声の主は、ぼくの斜め後ろにいた。開けたドアの陰《かげ》に立っていたものだから、まるで気づいていなかったのだ。

「あ……」

薄暗がりの中、相手の姿を捉《とら》えてぼくは、危うく大声を上げそうになった。強い驚き。加えてたぶん、ささやかな安堵も。

「見崎、さん」

見崎鳴が、そこにはいたのだ。

高校の制服を着ている。彼女の左の目にはそして、白い眼帯が……。

「あ……あの」

声を抑えながら、ぼくは云った。

「さっき、携帯に」

「うん」

「あれは、ここから?」

「そう。集団搬送の話は聞こえてきていたから、ひょっとしたら想くんも病院にいて、騒ぎに巻き込まれてるんじゃないかって、気になって。すぐに切れちゃったけれど……無事で、良かった」

「あの……避難、しなくていいんですか」

「ここは離れてるから大丈夫でしょ」

何でもないふうに云って、鳴はこちらへ進み出てくる。ぼくは訊いた。

「いつ、ここに？」

「だいぶ前」

学校へは行かずに、か。あるいは、途中で抜け出して。

「きょうは美都代もお見舞いにきていて。でも、先に帰っていったから」

美都代さんが帰ったあとも、鳴はこの病室に残って、そして……？

「榊原くんに、電話したのね」

鳴が云った。

「さっき、この部屋の前で。――聞こえてたよ。想くんがどうして彼に電話したのかも、理解した」

「――はい」

鳴は至近距離でぼくの顔を見つめて、「で？」と続けた。

「榊原くんはどう云ってた？」

「ええと、それは……」

「三年前の四月にこの病院で死んだ、わたしの双子。――あの子は何ていう名前だったって？」

やはり鳴も、その名前を思い出せないでいたのか。

胸が押し潰《つぶ》されそうな気分で、ぼくは答えた。

「ミサキ……藤岡未咲、だと。榊原さんは憶えていました、その名前を」

そう聞いても、鳴の表情に目立った変化はなかった。

「そっか」

静かに小さく頷き、

「――やっぱり」

と、独り言のように低く呟いて。

それから、牧瀬未咲が眠るベッドのほうへ視線を向ける。そんな鳴に、

「見崎さんはいつ、気づいたんですか」

ぼくはそろりと訊いた。

鳴は淡々と答えた。

「先週の土曜日、想くんと話していて」

「あのとき、『分からない』って云ったのは本当だった。ただ、ちょっと気になることはあって……」

確かにそう、鳴はそんなふうに云っていた。「どこかおかしい、っていう違和感、みたいな」――と、そんなふうにも。

「″力″のバランスの問題、だったのね。赤沢さんが云ったとおり」

鳴は大きく肩で息をして、ベッドに一歩、近づいた。

「七月に赤沢さんが″死″に還ったのに、〈災厄〉は止まっていない。――なぜか」

自問するような鳴の呟きに、「それは」とぼくが答えた。

「〈死者〉がもう一人いたから、だったんですね。きっとそう、今年の〈対策〉としてぼくたちが、〈二人めのいないもの〉を設定してしまったから。そのせいで崩れたバランスを正す″力″が働いて、途中から現われた〈二人めの死者〉が……」

答えながら、ぼくは想像する。

その〈二人め〉は誰か？ を考えて鳴が取ったのがつまり、葉住結香に会いにいく、という行動だったのだろう。なぜなら――。

七月五日のあの夜、ぼくが持参したクラスの集合写真を、鳴は〈人形の目〉で見た。そうして〈死者〉は泉美だと指摘したのだったが、入学式の日に撮影されたあの写真に写っていたのは、クラスの全員ではなかった。写っていない生徒が三人、いたのだ。

三人のうちの一人は〈いないもの〉を引き受けていたぼくで、一人は〈二人めのいないもの〉の葉住。そしてもう一人は、すでに入院中で欠席していた牧瀬だった。

ぼくについては、鳴は早い時点で〈人形の目〉を使って〈死者〉ではないことを確かめていたから、残るのは葉住と牧瀬の二人。そこで鳴はまず、葉住に会いにいったのだ。会って、〈人形の目〉で彼女を見て、彼女が〈死者〉かどうかを確かめて……。

そんなぼくの思考を、例によってすべて見透かしているかのように、

「葉住さんに〈死の色〉は見えなかった」

と、鳴は言葉をつないだ。

「だから、残るのはこの子しかいない。そう考えて」

右の目を閉じて、少し間《ま》をおいて。

「そう考えたんだけど、でも、まさかそんな……って。すぐには踏んぎりがつかなくて」

当然だ。無理もない、と思う。

けれど……それでもきょう、鳴はみずから「踏んぎり」をつけて、ある種の覚悟を決めて独り、ここへやってきたのか。

「もう、確かめたんですか」

ぼくは訊いた。

「〈人形の目〉で、もう？」

鳴は黙って頷き、それからおもむろに眼帯を外した。あらわになった〈人形の目〉の「うつろなる蒼き瞳」に、ベッドで眠る牧瀬の姿を映しながら、

「美都代が帰ったあと……この子はまだ眠っていなかったんだけど、こうやって見てみた」

「見えたんですか、〈死の色〉が」

「見えたよ。今も、見える。はっきりと」

「じゃあ……」

「それでも、迷ってた」

苦しげに、けれどもあくまで静かに、鳴は語ったのだ。

「迷いつづけてた、とても。本当にこの子が〈死者〉なのか。三つ年下の妹なんて、そもそもわたしにはいなかったのか。いま自分が持っているこれは、〝偽りの記憶〟なのか。そんなことが、本当に？　……わたしはどうしたらいいのか。どう行動するべきなのか」

何とも答えられずに立ち尽くすぼくを残して、鳴はベッドに歩み寄っていく。

ベッドの手前のテーブルに、これはきょう美都代さんが見舞いに持ってきたものだろうか、果物の入ったバスケットがあった。バスケットの横には、重ねて置かれた白い皿が何枚か。皿の横には、果物ナイフが一本。

「ありがとうね、想くん」

歩みを止め、鳴はちらりとこちらを振り返って。

「榊原くんに電話してくれて。あの子の名前を聞き出してくれて」

ベッドに向き直り、鳴は右手で果物ナイフを取り上げる。ぼくはとっさに心中で「まさかっ」と叫んでいたが、喉が引きつって声にはならず――。

「わたしの妹は、三年前に死んだわたしの半身――藤岡未咲だけ。三つ年下の妹なんて、いなかった」

呟く鳴の声が、かすかに聞き取れた。

「だから、あなたはいないの」

右手のナイフを両手で握り直して、鳴はベッドで眠る牧瀬未咲にのしかかる。ぼくはとっさに心中で「やめてっ」と叫んでいた。同時に「ぼくが」とも。慌てて駆け寄って鳴を止めようとしたが（その役目は、ぼくが……）、寸前でみずからの動きを（ぼく、が）封じた。――封じるしかなかった。

ナイフが、牧瀬の胸めがけて振り下ろされた。

鈍い音がした。ベッドに黒い染みが広がるのが見えた。

刺された牧瀬が目を開いた。目には驚きの色があったが、抵抗の動きはない。呻《うめ》き声の一つももらさない。すでにして〝生〟を失った人形のように。〈夜見のたそがれの……。〉に展示されているあの、深紅の寝台に寝かされた少女人形さながらに。

鳴はいったん、ナイフを引き抜いた。血に染まった刃《やいば》を、すかさず牧瀬の喉もとに向ける。

そのとき一瞬、牧瀬の顔に淡い笑みに似た表情が滲んだように見えたのは、あれはぼくの気のせいじゃないと思う。同じ一瞬、彼女の唇がわずかに震え、何ごとかを告げたように見えたのも。――けれど。

鳴は動きを止めなかった。牧瀬の仄白い首筋の、かりそめの命をつないでいる血管を掻き切った。――躊躇《ちゅうちょ》なく。容赦なく。

Outroduction

後日、明らかになった事実をひととおり述べておこう。

二〇〇一年九月十二日午後、夜見山市立病院本館の入院病棟で発生した火災は、同日の日没前には消し止められた。火災によって六階の半分以上、屋上と五階の一部が焼けたが、懸命の消火作業に加えて、降りだした激しい雨のおかげもあって、それ以上の延焼は免れたのだという。

火災の原因となったヘリコプターの事故については、墜落に至った経緯を今なお調査中。問題のヘリは、県庁所在地Q＊＊市にある〈星河《ほしかわ》航空〉が所有する一機で、事故当日、某新聞社によってチャーターされたものらしい。生徒の事故死や自殺などが続く夜見北で、今度は異臭騒ぎによる集団搬送事件が起こったというので急遽《きゅうきょ》、取材のために飛んだのだろうと思われるが、実情は不明な部分が多い。

ヘリの操縦士および同乗していた記者とカメラマンの三名は、墜落時に死亡。そのうちの一名が、実は三年三組の〝関係者〟だったという話もあるが、今のところその詳細も真偽も伝わってこない。

ヘリが墜落した場所は、入院病棟六階の北側。不幸中の幸いと云うべきか、突っ込んだのはそのときたまたま無人であったリネン室だった。とはいえ、リネン室に近い大部屋にいた三年三組の生徒たちのうち、逃げ遅れて死亡した者が二名いた。以下のとおり、身もとが確認されている。

・江藤留衣子《るいこ》……女子生徒。対策係。
・中邑誠也《せいや》……男子生徒。サッカー部に所属。

その他の生徒および病院に来ていた何名かの保護者は無傷か軽傷で済んだが、〝関係者〟以外の患者や職員らを含めると、ヘリの三名のほかに四名が死亡、二十数名が重軽傷を負ったという。

＊

個人的に安否が気になっていた精神神経科の碓氷先生は、幸い無事だった。集団搬送されてきた生徒たちの容態を診るため、あの日の午後、先生が病棟六階に駆けつけたというのは想像したとおりだったが、騒ぎが起こる少し前にもう、その場を離れていたらしい。父親の心配をしていた娘の希羽も、すみやかに避難して無事だったという。

それにしても――。

希羽のあの日の、奇妙な言動は何だったのか。

碓氷先生が娘を評して「昔から少し、変わったところがありましてね」と語っていた、それとあの日のあの言動は何か関係があるんだろうか。――いつか機を窺《うかが》って、先生に訊《き》いてみようかとは思っている。

＊

あの病室での出来事の顚末《てんまつ》についても、触れないわけにはいかないだろう。

ナイフで掻《か》き切られた牧瀬の頸《けい》動脈。噴き出した大量の血を、鳴とそのかたわらにいたぼくが浴びたのは確かだ。血の海と化したベッドで、牧瀬はまもなく息絶え、〝死〟に還《かえ》った。とともに、あの場所にぼくが感じていた〝異界感〟のようなものも消え去った気がする。

外で吹き荒れていた風があのとき、不思議なくらいぴたりとやむ一方で、雨音の激しさが急に現実感を増し、避難を呼びかける院内放送も聞こえてきて——。

ぼくたちはとにかく病室を出て、別館一階のロビーに降りた。幾人かの職員がぼくたちを迎えてくれて、「本館の火災は収まりつつあるようだ」と教えてもくれた。——のだが。

鳴とぼくの顔や衣服などがひどく血で汚れていることについては誰一人、言及する者はいなかった。

想像するに、彼らにはそれがまったく見えていなかったのだろう。

鳴はその間、ひと言も口をきかなかった。ぼくと話をしようともしなかった。まるで彼女までが、〝生〟を持たない人形になってしまったかのように。

別館三階のあの病室は、長らく使用されていなかった。従って当然、牧瀬未咲という入院患者もそこにはいなかった。——という〝現実〟が、おそらくあの時点ですでに、鳴とぼく以外のすべての人々のあいだで共有されるようになっていたのだろうと思う。

牧瀬の死体はもちろん、血に染まったナイフもベッドも、あの病室から発見されることはなかったという。〈牧瀬未咲〉が四月から入院していた事実も、それに関連する書類やデータもろとも消えていた。牧瀬に関する人々の記憶も同様で、病院関係者も、母親の美都代さんでさえ……。

同じ現象が当然、学校でも起こっていた。

七月に泉美が消えたときと同様、教師も生徒も誰一人、牧瀬の存在を憶《おぼ》えてはいない。

あらゆる物事が「そんな生徒はいなかった」という〝現実〟に辻褄《つじつま》を合わせる形で改竄《かいざん》・改変されてしまっていたのだ。

＊

結局のところ今年の〈現象〉のせいで、例年にも増して多くの人々が命を落とした。さまざまな抵抗も虚《むな》しく、これほどの犠牲者が出るまで〈災厄〉は止まらなかった。――止められなかった。

〈夜見山現象〉史上、最凶の年。

のちにそう語られるようになるのかもしれないけれど、そんな中――。

唯一の朗報がぼくの耳に届いたのは、市立病院の惨事から三日後のことだった。

診療棟の集中治療室で生死の境をさまよっていた矢木沢が、火災翌日の午後になって意識を取り戻したというのだ。命にかかわるような状態から脱して、その後の回復も驚くほど順調らしい。「奇跡的に」という言葉が医師の口から出たとも聞く。

「遠からず面会もできるようになる、という話だ。後遺症の心配もあまりないだろうというんだが、これも『奇跡的に』だそうだ」

千曳さんが電話でそう知らせてくれたとき、ぼくは思わず涙ぐんでいた。

その千曳さんにぼくは、大いに迷った末、あの日のあの病室での出来事を打ち明けた。

七月に〈赤沢泉美〉が消えても〈災厄〉が止まらなかったのは、〈二人めの死者〉が現われていたからだ、という説明もした。

「だから、今後はもう――今度こそもう、〈災厄〉を恐れる必要はないはずです」

ぼくは確信をもって云った。

「今年の〈現象〉は完全に終わったんです。間違いなく終わったから、もう何も……」

千曳さんはひどく疲れているふうだったけれども、そんなぼくの訴えを最後まで黙って聞いてくれた。そしてひと言、「分かった」と応《こた》えた。どこまで信じてくれたかは心もとないが、いずれ――このまま九月が終わって、何ごともなく十月が過ぎれば、〝事実〟として認められるだろう。

＊

九月三十日、日曜日の午後。

右手の傷も、身体のあちこちに負った打撲傷や擦過傷もたいがい癒えて、ぼくは久しぶりに夜見山川沿いの道を歩いた。途中から河川敷に降りて、久しぶりに腰かけるベンチで独り、緩やかな時間を過ごした。

澄み渡った空に涼やかな風。軽やかに飛びまわるアキアカネの群れ。コオロギの鳴き声。河面《かわも》には、越冬のために渡ってきたばかりのコガモたちが、何羽も。

対岸では、土手の一角に彼岸花《ひがんばな》が群れ咲いていた。〈災厄〉で命を落とした者たちの血を吸って染まったかのような、不穏なまでに鮮やかな真紅の花々が、秋風に揺れる様子を眺めながら——。

想いはどうしても、この半年の出来事に向かってしまう。幾度となく頭を整理し直して把握した〝真相〟を、幾度めと意識することもなく反芻《はんすう》してしまう。

三月末の〈対策会議〉の、あのとき。

ぼくが手を挙げて今年の〈いないもの〉が決まり、そのあと江藤の提案で〈二人めのいないもの〉を選ぶことになった——あの時点ではまだ、〈牧瀬未咲〉は存在しなかった。〈二人め〉を決める籤引《くじび》きの前に、牧瀬が「だったら、わたしが」と云いだしたという記憶は、あとになってぼくたちに植えつけられた〝偽りの記憶〟で……。

四月九日、一学期の始業式の日。

今年度の〈もう一人〉＝〈死者〉として、〈赤沢泉美〉がクラスにまぎれこんだ。その時点でもまだ、牧瀬は存在していない。机と椅子の数がひと組、足りない——と、あのときぼくたちが思ったのは、だから正しい認識だったのだ。

今年が〈ある年〉だと分かって、ぼくと葉住が〈いないもの〉を演じることになる。慣例に従って、0号館に残る古い机と椅子がふた組、教室に運び込まれた。代わりにもとの机と椅子が運び出されはしなかったので、これによって教室の机と椅子はひと組、余るようになったわけだが……。〈死者〉一人に対して〈いないもの〉二人、という今年の〈対策〉は充分に機能し、四月には〈災厄〉がなかった。

ところが——。

この間に、予期せざる〈現象〉がひそかに発生していた。〈いないもの〉を二人にしたせいで、〝力関係〟に生じた不安定——不均衡。〝生〟の側に傾きすぎたバランスを正すため、〈二人めの死者〉が出現してしまったのだ。この〈二人め〉の出現は、過剰な〈対策〉が招いた副作用のようなものだった、とも云えるだろう。

〈ある年〉の三年三組にまぎれこむ〈もう一人〉＝〈死者〉は、過去に〈災厄〉で命を落とした者の中からランダムによみがえる。ただし、彼もしくは彼女がよみがえるのはあくまでも「三年三組の成員として」であり、それをみんなが自然に受け入れられるよう〝現実〟が改変され、さまざまな辻褄が合わせられる。

従って——。

いくら「ランダムによみがえる」とはいっても、たとえば極端な話、過去の〈災厄〉で死んだ老人が「生徒」としてまぎれこむことはありえない。〈死者〉は、彼もしくは彼女が死んだときの年恰好《としかっこう》でよみがえるはずだから。〝復活〟にさいして、若返ったり年を取ったりはしないはずだから。

〈二人めの死者〉となったのは、三年前の四月に市立病院で死んだ〈藤岡未咲〉だった。

母親の美都代さんが離婚・再婚して、去年から夜見北の学区内に住まいを移していたがゆえに、この〈現象〉は起こりえたわけだが、彼女が出現したのは夜見北の教室ではなかった。三年前に彼女が最期の日々を過ごした市立病院――その一室に、三年前の死亡時と同じ「入院患者」として〝復活〟したのだ。

四月二十一日。三年生になって初めて「クリニック」を訪れて診察を受けたあと、診療棟一階のロビーへ向かう途中の廊下で、「そういえば……」と、ここに入院中の生徒がいるという〝事実〟が頭に浮かんだ。あれがもしかしたら、「四月の初めから病気で学校を休みつづけている牧瀬というクラスメイト」についての〝偽りの記憶〟が、ぼくに植えつけられた瞬間――だったのかもしれない。

〈二人めの死者〉は決して初めから存在していたのではない。

四月の途中――おそらく二十日ごろになって、ぬらりと現われたのだ。教室ではなくて病室に、というイレギュラーな形で。しかしあくまでも、三年三組の成員として。

牧瀬の出現後は、時間をさかのぼって人々の記憶が改変されることになった。三月の〈対策会議〉の場にも牧瀬はいて、〈二人めのいないもの〉を決めるとき、「だったら、わたしが」と申し出た――というあの記憶も、彼女の出現以降、ぼくたちが共有するようになった〝偽りの記憶〟だった。江藤に至っては、去年の終わりごろ転校してきた牧瀬と自分が友だちで……という〝偽りの記憶〟まで持たされていた。

教室の机と椅子の数の問題も、この時点で何となく辻褄が合ってしまうことになる。0号館から〈いないもの〉用の古い机と椅子をふた組、運び込んで余ったひと組。それが「入院中の牧瀬」の席である――と、誰もが了解してしまったのだ。よくよく考えれば細かい辻褄は合っていないのだが、気づく者はいなかった。もしかしたらここには、「気づこうと思っても気づけない」というような〝力〟が働いていたのかもしれない。

こうして今年の〈死者〉は二人となり、〈いないもの〉二人とのあいだで〝力関係〟が均衡した。そのバランスが、五月に入って葉住が〈いないもの〉をやめたことで崩れ、〈災厄〉が始まってしまう。

思えば、このようにして始まった〈災厄〉への新たな〈対策〉を提案したのが泉美で、葉住に代わる〈二人めのいないもの〉を引き受けてくれるよう依頼した相手が牧瀬だったというのは、あまりにも皮肉な成り行きだった。

依頼のため、泉美が江藤とともに入院中の牧瀬を訪れたのが五月の終わり。そしてそう、泉美が〈夜見のたそがれの……。〉にやってきて鳴と初めて対面したのが、その数日後だったのだ。あのとき泉美が見せた驚きと戸惑いの意味が、今ではすんなり理解できる。

きっと泉美は、鳴の顔を見て思ったのだろう。

病室で会った牧瀬にとても似ている、と。どうしてこんなに似ているのか、とも。だからきっと、あんな反応を……。

六月が過ぎ、七月に入り、泉美が〈死者〉だと判明して彼女は〝死〟に還った。ところが、〈赤沢泉美〉が消えてもまだ、〈二人めの死者〉である〈牧瀬未咲〉がいた。バランスは〝死〟の側に傾いたままで、結果、九月に入って立て続けに〈災厄〉が……。

……ところで。

〈牧瀬未咲〉はもともと〈藤岡未咲〉。未咲は鳴の双子の妹として、三年前の四月までこの世に存在した。その未咲がよみがえって、三年三組の一員となる。ここで生じる齟齬《そご》を解消して話の辻褄を合わせるために、「鳴には双子のほかに三つ年下の妹がいる」という〝偽りの事実〟が作られ、〝偽りの記憶〟が人々に植えつけられたわけだが――。

ささやかな問題が一つ、派生した。

このときの改竄・改変が「三年前に鳴の双子が死んだ事実」を消さない方向で起こってしまったため、「死んだ双子」と「三つ年下の妹」の下の名前が同じ「未咲」である、という不整合が生じたのだ。それで、あのとき――。

ぼくが鳴に双子の名前を尋ねて、鳴が（いま思い返すにつけ、とても奇妙な長い沈黙の末にやっと……）「未咲」と答えた、あのとき。あの直後からもう、ぼくたちはその名前を思い出せなくなってしまったんじゃないか。そういう補正的な〈現象〉が発生していたのだろう――と、これも今ではすんなり理解できる。

……想いにふけるうち、存外に時間が経っていた。午後四時二十五分、という時刻に気づいて、ぼくは慌てて立ち上がる。

約束は四時半。場所はこの先にある例の歩行者専用橋、イザナ橋。

急いで行って、ぎりぎりまにあうか。

橋のたもとに着いたとき、橋の上に人の姿はなかった。ほっとして足を踏み出すと、ちょうどそのタイミングで。

向こう側に人影が現われた。彼女の――見崎鳴の。

＊

鳴と会うのは、今月十二日のあのとき以来。声を聞くのもあれ以来、になる。

あのあと、ぼくのほうから電話をしてもつながらず、メールを出しても返事がなくて、だからといって御先町の家に押しかけるわけにもいかず……だったのが、昨夜になって彼女からメールが来たのだ。

「あしたの午後四時半、夜見山川のあの橋で」――と。

鳴は黒いブラウスに黒いスカート、という喪服めいたいでたちで。太陽が傾いて風景がうっすらと茜色《あかね》に染まりはじめる中、ぼくたちはそれぞれに歩を進めて、橋の真ん中あたりで立ち止まり、向き合った。

「元気？」

と、先に声を発したのは鳴だった。

「怪我は治った？」

「はい、もう」

「学校へは？」

「先週からは、普通に」

「矢木沢くん、助かったんだってね」

「奇跡的に、だそうです」

「良かったね」

「――はい」

鳴の声や口調は、ぼくが知るこれまでの彼女と何ら変わりがなかった。表情は無表情に近いが、これも珍しいことではない。それでもぼくは、とても緊張しつつ、

「あの……見崎さんは？」

問うと、鳴は「ん？」とわずかに首を傾げてから、軽い頷《うなず》きを返した。

「もう、平気」

そう云って、両の瞼《まぶた》をゆっくりと閉じて開く。眼帯はしていない。左目には茶色がかった黒い瞳《ひとみ》の義眼が。

「あれからずっと、あの子のことが頭を離れなかった。だけど、無理に考えないようにするのはやめたから」

「あの……訊いていいですか」

「なに？」

「入院中の牧瀬さんとは、どういう……つまりその、どんな感じで会ったり話したりしていたんですか」

「お母さん――美都代から様子を聞いて、ときどきお見舞いにいったり、たまに電話もしたり。いつだったか、想くんと病院で出会ったことがあったでしょ」

「ああ、はい」

院内で霧果さん（実は美都代さんだったわけだが）を見かけて、そのあと鳴に声をかけられて驚いて。二人で病棟の屋上へ行って……。

「あれも、お見舞いのあとだった。あの日はそう、美都代も一緒で。だけど、あの子が夜見北の、三年三組の一員だったなんて、あのときはまだ知らなくて、思ってもみなくて……って、この話は夏休みにしたよね」

「あ、そうでしたね」

応えてから、思わず「ごめんなさい」と呟《つぶや》いていた。鳴は「もう、平気」と云ったけれど、それでもやはり、思い出すのがつらくないはずはないから。

「あやまらなくていいよ」

ぼくの呟きに反応して、鳴が云った。

「あ……でも」

「何年かすれば、いやでもぜんぶ忘れてしまうんだから」

それから鳴は、川の下流のほうに目をやって、橋の手すりに胸を寄せた。ぼくはその横に並んで立って、手すりに両手を置いて——。

何を話せばいいのか、と思案する。

訊きたいことならば、たくさんあった。

たとえば、あの日——十二日に〈牧瀬未咲〉の病室を訪れた鳴は、美都代さんが先に帰って未咲が眠り込むまでのあいだ、二人でどんな話をしていたんだろうか。長びく入院生活の中で未咲は独り、どんな想いで時間を過ごしていたんだろうか。ナイフを胸に突き立てられて目を開いた未咲は、最期の手前のあの一瞬、鳴に何を告げたんだろうか。……けれど、それもこれもすべて、今はぼくの心のうちにとどめておこうと決めた。

では、何を話せばいいのか。

もっと何でもないようなことを。もっとどうでもいいようなことを。——と、考えれば考えるほど、言葉が出てこない。

ああ、そうだ。十一日の夜、鳴がくれたメールについては？　矢木沢が自殺を図ったあの日は、帰宅してもPCを立ち上げる気持ちの余裕がなくて、だからあのメールには、十三日になってやっと気づいたのだったが。

「十五歳の誕生日、おめでとう」というメッセージが、やはり嬉《うれ》しかった。そのお礼をここで改めて……いや、しかしあのメールを書いたとき、きっと鳴はもう……。

橋の上から見下ろす川の流れが、夕陽を映して美しい。

けれども——と、ぼくは思ってしまう。

三ヵ月足らず前のあの夜、この同じ橋の下には激しい濁流があったのだ。そして、たぶん今ぼくたちが立っているこのあたりから、泉美がその濁流に身を……と、思い出せば今なお心が痛んだ。それでもそう、鳴が云うとおり、この記憶もこの痛みも、いずれは希薄化していき、いやおうなく消えてしまうときが来るのだろう。

「一つだけ、謎が……というか、気になることがあるんですけど」

やがて、ようやくぼくは口を開いた。「なに？」と応じる鳴の横顔をちらりと見て、

「八月はなぜ、無事に過ぎたんでしょうか。〈二人めの死者〉がまだ残っていたのに、どうして八月は〈災厄〉が止まったのか」

鳴は川の流れに目を向けたまま、

「どうして……かな」

と呟いた。ぼくは思いつくままに、

「〈死者〉の一人が消えたから、それでひと月は小休止が、とか」

「そういう可能性も、あるね。でも……分からない」

鳴は心もとなげに首を傾げて、

「そもそもが『超自然的な自然現象』なんだから。天気と同じで、実はとても気まぐれ、なのかも」

「気まぐれって、そんな……」

云いかけて、ぼくは口をつぐんだ。鳴も同様で、この件についてはそれ以上、何も云おうとしなかった。

＊

「そういえばね」

しばらくの沈黙が続いたのち、今度は鳴が口を開いた。

「このあいだ榊原くんから連絡があって、十一月の連休にこっちへ来るって」

「榊原さんが？」

「だからそのとき、想くんと三人で会おうって」

榊原恒一には今回、要所要所で助けてもらった。素直にとても感謝しているし、会えるのならば、お礼を云うだけじゃなくて、彼から聞いてみたい話がたくさんあった。

「榊原くん、去年とおとしはお盆の時期に来てたの、夜見山に。それが今年は来られなかったから、っていうのもあるみたい」

「――はあ」

「大事な人のお墓参りをしたいのね」

「大事な人、ですか」

それがどういう人物なのか、ぼくは知らない。しかし何だからうらやましいような、せつないような気分になった。

大事な人。――生者・死者を問わず、自分にはそんな相手がいるだろうか。

ぼくは鳴の横顔にまた目をやり、それから暮れかかる空を見上げた。穏やかに流れる川の音に耳を澄ましながら、いつまでもここでこうしていたい気が、ふとした。

「きょうはもう、そろそろ帰らなきゃ」

と、やがて鳴が云った。

「霧果がね、最近またちょっと、神経質になっていて」

「美都代さんとの関係で、ですか」

　ぼくがそう訊いても何とも答えず、

「その後、月穂さんから連絡はある？」

と、鳴はいきなりそんな質問をした。ぼくは吐息まじりに答えた。

「何度か、電話が」

「話をした？」

　ぼくは無言でかぶりを振った。

「電話に出てないの？」

　ぼくは無言で頷いた。

「一度も？」

　ぼくが無言でまた頷くと、鳴は「そっか」と云って、きょう会って初めての微笑を見せた。

「想くんの好きにすればいい、と思う」

　このあと、別れぎわになって鳴が「そうそう」と云いだしたことがある。

「前にも云った気がするけれど、想くん、そのうち〈湖畔のお屋敷〉を訪ねてみようか」

　ぼくは「えっ」と驚いて、まっすぐにこちらを見る鳴から視線をそらした。

「夏休みに緋波町へ行ったとき、様子を見てきた。お屋敷は以前のまま、まだあったけど……でも、いずれ取り壊されるか売りに出されるか、するかもしれないし」

その口ぶりから、鳴は本気で云っているのだと分かった。ぼくはそっと視線を戻した。

鳴はまっすぐにこちらを見つづけていた。

「そのうち……たとえば、来年の春にでも」

鳴は云った。

「もちろん誰にも内緒で。わたしたちだけで行って、こっそりお屋敷の探検をしましょ。

――どう？　行く？」

強く問われて、ぼくはどんな顔をしたらいいのか分からなくて……けれど。

「もう大丈夫だよね、想くん」

続けて鳴が云ったその言葉に、ぼくは黙って頷いていた。

行ってみようか。行って、そうだ、晃也さんに報告を。――と、そのとき思った。

夜見北の三年三組は、今年もひどい〈災厄〉に見舞われて大変だったんだよ、と。でも
晃也さん、ぼくは逃げなかったよ、と。

両手の指を組み合わせて、久しぶりに仮想のファインダーを作ってみる。夕空に浮かん
だ雲のひとかけらをそこに収めて、「パシッ」と仮想のシャッターを切った。すると――。

低いかすかな響きが、そのときどこかで。

風景を彩る夕映えの赤が、そしてほんの一瞬、闇に染まったような気がしてしまって
……慌てて、ぼくは鳴の姿を探した。探すまでもなく彼女は、さっきと変わらないところ

に——ぼくのすぐそばにいたのだけれど。

「じゃあね」

と云って、鳴は背を向ける。橋の上を静かに歩み去っていくその黒い後ろ姿を、追いかけたくなる気持ちを抑えながら見送るうち——。

ふいに斜め前方から吹きつけてきた風に、秋風とは思えないような冷たさを感じて、ぼくは身を震わせた。——少しだけ。

——了

You have been reading

"Another 2001"

—— Part 1 Yuika Hazumi
Part 2 Izumi Akazawa
Part 3 Misaki Makise ——

written by Yukito Ayatsuji.

文庫版あとがき

二〇二〇年九月に単行本を上梓した本作『Another 2001』は、『Another』（二〇〇九年）『Another　エピソードS』（二〇一三年）に続く「Another」シリーズの第三長編である。この作品単体でも充分に楽しめるよう相応の工夫はしてあるのだが、いくつかの効果を考えるとやはり、シリーズを順番に読んでいただいたほうが良いかとも思う。前二作を未読の方は、この機会にぜひ（――どちらも自信作ですので）。前二作を既読の方も、それぞれがどのような物語だったかを多少なりとも思い出してから、本作に入っていただけると嬉しい。

＊

二〇一六年六月に前作『Another　エピソードS』が文庫化されたさいの「文庫版あとがき」で、僕は『エピソードS』について「目下執筆中の、これは正真正銘の『続編』と云《い》える『Another 2001』への重要な橋渡しとなる物語でもある」と述べている。続けて「『2001』の完成・刊行まではまだしばらく時間がかかりそう」とも述べていて、これが当時の現状認識だったと分かる。

『Another 2001』に着手したのはその前々年。『小説 野性時代』二〇一四年十一月号から連載を始めていたのだけれど、この連載がようやく最終回に辿り着いたのは二〇二〇年二月号だった。途中にまる一年の休載を挟んだとはいえ、けっきょく足かけ七年も時間がかかってしまったことになる。

参ったなあ、不甲斐ないなあ――と、みずからの遅筆を嘆きたくなる一方で、振り返ってみるとそこにはいろいろと回避不能の事情もあったわけで……まあ致し方なしか、とも思える。長期にわたって粘り強く伴走してくれた同誌の歴代担当編集者諸氏には今も、ひたすら感謝するばかりである。

――にしても。

結果として五十代なかばからの長い時間ずっと、中学三年生の少年が主人公の物語を書きつづけていたという事実にふと、これで良かったのか？ と疑問を覚えたりもする。年相応にもっと成熟した大人の小説を……なんて、いやいや、そういうものにはやっぱり大して興味がないし。だいたい僕は「成熟」や「老成」にはあまり縁がない人間なので、これはこれで良かった――というか、ある意味で必然、だったのだろう。――ということにしておこう。

＊

物語の時代背景についての若干の説明を、単行本の「あとがき」には付している。それをここでも繰り返しておこう。

『Another』および『エピソードS』は一九九八年の物語だった。本作はタイトルにあるとおりその三年後、二〇〇一年の物語なので、作中に出てくる携帯電話は当然ながらフィーチャーフォン（いわゆるガラケー）。携帯でのメールのやりとりはまだ一般的ではなく、カメラ付きの端末で写真を撮って送信する機能も、この年の夏に「写メール」のサービスがヒットしはじめたばかり。「メール」といえばパソコンを使った電子メールが主体で、インターネット回線はまだナローバンドの比率のほうが高くて……と、そんな時代だった。

単行本の刊行からさらに年月が経ち、情報通信を巡る状況はもちろん、さまざまな局面でいよいよ大きく〝現実〟の在り方が変わりつつある——と痛感せざるをえない昨今である。この変化に今後どう向き合っていこうか、という問題はさておくとして——。

当時のあれこれを実体験として憶えている方はそれらを思い出しつつ、「知らない」という方は想像しつつ、二〇〇一年の夜見山《よみやま》を訪れていっときの〝悪夢〟を楽しんでいただければ幸いである。

＊

これも単行本の「あとがき」で触れたことだが、『Another』には続編の構想がもう一つある。予定しているタイトルは『Another 2009』。本作から八年後の夜見山を舞台とする長編で、たぶんこの作品がシリーズの最終作になるだろう。

いつ執筆に取りかかれるかはまだ確言できない状況だが、いずれきっと書こう、書きたい——とは思っている。自分の年齢やエネルギーの残量などを考えると、あまり呑気に構えてはいられない気もするのだけれど……いや、しかしまあ、読者の皆様におかれましては、どうかのんびりお待ちください。

＊

二〇〇六年から『Another』を書いた時期には、そのころ渋谷《しぶや》の公園通り沿いにあった人形博物館〈マリアの心臓〉へ幾度も足を運んだものだった。この渋谷の〈マリア〉は二〇一一年秋に惜しまれつつ閉館したのだったが、四年後に場所を京都・大原《おおはら》に移して復活。おかげで京都在住の僕は、『Another 2001』の執筆期間中もときどきそこを訪れ、天野可《あまのか》淡《たん》や恋月姫《こいつきひめ》らの手に成る人形たちと間近で会うことができた。これは実に幸運な巡り合わせだった。

古民家の薄暗い空間にいて、いつも静かに僕を迎えてくれた人形たちに。そして、そんな作家をいつも歓待してくれた館主の片岡佐吉さんにも。——改めて感謝の気持ちを記しておきたい。

それから——。

今回の文庫化にあたってお世話になったKADOKAWAの岩橋真実さんと細田明日美さん。新たに素敵な装画を描いてくださった遠田志帆さんとカヴァーデザインの鈴木久美さん。巻末の「解説」をお願いした辻村深月さん。——みんなありがとう。

二〇二三年　四月

綾辻　行人

解説　青春のただなかにいる〈Another〉

辻《つじ》村《むら》深《み》月《づき》

二〇〇九年、綾辻さんの最新刊として刊行された『Another』を読んだ時の震えるような戦慄と喜びを、今も昨日のことのように覚えている。

私は作家・綾辻行人のファンである。十代で『十角館の殺人』に出会い、それまでの自分のすべてを揺るがされるような衝撃を受け、小説家になることに憧れた。私の筆名の「辻村」は、恐縮ながら、綾辻さんの苗字から（勝手に）一字いただいたものだ。最初に出会ったものの衝撃、しかも多感な時期の出会いの影響は恐ろしく強い。だから、私にとって綾辻作品の生涯のベストは『十角館の殺人』に代表される館シリーズであろう、とそう思っていた。

ところが——である。

作家になり、数年が経った私のもとに『Another』が現れた。

ホラーの世界観を構築しながらの素晴らしい本格ミステリ、かつ青春小説。読了し、震えるほどにこみあげてきたのは喜びだった。最初に出会ったその日からずっと追いかけてきた作家が、自分の中の「最高傑作」を更新してくれたことに対する、喜びと感謝。その後、アニメ化などのメディアミックスの影響などもあって、若い読者が『Another』を入り口に新たに綾辻作品の読者となり、遡って館シリーズのファンとなっていった経緯を思うと、この時の私の感覚は多くの人に共有されていたものだったのだとわかる。綾辻行人の新しい代表作の誕生に、私たちは立ち会ったのだ。

『Another』という物語の持つ設定は巧みである。夜見山北《よみやまきた》中学校三年三組に、かつてとても人気のあるミサキという生徒がいた。彼は在学中に不幸な事故で亡くなるが、その死を惜しんだクラスメートと教師たちが「彼は死んでいない、そこにいる」と卒業まで彼をいるものとして扱った。それ以来、三年三組は死に近づいたクラスとなり、クラスに過去の死者がまぎれこむという現象が起こるようになる。その現象は「ある年」と「ない年」があり、「ある年」はクラスの関係者がさまざまな要因で死に巻き込まれ、命を落とす。特筆すべきはこの不可解な状況が誰の悪意も呪いも介在しない「現象」であるということだ。人智を超えて起こるこの〈災厄〉の現象に有効な対策はひとつだけ。ふえてしまった「死者《いるもの》」に対して、クラスメートの成員の誰かを「いないもの」として扱うこと。

かくして読者は、クラスの誰が死者なのかという謎に引き込まれながら、〈災厄〉に抗う彼らの死に彩られた運命を追うことになる。この設定がまず、ミステリとホラー、両方のジャンルを牽引してきた綾辻行人という作家でなければ描けない。恐れ多くも同じ時代に生きる同業者の作家のひとりとしては、ただただ脱帽する他ない、唯一無二の舞台設定だ。

※ここから先は、『Another』及び『Another　エピソードS』、本編である『Another 2001』のラストに言及する部分があります。未読の方は、どうか必ず読了後にお読みください。

もうひとつ、私が『Another』に対して大きく心を奪われ続けている理由。それは本書が綾辻さんでなければ書けない優れた青春小説である、という点だ。それは単に、「学園ものだから」「主人公が十代である」という意味や、「青春小説として読んでもおもしろい」といった範疇《はんちゅう》を遥かに超えて。『Another』シリーズは青春小説そのものとしか言いようがない構造を持っている。

『Another』のクライマックス、誰がまぎれこんだ〈Another《もうひとり》〉であるかが判明した際、本を開いた私は「ああ……っ！」と嘆息して天を仰いだ。一度始まってしまったら止めることができない夜見山北中三年三組を巡る現象は、実はたったひとつ、それを止める手段がある。死者が誰であるかが判明したその先で主人公・榊原恒一《さかきばらこういち》を待つ残酷な運命に思いを馳せ、この作品がどこまでも綾辻流の青春小説であることを思い知った。心の底から戦慄し——そして感動した。

親殺しは青春における成長の大きな命題だ。自我が芽生え、自分を自分たらしめるものについて立ち止まって考える時、それまでの自分を構築してきた大きな要素である「父」「母」の殻を破って、少年少女は世界に踏み出す。

その青春の命題を綾辻行人という作家が描くとこうなる——。その運命に気づいた瞬間、心がたちどころに巻き戻され、それまでの物語が色を変えて鮮やかに蘇った。なぜ死者がこの人であるのか、榊原にとって彼女がどんな存在であるのか。すべての場面がひとつの必然に向かって吸い込まれていく。ミステリとして真相に向けて伏線を巡らせるのと同じように、青春小説としての伏線が随所に張り巡らされていたことに気づき、なんとすごいものを読んでいたのか、と呆然とした。

また、榊原の実母は、彼が生まれてすぐに夜見山で命を落としている。当初は自然な死として受け入れていた榊原だったが、自身が夜見山に移り住み、三年三組の成員となったことで、その死が現象の関係者としての死であった可能性を知る。つまり、彼にとって、〈災厄〉の現象は文字通り親の仇であり、それを食い止めることは実母を奪ったものへの復讐と同義でもあるのだ。

もうひとりの母の息の根を自らの手で止めることで、実母の命の復讐を遂げる——一筋縄でいかない青春という残酷な季節の矛盾と葛藤。ああ、これぞ、綾辻行人の青春小説！

おそらく、『Another』とはそうした命題を背負った物語なのだ。思えば、シリーズの外伝に位置付けられ、前作『Another』と本作『Another 2001』をつなぐ時間の中で描かれた『Another エピソードS』は、本書の主人公である比良塚想《ひらつかそう》が登場する彼の物語だった。彼は幼い頃に父親を失い、叔父であった賢木晃也《さかきてるや》（本シリーズのもうひとりのサカキ）に父を重ねる。そして、物語を通じて、その彼に別れを告げるのだ。

そして、本作『Another 2001』である。前作の〈災厄〉から三年が経った本書は、まず、前作の読者には（あるいは冒頭で示される「一九九八年度の〈災厄〉による（と思われる）死亡者一覧」を見た者には）、まぎれこんだ死者が誰なのかが予《あらかじ》めわかる状態で物語が進むという点が心憎い。この現象は、関わる者の記憶が改竄される。蘇った死者を含め、その人物がそこに存在するための辻褄が合うよう、夜見山という〈場〉が作りかえられるのだ。前作でも起こっていたそうした記憶の変容がいかにして起こるのか。今回、私たちは「誰がそうか」をすでに知っていることで、視点人物の奥から俯瞰《ふかん》してその変容を体感できる。そしてその感覚は、そのまま、物語の後半、謎を解くための鍵としてじわじわとその役割を果たしていくのだからたまらない。

〈災厄〉の始まりを恐れた二〇〇一年の三年三組は対策を講じる。それは三年前に榊原のクラスで実際に行われた対策――「いないもの」を二人にふやす、というもので、その対策を巡って〈災厄〉は前作を超えるほどの死を夜見山に呼び込むのだが――前作を知っているからこそ、読者は新たな謎に翻弄される。なぜ、〈災厄〉は止まらないのか。この物語はどこにいくのか——。

私が今作で最も息を呑んだのは、そうした謎の真相はもちろんのこと——今度もまた、この物語が誰の、何のために書かれたのか、という見えざる必然に関するものだった。見崎鳴《みさきめい》。〈死の色〉が見える〈目〉を持つ彼女は、視点人物とは別に本シリーズのもうひとりの主役であり続けた。本作のクライマックスに至って読者は気づいたはずだ。二〇〇一年のこの物語は彼女のための物語だったのだ、と。

幼い頃に双子の妹と別れ、人形作家である今の母・霧果《きりか》のもとに養女となった事情を抱えた鳴は、前作で母に対して持っていた葛藤がすでにだいぶ落ち着いている。中学生から高校生になり、成長する過程で心に折り合いをつけていた彼女にも、しかし、対峙すべき存在が残っていた。前作で榊原が〈母〉を乗り越えたように、『エピソードS』で想が投影した〈父〉に別れを告げたように、今作で鳴が対峙すべきは〈もうひとりの自分〉だ。養女に出されることなく実母の元に残った双子の妹は、鳴にとってはあり得たかもしれない自分のもうひとつの運命の可能性であり、おそらく〈自分の半身〉そのものだった。半身である、それまでの自分自身を葬ることが、親殺しに匹敵するほど青春に不可欠な儀式であることは、その季節を生きたすべての者にとって今更説明する必要がないほどに自明のことだろう。それは同時に鳴がこれまでの自分から自由になることも意味する。鳴の〈もうひとり〉の死の場面で、振り下ろされる彼女の手に躊躇《ためら》いがないこととその覚悟、残酷で冷たいはずの運命に淡い笑みが溶けるあたたかさがあることが、今回再読して、泣きたいほどにいとおしかった。大人になるにあたって手放さなければならないものの大きさと柔らかさが、凄惨さと並行して語られる。その構造の美しさに言葉もない。

ミステリでありホラー、そして青春小説である『Another』の凄さに震えるのはこういう時だ。本書を最後まで読んだ方には、ぜひ、振り返って著者がこの物語の細部に散らしたイニシャルの文字を振り返っていただきたい。この作品が真に誰のために——誰と誰の運命のために書かれたものであるのかを知って、二度、震えることができるから。

そして思う。子どもから大人になる青春のただなかには、誰も皆、乗り越えるべき〈Another《もうひとり》〉がいる。それはおそらく〈災厄〉の圏外にいる私にも、あなたにも。

シリーズを通じ、対峙する〈Another〉が常に死別した「母親」や「父親」であったり、「あり得たかもしれない自分」という、誰か・何かに投影しながら見る「不在」の存在であるという点にも『Another』という作品の途方もない奥行きを感じる。「不在」の存在を「還す」ことで自分の中の「不在」を埋めることこそが、青春時代の通過儀礼だ——というと言いすぎだろうか。『Another』はそれが鮮やかに可視化された物語だ。

最後に。

本作の解説の依頼を今回綾辻さんからいただいた際、「最後のファンレターのつもりで書いてみてください」という一文を添えていただいた。私が学生時代から綾辻さんに、折に触れてファンレターを書いて送っていたこと（今思えばあまりにも拙く見苦しい、地獄の季節の産物としか思えない手紙の数々だが……）を踏まえてのエールのお言葉だと理解しつつ、しかし、私はこれを最後にしたくない、ない、ない。

単行本刊行の際のあとがきで、綾辻さんは以前から『Another』には『Another 2001』とは別の続編の構想をお持ちだった、と書かれている。だから、『2001』は、まだ見ぬ続編の前段階に、どうしても乗り越えておくべき鳴のための物語だったのだろう、とファンとして想像した。

次に書かれる続編についての布石は、すでに本作の中で打たれているそうだ。そう聞くと、本書を読み終えた読者の中には、きっと、あの人物が成長した先に――という楽しみや、不穏な輝きを放つ新たなる〈災厄〉への期待が生まれる。――だからその時にはまた、ファンレターを書かせてください。

綾辻行人という作家は、私にとっては永遠に追いつけない、だけどそうなりたいと願う、憧れの作家である。私だけでなく、きっと多くの人にとっても。

作中の想や鳴のような季節を生きる読者の傍らに――またかつてその季節を生きてきた読者のもとにも、その作品が届き、響くことをこれからも祈っている。

本書は、二〇二〇年九月に小社より単行本として刊行された作品を、
上下巻に分冊のうえ文庫化したものです。
作中の個人、団体、事件はすべて架空のものです。（編集部）

Another《アナザー》 2001（下）

綾辻行人《あやつじゆきと》

令和5年 6月25日　初版発行

発行者●山下直久

発行●株式会社KADOKAWA
〒102-8177　東京都千代田区富士見2-13-3
電話　0570-002-301（ナビダイヤル）

角川文庫 23689

印刷所●株式会社暁印刷
製本所●本間製本株式会社

表紙画●和田三造

ISBN 978-4-04-113408-5　C0193

◇◇◇

角川文庫発刊に際して

角川源義

第二次世界大戦の敗北は、軍事力の敗北であった以上に、私たちの若い文化力の敗退であった。私たちの文化が戦争に対して如何に無力であり、単なるあだ花に過ぎなかったかを、私たちは身を以て体験し痛感した。西洋近代文化の摂取にとって、明治以後八十年の歳月は決して短かすぎたとは言えない。にもかかわらず、近代文化の伝統を確立し、自由な批判と柔軟な良識に富む文化層として自らを形成することに私たちは失敗して来た。そしてこれは、各層への文化の普及滲透を任務とする出版人の責任でもあった。

一九四五年以来、私たちは再び振出しに戻り、第一歩から踏み出すことを余儀なくされた。これは大きな不幸ではあるが、反面、これまでの混沌・未熟・歪曲の中にあった我が国の文化に秩序と確たる基礎を齎らすためには絶好の機会でもある。角川書店は、このような祖国の文化的危機にあたり、微力をも顧みず再建の礎石たるべき抱負と決意とをもって出発したが、ここに創立以来の念願を果すべく角川文庫を発刊する。これまで刊行されたあらゆる全集叢書文庫類の長所と短所とを検討し、古今東西の不朽の典籍を、良心的編集のもとに、廉価に、そして書架にふさわしい美本として、多くのひとびとに提供しようとする。しかし私たちは徒らに百科全書的な知識のジレッタントを作ることを目的とせず、あくまで祖国の文化に秩序と再建への道を示し、この文庫を角川書店の栄ある事業として、今後永久に継続発展せしめ、学芸と教養との殿堂として大成せんことを期したい。多くの読書子の愛情ある忠言と支持とによって、この希望と抱負とを完遂せしめられんことを願う。

一九四九年五月三日